蹴落とされ聖女は極上王子に拾われる 2

砂城

SUNAGI

Noche

NB

ノーチェ文庫

登場人物紹介
ライムート（おっさん）
おっさん姿のライムート。
加《か》賀《が》野《の》絵《え》里《り》
聖女として、異世界に召喚された大学生。召還途中で一緒にいた同級生に突き飛ばされこの世界の辺境に落ちてしまった。そのおかげで、おっさん姿のライムートと出会い彼と結婚。現在、幸せな新婚生活中。
ライムート
シルヴァージュ国の王太子。魔法で「おっさん」姿にされていたが絵里に愛されたことにより元の姿を取り戻した。

ラーレ夫人
シルヴァージュの貴族で、
絵里に仕える女官長。
片《かた》野《の》春《はる》歌《か》
絵里の召還に巻き込まれた同級生。
絵里を突き飛ばした上、聖女を
騙りライムートたちによって
成敗された。
ジークリンド
ライムートの乳兄弟で、側近。
ラーレ夫人の息子で、
生真面目な性格をしている。
予言者
ライムートをおっさんに変えた人物。
滅多に人前には現れず、
その存在は謎に包まれている。

目次

蹴落とされ聖女は極上王子に拾われる2

プロローグ

それは、冬の厳しい寒さが春の暖かさにその座を引き渡そうとしている季節のことだった。

空には星が瞬《またた》き、わずかな月明かりが地上を照らす。その中を、必死で走る人影があった。

人影の足元はごつごつとした岩場が続き、ほんの少し離れた場所には波が激しく打ちつけている。一つ間違えば、まだ冷たい海へ転落してしまうそこは、昼間でもめったに人の来ない場所だ。

夜ともなれば本当に人っ子一人――いや、野生動物でさえ、まず近寄らない。

それなのにその人影は、白く長い衣《ころも》をまとい、外歩きには決して向かないサンダルを履いている。

間違ってもこんな時間、こんな場所にそぐわない格好で懸命に足を運ぶ様子からして、人影にはよほどの事情があると思われた。

――大いなるフォスがしろしめすフォーセラ。

その世界にある大陸の最西端に位置するのがディアハラだ。そして、ディアハラの国土の更に西に浮かぶ小島には、この国でも規律が厳しいことで有名な修道院と神殿が存在していた。

件《くだん》の人影が走っているのは、まさにその小島の海岸である。

月明かりに浮かび上がったのは、長くうねる髪を持ち魅惑的な曲線を描く体つきの、美貌《びぼう》の若い女性だった。

「っ……はぁ、はぁ……っ」

夜風は冷たく、海の水は更に冷える。懸命に避けているようだが、無情な波しぶきが容赦《ようしゃ》なく彼女を襲った。

体力を奪うには十分なほどに濡れた衣《ころも》で、必死になって走る様子は尋常《じんじょう》でない。

不意に、彼女の後方にある修道院で、全ての窓の明かりが一斉にともった。夜明けとともに起きだし日が暮れると速《すみ》やかに就寝するのが習いの修道院には、異例の事態である。

更に、風にのって修道院から喧騒《けんそう》がかすかながらも伝わってくる。

それを耳にした女が忌々《いまいま》しげに舌打ちした。

「ちょ――もしかして、バレたっ？　……冗談じゃないわ、またあそこに逆戻りなんて、まっぴらごめんよ！」

彼女の名は片野春歌《かたのはるか》。地球の日本という場所から、このフォーセラへ転移させられた女性だ。

――時折、なんらかの事情で世界と世界の間に落ち、最終的に別世界にたどり着く者がいる。フォーセラでも、過去にそのような存在が幾人か確認されており、その現象を『界渡り《かいわた》』と呼んでいた。

だが、春歌の場合はそれら『界渡り《かいわた》』と少し事情が異なる。彼女がこちらに来たのは、この世界を創造し今も見守り続けているとされるフォスの御業《みわざ》によるものだ。

ただし、本来ならば、彼女はここに来るべき存在ではなかった。

フォスが転移させようとしたのは、加賀野絵里《かがのえり》という名の女性だ。春歌は、フォスが絵里を呼び寄せようとした時にたまたま近くにいたために、巻き込まれたのだった。

それだけであれば『気の毒な』被害者なのだが、彼女は召還中に絵里を突き飛ばした挙句、フォスが絵里のために用意した『聖女』という称号と、それに伴《ともな》うディアハラでの待遇を、我が物とした。

それを知った人々は、春歌が行ったことは、フォスの御心《みこころ》に逆らう行為であり罰せられる必要がある、と判断した。

とはいえ、そもそもの事情——聖女の召喚に間違って巻き込まれただけであることを考慮して、重罰に処するのではなく修道院に預かりの身にしたのだ。

その修道院は規律が厳しく、日々、様々な仕事が課せられる。しかし、それはそこにいる全ての者に対してであり、春歌だけに特別厳しいわけではない。

質素ではあるが栄養のあるものをきちんと三食供され、個室も与えられる。

そんな中で、春歌は日々を送っていたはずなのだが……

「それにしても、バレるの早すぎないっ？　あの修道士ったら、マジ、使えないわねっ！」

何しろ、ディアハラの王宮では『聖女様』として、下にも置かぬ扱いをされていた春歌である。今の境遇に耐えられるはずがなかった。

悪知恵の働く彼女は、表面上おとなしく反省しているふりをし、猛烈な愚痴《ぐち》と罵倒《ばとう》の言葉を隠しながら、チョロそうな若い修道士を誑《たら》し込《こ》んだのだ。

涙ながらの悔悟《かいご》の言葉と一緒に、我が身の不運を語り、持てる女子力を総動員して同情を買う。

敬虔《けいけん》な神の使途《しと》であろうとも若い男だ。あっさりと騙《だま》され、脱走の手引きをしてくれた。

だが、予想していたよりも発覚するのが早い。

身一つで逃げ出してきた春歌は、身を守るためのものを何も持っていなかった。衣《ころも》の隠しに入っているのは、逃げる途中で目についた、神殿の備品がいくつかだけだ。

首尾よく島を抜け出した後の路銀にするつもりで盗んだのだが、ここでつかまってしまったら、なんの役にも立ちはしない。それどころか、罪が重くなるだけだ。

だがそれでも、春歌は諦めなかった。諦めるくらいなら、最初から脱走など企《くわだ》てない。

修道院の生活が窮屈すぎることも一因ではあるが、春歌は何がなんでも自分をこんな境遇に追いやったあの女――加賀野絵里に復讐してやらなければ気が済まなかったのだ。

その一念で、疲れ切った体に鞭《むち》を打ち走り続けながら、身を隠せそうな岩陰でもないかと辺りを見回す。

その時だ――

バサリと、何かが羽ばたくような音が聞こえた。

こんな夜更けに飛ぶ鳥がいるのだろうか。もっとも鳥だとしても、今の春歌の助けにはならない。

そんなことに気を取られている暇はない、一刻も早く身を隠す場所を探そう――そう思う春歌の頭の中に、何者かの声が響く。

しかも声の主は、彼女がなぜこんな時間に一人で出歩いているのかと、問いかけてきた。

「は？　え？　だ、誰っ？」

驚いて足を止め周囲を見回すものの、夜の闇がわだかまるばかりである。空耳だったのかと考え、再度春歌が駆けだそうとすると、またもその声が響く。

「え？　上？　きゃぁっ！　な、何、おばけっ、怪獣っ!?　イヤッ、寄らないで、食べないでぇっ」

失礼な、とその声が憤慨《ふんがい》した気がするが、パニックに陥《おちい》った春歌は、追っ手に見つかる危険も忘れ、ひたすら騒いだのだった――

＊＊＊

「――申し訳ありません、岩場という岩場をはじめ、潜《ひそ》んでいそうなところは全て捜索したのですが……」

「もしやとは思いますが、まだ神殿内に隠れている可能性は？」

「物置から家畜小屋の隅々まで捜しましたが、どこにもいません」

「なんということでしょう……。ですが、こうなってしまったからには、急ぎ王宮に連絡を入れねばなりません」

「承《うけたまわ》りました」

——西の果ての国の、絶海の小島で起きたこの小さな事件が、どのような展開を見せるか。この時はまだ、誰も知る由《よし》がなかった。

第一章　お妃様は修業中

大いなるフォスがしろしめすフォーセラ。

その世界にある三日月型の大陸の中央付近に、シルヴァージュ王国はある。

今は新年を迎えてしばらくが経ち、そろそろ冬から春に移り変わろうという時期だ。

ここ、シルヴァージュ王国は、年明けからこちら——正確には昨年の半《なか》ばあたりから、近年まれに見る活気に満ち溢《あふ》れていた。

その理由はいくつかある。

まず第一に挙げられるのは、頻発していた異常気象が鳴りを潜《ひそ》めたことだ。

何年にもわたり季節を問わず吹き荒れていた嵐が、ぴたりと収まり、晴天に打って変わる。そしてその合間にほどよく降る雨のおかげで、昨秋の実りは、年寄りたちがこぞって『わしらが生まれて以来最高』という出来であった。また、その後に来た冬も、下手をすれば村が一つ丸ごと消えるほど厳しかったここ数年の寒さとは裏腹に、穏やかなものに戻っている。

そして、その喜びの最中に伝えられた、世継ぎの王子が王城に復帰したという知らせ。それが第二の理由だ。

この国の世継ぎの王子――第一王子は有能で前途を嘱望《しょくぼう》されていたが、成人を迎えた直後に難病にかかり、十年以上、離宮での療養生活を余儀なくされていた。その間、一度たりとも王宮に戻らなかったため、死病を患《わずら》っているのではないかと、国中でまことしやかに噂されていたのだ。

そうしている間に第二王子を推す派閥が出来あがり、国を二分する争いに発展する気配すらあるほどだった。

幸いなことに、第二王子本人には兄に成り代わる気がこれっぽっちもなく、王もまた『第一王子は必ず戻ってくる』と常々口にしていた。それにより、なんとか平和が保たれていた状態だった。ただ、それもそろそろ限界となりつつあったところへの帰還だ。

その上、王子は、己の妻となる黒髪黒目の乙女を連れていた。

なんでも、療養中の彼のもとに忽然《こつぜん》と現れたその乙女は、不思議な力でたちまち彼の病を癒《いや》したのだという。深く感謝した王子は、その乙女の心根が可憐《かれん》な容姿と同じく美しいと知り、彼女を妻にと願った。乙女は、王子の求婚を受け入れ、手に手を取っての帰城となったのである。

当然ながら、どこの誰とも知れぬ娘を第一王子の妻――つまりは未来の王妃として受け入れることを拒《こば》んだ者もいた。

けれど、第一王子から事《こと》の次第を聞いた国王は、乙女を息子の妻にすることを認める。

更に、王都にある神殿から驚くべき声明が出されたことで、事態は一気に収束した。

曰《いわ》く、彼女は、この世界をしろしめす偉大なるフォスが、病に侵されてもなお国と民を思い遣る第一王子を嘉《よみ》して遣わせた聖なる存在――『奇跡の乙女』である、と。

また、数年来天候不順に悩まされていたのが、このところ穏やかで実り豊かなのは、乙女の力であるのだとも発表された。

国民は歓喜し、正式に王太子となった第一王子とともに国の次代を担《にな》う者として乙女を大歓迎したのである。

これが第三の理由。

無論、この間、何事もなかったわけではない。

はるか遠くにある海沿いの国『ディアハラ』に、『聖女』の名を騙《かた》る女が現れ、シルヴァージュを含めた国々に無理難題を押しつけてきた。だが、それも『真実、フォスより遣わされた奇跡の乙女』である彼女が、王太子とともに見事に解決したのだ。

シルヴァージュの行く末は、ただひたすらに明るいものとなった。

＊＊＊

「――背筋はまっすぐ伸ばし、片足を内側に引き、腰をゆっくりと下ろします」

「はいっ」

「視線は下げず、そのまま二呼吸ほど、姿勢を保ってください」

その動作はカーテシーと呼ばれる貴婦人の礼だ。

貴族階級の女性としては基本中の基本であるそれを、今シルヴァージュの王城で仕込まれているのは、この国の王太子妃、絵里であった。

「上半身が揺れていますよ、妃殿下。もっとしっかりと姿勢を保って――」

「う、太ももが……ぷるぷるしてる……っ」

たっぷりと布を使ったドレスを着ての礼は、そこそこの重労働だ。普段はあまり使わない筋肉が悲鳴を上げているが、それを口にするとすぐさまお小言が飛んでくる。

「お顔には常に微笑《ほほえ》みをたたえ、あくまでも優雅にとお心得くださいませ」

そんな無茶なと、声に出さず抗議しつつ、絵里は言われたとおりに優雅な（つもりの）笑みを浮かべる。すると、マナーの教師はかすかに表情を緩めた。

「……かなりよくなっていらっしゃいますよ。ダンスもですが、本日の調子を忘れずにご精進なさってください」

「ありがとうございました、先生」

体育会系のノリな彼女を見送り、絵里はほっと一息つく。気の利く侍女が、すぐにお茶の用意をしてくれた。

「お疲れさまでございました、絵里様」

「ありがとう。なんかもう、足腰が……あいたたた……」

最近、ようやく慣れてきたドレスのすそをさばき、絵里は些《いささ》かへっぴり腰で椅子に座る。

「慣れてくれれば、そのようなこともなくなりますわ」

「だといいんだけど……」

疲れをとるためにいつもよりも甘くしたお茶を口に運びながら、愚痴《ぐち》をこぼした。

「あの方はめったなことでは、生徒を褒めたりしません。絵里様はもっと自信をお持ちになるべきです」

「そうですよ、絵里様。最後なんか、本当にきれいな礼ができてました」

「そうかな？　ありがとう、ディア、エルム」

口々に励ましてくれる侍女たちに、絵里は礼を言う。

ディアと呼ばれた侍女の本名は、ディリアーナ。エルムのほうはエルムニアという。

絵里が口にしているのは、彼女が二人につけた愛称だ。

貴婦人とその使用人の会話にしては少々砕けすぎた物言いであるし、王族を名前で呼ぶのは本来不敬だが、彼女たちの態度は絵里たっての願いだった。

「——けど、ホントに今更とはいえ、私が王太子妃でいいのかなって思っちゃうよね」

「まぁ、絵里様!?」

「だって、ほら……きちんとしたお辞儀なんて、貴族のご令嬢なら、それこそ子どものころからできて当たり前なんでしょ？　ダンスだって、ようやくパートナーの足を踏まずに踊れるようになった程度だし……」

努力はしているし、それが少しずつ実っている実感もある。けれど、スタートが遅かったというハンデを覆《くつがえ》すにはまだ至っていない。

それがわかっているからこその弱音だ。

「——リィは何をするにしても上達が早い。礼儀作法もそうだ。すぐに誰よりも見事な貴婦人になる。だから、気にすることは何もないぞ」

「えっ、ライッ？　どうして、今頃……」

絵里の弱音に反論したのは、レッスン室に突然現れたこの国の王太子――つまり絵里の夫であるライムートだ。

彼は明るい金茶の髪に、ブルーグレーの瞳、すっきりとした長身で、顔立ちはちょっと他ではお目にかかれないくらい整った男性だ。所謂《いわゆる》、絵にかいたような『王子様』なのである。

「殿下。お越しになられる時は、せめて先触れを、と何度もお願い申し上げておりますが？」

王太子であるライムートに対して、恐れげもなく苦情を申し立てるのは侍女の片割れ、ディアだ。

彼女たちは絵里がこの城に来た時から仕《つか》えてくれている腹心で、王太子よりもその妃に忠誠が厚い。

仮にも一介の侍女が王太子に向かって放つにはかなりの度胸を必要とするセリフを、王太子妃至上主義の彼女は平気で言う。

「急にお出ましになられると、女性には不都合な場合もございます」

もう一人の侍女、エルムも同様だ。

「レッスンはもう終わったと聞いた。一息入れてお茶でも飲んでいるところだろうと思って来てみた」

ライムートは侍女の気持ちを知っているから、彼女らの発言を不敬とはみなさない。平気な顔で会話を続ける。

「……ご明察、恐れ入ります」

「マナーの前はダンスだったんだろう？　足を踏まずに踊れるようになったのなら、一曲、お相手願いたいものだな」

「い、いや。今はちょっと……くたびれてるので、また今度で」

普通の女性ならぽうっと受け入れてしまいそうなキラキラしいイケメンのお誘いを、絵里は華麗にスルーする。

なぜなら彼女は、若者よりも年かさの男性を好む――所謂《いわゆる》、おじ専なのだった。


彼女の本名は加賀野絵里という。

こことは違う世界の日本という国で生まれた彼女は、早くに父親を亡くし、母一人子一人で育つ。その上、大学入学直後に母親まで病没し、血縁の近い親戚もいない、天涯《てんがい》孤独《こどく》といわれる身の上だった。

幸い、両親の保険金やその他の蓄《たくわ》えにより、大学卒業までの学費や生活費には困らなかったが、頼れる人が誰もいないというなかなかにつらい状況である。

そのせいか、絵里は『頼れる年上の男性』に惹かれるという性癖を持っているのだ。

小中高と、同級生の男子には見向きもしたことがない。テレビドラマや映画を見ても、主役のイケメン俳優を尻目に、脇を固める渋い中年俳優に熱い視線を送るタイプだ。初恋は通っていた小学校の、当時四十歳を過ぎていた教頭先生という筋金入りである。

元々、流行を追うタイプではなく、一人で自分を育てる母を助けるため、勉強の合間に家事やバイトに励むという地味、かつ、真面目系だったので、年かさの教師の受けもいい。

代わりに同年代の男子には『くそ真面目で面白みがない地味女』と下に見られていた。もっとも、本人の眼中にないので無問題《モウマンタイ》だ。

そんなどこにでもいそうな普通の女子大生として生活していた絵里が、ひょんなことから異世界召喚され、そこで起こったトラブルにより命の危機に曝《さら》された。

それを救ってくれたのが、放浪の旅をしていたムサい中年男性だ。

彼は命を助けてくれただけでなく、この世界の知識もなく、頼る相手もいない絵里を、旅の道連れとしてくれた。おじ専の絵里に、恋心が芽生えるのは当然だ。というか、一目惚《ひとめぼ》れだった。

些《いささ》か強引に迫りはしたものの、絵里の思いを彼が受け入れてくれたことにより、年の差カップルが成立した——はずだったのだが……

——おっさんは、実は王子様だった。

それが、ライムートだ。

とある事情により本来の年齢よりも年上の姿に変えられ、諸国を放浪していた彼は、絵里の献身により呪いが解け、元の姿に戻ったのだ。

絵里が混乱したのは言うまでもない。理想の相手が突然、別人に変わったのだから……

しかし、最初こそ『詐欺《さぎ》だ、騙《だま》されたっ！』と騒ぎはしたものの、巧妙に外堀を埋められ、熱烈なアプローチの数々を受けるうちに、ほだされてしまう。

更に、その後に起こった事件により、二人は絆《きずな》を深めた。今では、相思相愛の夫婦である。

そんなわけで、絵里は一応新妻らしく、夫の心配をしてみせた。

「大丈夫なの？　こんな時間に。まだ執務中じゃなかった？」

「そちらは一段落した。どうせ休息するなら、リィの顔を見ながらにしたい」

実はこの王太子殿下、娶《めと》ったばかりの妻にメロメロなのである。この日だけではなく、いつだって少しでも体が空けば絵里のもとへ飛んでくる。

おかげで、執務室にいない彼を見つけたい時は、妃殿下の居場所を捜すのが最速だといわれるほどだ。

「それならいいんだけど、あんまり周りの人に迷惑かけちゃダメだよ」

「リィは冷たいな。俺はいつだってリィの側にいたいのに、リィはそうじゃないのか？」

冷静な妻の言葉に、ライムートがしゅんとなる。

彼が絵里をリィと呼ぶのは、出会った当初、そう呼んでいたからだ。

こちらの人々にとって『絵里』という名は発音しづらいらしい。

侍女たちはきちんと『絵里様』と呼んでくれているが、ライムート自身は今更、呼び名を変えるとしっくりこないので、リィのままになっている。

そして、それを王太子妃としての本名にもしてしまったため、今ではごく限られた親しい相手だけが『絵里』と呼ぶ状態だ。

「お仕事はちゃんとしないと。それ以外の時間はほとんど一緒にいるんだから……」

「もっと一緒にいたい。そう思うのだから仕方がない」

愛《いと》おしさを隠そうともしない、甘い流し目付きの美形の囁《ささや》きだが、生憎《あいにく》、絵里には通用しない。

いや、絵里のほうもライムートを愛してはいる。だが、彼女の場合、その対象は内面であり、外見にはほとんど惹かれていないのだ。おじ専のリィにとって今のライムートは若すぎる。

ゆえに「はいはい」と軽くいなし、侍女が新しいお茶を用意してくれたのを見計らって、椅子をすすめた。

お茶にライムートが口をつけるかどうか、といったタイミングで、レッスン室のドアがノックされる。

「失礼いたします。こちらに王太子殿下はお越しでしょうか？」

「……もうかぎつけたのか」

「そりゃそうでしょ」

ため息混じりに呟《つぶや》くライムートに、絵里は呆れた調子で答える。

姿を現したのは、ライムートと同じくらいの年頃の青年だ。

「殿下。見つけましたよ」

「気を利かせて、もう少しゆっくり来ようとは思わないのか？　ジーク」

「お茶を一杯飲まれるには十分な時間であったかと存じます」

生真面目《きまじめ》な返答をする彼は、ライムートの側近のジークリンド。

身長はライムートよりも拳一つ《こぶし》分ほど高く、鍛え抜かれた体つきをしている。暗褐色《あんかっしょく》の髪と目に、整った目鼻立ちの持ち主で、ライムートと並ぶと正に目の保養だ。

だが、もちろん絵里はなんとも思わない。平然とその労をねぎらうのみだ。

「お疲れ様です、ジークさん。いつもごめんなさい」

絵里とて、きれいな顔だな、とは思う。けれどまったく好みからは外れているため、それに感動したり見とれたりはしない。

今も顔を赤らめることなく、ひたすら申し訳なさそうにした。

「いえ、妃殿下がそのようにおっしゃるには及びません。全ては殿下のせいですので」

そんな絵里をジークリンドは、ライムートの妻にふさわしいと認めていた。

彼は、惚《ほ》れ惚《ぼ》れするような騎士の礼を執《と》った後、幼馴染《おさななじみ》にして己の主《あるじ》である相手に最終通告を出す。

「ご歓談中、誠に申し訳ありませんが、目を通していただきたい報告書が山積みになっております。直《ただ》ちに執務室にお帰りいただけますよう、お願い申し上げます」

「わかってる。だが、もう少しだけ……」

「そういたしますと、夕食のお時間に食い込むことになりますが、それでもよろしいでしょうか？」

「……」

昼は互いにスケジュールが詰まっているため、ライムートが絵里と一緒に食事をとれるのは、朝と夜だけだ。それも、様々な理由でとりやめになることが多い。特に朝は、ほとんど一緒にとれずにいた。ともに食事ができる夜は貴重な時間である。

ライムートは、渋々ながら頷いた。

たっぷりと未練を残して執務室へとドナドナされていく夫を、絵里は苦笑しつつ見送る。

「困ったもんよね。毎日なんだから……」

「それだけ絵里様が愛されている、ということですわ」

「うん、それはありがたいんだけど……」

——でも、重いんだよねぇ……

口に出すのは憚《はばか》られるので心の中で呟《つぶや》く。

もっとも、よく気がつく侍女たちには、絵里が呑み込んだセリフなどお見通しなのだろう。

「シルヴァージュ王家の男性は、代々、愛妻家として知られているのです。今の国王陛下もそうですが、先代、先々代様も側妃や公妾はおかれず、王妃陛下お一人を守っていらっしゃったそうです」

にっこり笑顔でフォローを入れる。

「つまり、重たい愛は遺伝だ、と？」

――あ、やばい。ペロッと本音が出ちゃった。

せっかく隠した気持ちを暴露してしまい、絵里は内心で慌てる。だが、咎《とが》められるどころか、あっさりと同意されてしまった。

「まぁ、そうなりますね……」

「ですが、お年を召してこられれば、落ち着くと思います」

しばらくのご辛抱ですよ、と慰《なぐさ》めよりも、諦めをすすめてくる侍女たちに、絵里は苦笑いを返すしかなかった。


さて、その日の夜。

すでに夕食もその後の湯浴みと着替えも終わり、今は所謂《いわゆる》、夫婦の時間となっていた。

「――父上と母上か？　俺が幼い頃は、それはそれは仲がよくて、目のやり場に困った覚えがある」

「あのお二人が？」

ライムートの膝《ひざ》の上で、絵里は目を丸くした。

ちなみに絵里がこの体勢になったのは、夜着に着替えて寝室に入った途端に抱き上げられ、強制的に座らされたせいだ。拒否権はない。というか、毎度のことなので、諦めている。

「俺の弟妹の数を見れば、察しがつくんじゃないか？」

そう言われて絵里は、ライムートの家族を思い出す。現在のシルヴァージュ王家には、ライムートの弟と妹が三名ずついる。無論、全員、王と王妃の子どもだ。

「そりゃそうだけど……正直、あのお義父《とう》様が、お義母《かあ》様にそんなふうに接していたとか、ちょっと想像できないよ」

現国王、つまりライムートの父親は、顔立ちこそ息子とそっくりだが、どこかのんびりとしたムードを漂《ただよ》わせた人だ。一方、王妃である母親は気丈でしっかり者のイメージが強い。

その二人が目のやり場に困るほどいちゃついていたと聞かされても、絵里としてはすぐには信じがたかった。

「まぁ、今は随分と落ち着いてきているようではあるな。少なくとも、子どもの目の前でいちゃつかない分別はついたらしい」

「人は見かけによらないんだね……」

両親の代わりに、今度は息子が公然といちゃついているとは、世代交代というやつだろうか。

それにしても、ライムートは自分の態度を変だと感じてないのかと、絵里は疑問に思う。日本人としては平均身長の絵里は、こちらの世界ではかなり小柄な部類に入る。

その彼女がライムートの膝《ひざ》の上にちょこんと座っている様子は、『幼女趣味？』と誤解を招きかねない絵柄だ。無論、ライムートにそんな嗜好《しこう》はないし、絵里は歴《れっき》とした二十歳を超えた大人ではある。それでも心配ではあった。

会話を続けながらも、ライムートの手は絵里の体のそこかしこを彷徨《さまよ》っている。柔らかなタッチではあるが、その手つきは幼い子どもへのものではなく、夫婦の触れ合いのそれであった。

「見かけそのままの人間のほうが珍しいんじゃないのか？」

ライムートの指先が首筋をかすめた。絵里はくすぐったくて小さな笑い声を洩《も》らしつつ、答える。

「……それ、ライが言うとものすごーく真実味があるよ」

何しろ、絵里がくたびれた風来坊のおっさんだとばかり思っていた彼は、一国の王子だったのだ。

「俺の場合はあれこれと事情があったからな。まぁ、息子としては、目のやり場に困るような事態がなくなったことは喜ばしいかぎりだ。さすがにこれ以上弟妹が増えることもないだろうし――今はそれよりも初孫の顔をいつ見られるのかと、楽しみにしているらしい」

「あー……」

ライムートのセリフは苦笑混じりのものではあったが、絵里は顔をわずかに曇らせる。

「それって、急がないとダメな感じなのかな？」

「ん？　どういう意味だ？」

「いや、ほら。立派なお家だとあり得る話じゃないの？　ある程度の期間が経っても嫁が妊娠しないと、別の人をすすめられるとかなんとか……」

国王夫妻が孫を期待しているという話が出るのは、今回が初めてではない。

絵里自身が直接言われたことはないものの、ライムートの言葉の端々から、義両親が子どもの話題を出していることがわかる。

「リィは、俺の子を産みたくないのか？」

「なんでそうなるの？　欲しいに決まってるでしょ。けど、結婚してしばらく経つのに、まだ妊娠した気配とかないから……」

しばらくとはいっても、まだ半年も経ってはいない。

けれど、ハネムーンベイビーという言葉を知っており、おそらく国中で一番、後継ぎを必要とする家に嫁《とつ》いだという自覚のある絵里にとっては、なかなかのプレッシャーになっていた。

いくら愛妻家で知られる王家でもいつまでも後継者が生まれないとなれば、いろいろと問題が出るはずだ。

「母上が俺を産んだのは、確かに嫁《とつ》いで一年目だったが、上の弟が生まれたのは、それから十年も過ぎてからの話だ」

話の途中でうつむいてしまった絵里の顎《あご》に指を添えて上を向かせながら、ライムートが言い聞かせるように告げる。

「いつ子を授《さず》かるかは、フォスの御心《みこころ》次第だ。焦る必要はない」

「……子どもができないかも、って考えたりしないの？」

自身が不妊かもしれないとは考えたくない。それでも一抹《いちまつ》の不安が絵里の中には残っている。

元の世界なら、ブライダルチェックなどというものもあるが、こちらに来てしまってはどうしようもない。

思い切って問いかけてみると、ライムートが絵里の疑念を豪快に笑い飛ばした。

「ないな。思い出してみろ——リィがフォスからいただいた加護はなんだった？」

「加護？　……えっと、あの『愛する者と幸福になる』ってやつ？」

「そうだ。俺もリィも子が欲しい。ならば、絶対に子は生まれる——さっきも言ったが、その時期についてはフォスがよいように取り計らってくれるはずだ。だから、まったくもって俺は心配なぞしていない」

きっぱりとそう言い切ると、不意にライムートがまとう空気を変えた。膝《ひざ》の上に横抱きにした絵里の顔に、自分のそれを近づけてくる。

それを敏感に感じ取った絵里が瞼《まぶた》を閉じるのとほぼ同時に、柔らかな口づけが与えられた。

「ん……」

ゆっくりと角度を変えながら、幾度も唇が触れ合わされる。それに誘われるように開いた唇の間から、熱い舌が滑り込んできた。

くちゅくちゅ、と舌と舌が絡み合う音が静かな寝室に響く。

どんどんと深くなっていく口づけに、やがて絵里が息苦しさを感じ始めた頃、一度、唇が解放された。

「やだ、もうっ。いきなり、その気にならないでよ」

ふぅと大きく息をした後、こちらにも心の準備ってものがあるのだと、苦情を申し立てる。

けれど、ライムートはどこ吹く風だ。

「あまりにもリィが可愛らしくて、我慢がきかなかった。子どものことを不安に思うのは無理もないが、だからといって、くよくよ考えていても仕方ないだろう？」

「それはそうだけど……でも、どうしても、ね」

「まぁ、俺としてもフォスにばかり頼る気はない。幸福になるのが約束されているにしても、そこに至る努力は必要だろう」

だから、と。

口調は穏やかなままなのに、ブルーグレーの瞳の奥には、肉食獣めいた光がちらついている。

「努力って、つまりはエッチするってことでしょ？　……あっ、ちょっ、こらっ!?　もうっ、もっとムードのある誘い方とかできないの？」

しばらく肩や首筋を彷徨《さまよ》っていた指先が、大きく開いた夜着の胸元から内部へ忍び込んできた。それを布の上から押さえつけて、絵里はそれ以上の動きを制す。そして慌てて諭《さと》したのだが、効果はなかった。

「リィが、いきなり押し倒すのはダメだと言うから、その前にちゃんと会話をするようにしたんだが……そうか。それだけでは足りんのか」

その言葉に、絵里は妙に納得した。膝《ひざ》の上にお座りという中途半端な状態にもかかわらず、彼が愛撫の前に会話を始めたのは、そんな理由があったからだったようだ。

「あ、いや、そういうわけでもないんだけど……」

絵里の腕力ではライムートの動きを妨《さまた》げられるわけがないのに、彼の手は制止された位置でおとなしくとまっている。それは、彼が絵里の希望を叶えるつもりがあるという意思表示だ。

「ムードのある誘い方、だったな。生憎《あいにく》と、俺はあまりその手のことが得意じゃない。リィのいたところでは、男はどんなふうに女を誘うんだ？」

「んなの、私が知ってるわけないでしょっ」

地味系真面目女子だった絵里には、男女交際の経験がない。

ライムートにリクエストした『甘いムードの会話』は、テレビや映画の中で見聞きしたものだ。しかも、そういったシーンは大抵は主役のイケメン俳優が担当する。絵里の視線は脇を固める渋いおじ様たちに集中しているために、なんとなくそういうシーンがあったくらいにしか記憶に残っていなかった。

それに、この手の会話はこういう状態になる前に交わされるものだ。

「……ごめん、降参。もういい、よ？」

自分が理不尽なことを言っていると悟《さと》った絵里は、しゅんとしつつ謝る。

そもそもの話、ライムートとそういうことをするのが嫌というわけではない。

ただ、未だに照れがあり、それをなんとかしたくて口から出てしまっただけだ。

自分の身勝手だと反省した絵里は、彼の手を押さえつけていた手を引き戻そうとした。

しかし、その途中でライムートの大きな掌《てのひら》に包み込まれる。

口元まで運ばれ、その掌《てのひら》にちゅっと音を立てて口づけられた。

「ライ……？」

てっきり、すぐに始まると思っていた。戸惑《とまど》って声を上げる絵里に、ライムートが小さな笑みを浮かべて言う。

「俺もリィもわからんなら、二人で模索するしかないということだ。ジークあたりに聞くのは違うんだろうしな。俺はあまり口が回るほうではないから、しゃれた口説き文句なぞ、いきなりは出てこんが……あんな話をしていてなんなんだが、正直なところ俺は、子はもう少し後でいいと思っている。しばらくは、リィを独り占めしていたいからな」

そのセリフに、絵里の顔は真っ赤になる。

どこが口下手だ。とんでもなく甘いセリフを発していながら自覚していないのだから、質《たち》が悪い。

「ライ、それ反則……」

「リィ?」

真っ赤になってうつむく絵里の顔を、ライムートが覗き込んでくる。

「そんなこと言われたら……好きにしてって言うしかないじゃないっ」

その言葉を口にした途端、晴れやかに笑ったその顔は、まさに光り輝く超イケメンである。

まぁ、絵里としては顔の造作よりもそこに浮かんでいる表情のほうが重要なのだが、どちらにせよ『犬も食わない』といわれる状況であるのは間違いない。

「ライのばかっ！　もぅ……大好きっ」

一転してぎゅっと抱き着く。

お互いの体格にかなりの差があるので、下手をすると幼い子どもが親にしがみついているようにしか見えないが、無論、内実はまったく違う。

「リィ、愛してる」

「うん、私も好き……」

どちらからともなく唇が重なる。

先程とは違い、最初から濃厚に舌を絡め合う情熱的なものだ。

一旦は止まっていたライムートの手が、動きを再開した。絵里の夜着は、襟《えり》ぐりを大きく開けたデザインであるために、布が手の動きを邪魔するということはない。

本人が小さいと気にしている胸のふくらみを片手で包み込まれ、柔らかく刺激してくる。中央の赤い突起が、すぐさま立ち上がった。

「気持ちがいいか？」

掌《てのひら》の中央にその突起をあてて感触を楽しみながら、ライムートが口づけの合間に問いかけた。絵里は真っ赤な顔でこくりと頷く。

至近距離から感じる吐息はすっかり熱を帯《お》び、瞳も情欲に潤《うる》んでいる。

この世界では幼く見える容姿とは裏腹に、絵里は成熟した『女』であった。

少し強めに胸を愛撫されると、小さく開いた唇の間から甘い喘《あえ》ぎが零れ落ちてしまう。

「ん……あんっ」

その声をもっと聞きたいのか、ライムートの動きに熱が入った。

「え？　あ……きゃっ」

ライムートは襟《えり》もとに差し込んでいた手を引き抜くと、絵里の肩や脇腹を撫でていたもう片手も動員し、彼女の体を軽々と抱き上げる。そのままわずかに上半身をひねり、絵里をベッドの中央にポスンと着地させた。

「……寒くはないな？」

「うん、全然」

季節は初春だが、さすがに一国の王城で、しかもここは王太子の部屋である。むしろ体に熱が籠《こも》って暑いくらいだ。

そう絵里が答えると、ライムートはベッドの上にペタリと座り込んでいる彼女の足元をまさぐり、一気に夜着をめくり上げた。

柔らかく滑《なめ》らかな生地でできたそれは、睡眠を妨《さまた》げないように、かなりゆったりとした作りになっている。それは彼にとっても好都合だったようで、そのままの勢いで、腕と頭を抜かせると、後は邪魔とばかりにベッドの下へ放り投げた。次いで、自分が着ていた簡素な上着と下穿《したば》きを恐ろしい勢いで脱ぎ捨て、絵里の体に覆《おお》いかぶさってくる。

「ライったら……なんか、がっついてる？」

ライムートとこうなる予定の夜は、絵里は下着を身に着けていないので、すでに全裸である。ライムートも同様であるので、今、二人の間を阻《はば》むものは何もない。

「あんな可愛らしいリィを見せつけられたら、嫌でもそうなる」

「……こんなに毎日してるのに？」

「まったく足りんな。できれば、執務なんぞ放り出して、一日中ここに籠《こも》っていたいくらいだ」

「それはやめてあげて。いろんな人が泣いちゃうから」

イチャイチャした会話をしたがっていた絵里だが、今、交わしているのがそれであるという自覚はない。そして生憎《あいにく》と、それをツッコめる者はこの場にいなかった。

「そうだな。俺が啼《な》かせたいのはリィだけだ」

「……今のライの顔、ものすごくエッチい」

二人は、どこのばかップルにも負けない会話をごく普通に続ける。

「リィも、ものすごく色っぽい顔をしているんだが……まぁ、話はこのあたりにして……」

「ん……」

三度、互いの唇が重なった。

くちゅくちゅと互いの舌を絡め合い、唾液を交換する。

絵里の口中に差し入れられた舌が、上顎《うわあご》の内側の敏感な部分をチロチロと刺激した。

絵里はくぐもったうめき声を上げて、ライムートの逞《たくま》しい首筋に腕を巻きつけ、ぎゅっと抱きしめる。

「ん……む、ぅ……」

彼の明るい金茶の髪はさらさらとしていて、絵里が指を絡めようとしてもなかなかうまくいかない。何度かチャレンジした後に焦《じ》れ、わしゃわしゃと頭髪をかき回した。

その動きに、ライムートが小さく苦笑し、彼女の片手をとらえてシーツへ押しつける。

片手で体重を支え、絵里の唇を解放して体を下へずらしていった。

頤《おとがい》から首筋、うなじへライムートの唇が移動する。そしてその合間に、ところどころを強く吸い上げた。

そのたびに絵里の体に小さな震えが走る。彼はそれを満足げに見やりつつ、やがて胸のふくらみにたどり着いた。

「ああんっ」

しばらく放置されていたというのに、その先端は相変わらず硬く立ち上がっている。

そこに誘われるようにライムートが唇を落とすと、絵里は甘い声で啼《な》いた。

彼はもう一方の胸へ手を伸ばし、ゆっくりと揉《も》みながら押しつぶすようにして刺激してくる。逞《たくま》しい体の下敷きになった腰が疼《うず》き、物欲しげに揺らめいた。

「あ、あっ……ライィ、っ」

恋人繋ぎでシーツへと縫い留められた手は動かせないため、絵里は残る片手でライムートの頭髪を激しくかき乱す。

胸のふくらみを口に含んだライムートにチロチロと舌を動かされ、背中が弓なりにのけぞった。

「ああっ！」

その反応に、ライムートの愛撫に更に熱が籠《こも》る。絵里はぎゅっと強く頭髪をつかんだ。

彼はそれに応《こた》えて、含んだ胸の先端を強く吸い上げた後、軽く歯を立てる。

「ひっ、ああっ……！」

その途端に、ひくりと少し絵里の体が震え、ライムートの髪をつかんでいた手から力が抜ける――小さく達してしまったのだ。

絵里が大きさをかなり気にしている胸は、ライムートに言わせると、信じられないほど柔らかく、大層敏感なのだそうだ。その揉《も》み心地と反応のよさに、つい夢中になって弄《いじ》り回してしまうらしい。

けれど、これほど感じたのは初めてのことだ。

「大丈夫か、リィ？」

慌てたように彼は問いかけるが、絵里はそれどころではない。まさか胸だけでイカされるとは思っていなかった。はぁはぁと荒い息をつきながら、恨めしくライムートを見上げる。

文句の一つも言いたいところではあるものの、それより息を整えるのに忙しい。精一杯睨《にら》みつけていると、ライムートの様子が変わった。

「ああ、リィ……っ」

感極まったというふうに、一言、彼女の名を呼ぶと、先程にもまして愛撫に熱を入れてくる。

「や、あっ……あ、ああっ、だ、めぇっ！」

達した余韻が冷めるどころか更に煽《あお》られて、絵里は悲鳴じみた嬌声《きょうせい》を上げた。

「あ、やっ……ああんっ！」

形が変わるほどに胸のふくらみを強くつかまれ、パンを捏《こ》ねるように揉《も》まれる。かと思うと、一転して唇で柔らかくついばまれ、舌でからめとられ転がされた。

絵里の片手は、すがるものを求めるようにシーツの上を彷徨《さまよ》う。

「やっ……胸、ばっか、りっ……っ」

左右交互に揉《も》まれ、舐められ、吸い上げられ、絵里は涙混じりに抗議の声を上げる。

ふくらみ全体が熱を帯《お》びて重く張り、先端の蕾《つぼみ》は充血して硬く立ち上がった。そこから、じんじんとした痺《しび》れに似た感覚が伝わってくる。

執拗《しつよう》な愛撫のおかげで体全体が熱に浮かされ、敏感になりつつあるのだ。

心臓は痛いほどに脈打ち、ライムートの髪が首筋やうなじをかすめるたびに、ぞわりとした快感が広がる。

腰の内部に怠《だる》い熱が湧き上がり、とろりとした液体が太ももの付け根から滴《したた》った。

それなのに、ライムートときたら胸にばかり夢中で、一向に他の場所に触れてくれようとはしない。

「も、やだぁっ……意地悪、しないで……っ！」

絵里は必死になって体をよじり、恋人繋ぎにされていた手も振り払う。両手を使って後頭部や背中をたたき、半泣きになりながらなじると、ようやくライムートが絵里の状態に気がついた。

「ライのばかっ！　なんでいつも、む、胸ばっかり……っ」

「……すまん」

ライムートとしても、別に絵里を虐《いじ》めたかったわけではないのだろう。だが――

「気をつけてはいるんだが……リィの胸が、あんまりにも触り心地がよくて、つい」

「つい、じゃないっ！」

涙目で抗議する絵里に、ライムートが申し訳なさそうに謝る。

しかし、このような状態になるのは、実のところ今回だけではなかった。こういった行為に及ぶとかなりの高確率でライムートは暴走してしまうのだ。

「いつもいつも……いっつも！　こんな貧相な胸揉《も》んで、何が楽しいのよっ」

「それは違うぞ。リィの胸は素晴らしい」

ライムートは女性の胸に執着する性癖を持っているわけではない。あくまでも絵里といる時だけなのは、彼女もわかっている。けれど、どうしても慣れないことはあった。

「何、力説してるのよぉ……」

「大事なことだ。大きさなど関係ない。リィの胸は最高だ」

キラッキラしたイケメン王子に、真顔でとんでもないことを主張されて、絵里は脱力した。

このおっぱい星人をなんとかしてくれと、神頼みしたくなる。

事《こと》あるごとにその素晴らしさを主張するライムートと、あくまでも大きさにこだわる絵里の会話は平行線をたどり、まじわったことはない。

そして、このようなネタで何度も争うのは、間抜けとしか言いようがなかった。

「はぁ……もう、いいよ」

ため息をついて、絵里は白旗を上げた。

正直なところ、この件に関してライムートを説得するのはすでに諦めている。それよりも今は、疼《うず》いて仕方がないこの体をなんとかしてほしい。

――結婚式を挙げてはや数か月。特別な事情がないかぎり、毎夜のように体を繋げているせいで、絵里の羞恥心《しゅうちしん》のハードルはかなり低くなってきていた。

「しかし……」

「いいからっ！」

まだまだ胸の素晴らしさについて語りたいらしいライムートの言葉を、強引に断ち切る。

ついでに両手を伸ばして彼の首に絡ませると、その頭を引き寄せて自分からキスをねだった。

「子ども、作るんでしょ？」

少々――というよりもかなりストレートなお誘いだが、今の絵里ではこれが精一杯である。それでも、真っ赤な顔と上目遣いでの発言は、効果が抜群だったようだ。

「……そうだったな。愛らしい妻のおねだりに応《こた》えられないようなら、男が廃《すた》る」

本人としてはまだ若干、主張したりない部分もありそうだが、さすがに空気を読んだのか、ライムートが口を閉ざす。

「リィ……愛してる」

仕切り直しの一言を口にすると、ちゅっと音を立てて口づけてきた。

とてつもなく間抜けな一幕はあったものの、結局のところは想いあった者同士だ。ライムートは絵里のツボもきちんと把握している。

先程の罪滅ぼしのつもりもあってか、絵里に触れる手つきは丁寧で、それでいて情熱的だった。

「ん、あっ……ライ、っ」

口づけの最中にも、肩から腕へのラインをライムートの指先が優しくたどる。大きな手が絵里の手を持ち上げると、指の一本一本にキスをしてきた。

左右の手に同じことを施《ほどこ》したのちに、体を下方へずらし、慎重に胸のあたりを避ける。――どうやら、また触れてしまえば元の木阿弥《もくあみ》になるという自覚はあるらしい。ライムートにとって絵里の胸というのは、恐ろしいまでの魅力があるようだ。

そして彼は、絵里の体全体に愛撫を施《ほどこ》していく。

臍《へそ》のあたりに唇を落とされ、時折強く吸い上げられる。更に下へ向かった唇は、とうとう淡い下生えに包まれた小さな丘に到達した。

同時に、彼の両手も脇腹から腰のラインを何度も撫でさすり、ゆっくりと下降していく。

やがて、カーブを描く臀部《でんぶ》と太ももの付け根にたどり着くと、絵里の腰を軽く持ち上げた。

「え？　……きゃっ！」

そのまま一瞬のうちに両脚を左右に割り広げられた絵里は、小さな声を上げる。もちろん嫌がっているわけではない。それどころか、ねだるようにちらりと視線を下げて彼を見る。

すると、期待をたたえた熱い眼差《まなざ》しに出会うことになった。

「声は抑えなくていいからな」

短くそう告げた後、ライムートがおもむろにそこへ顔をうずめる。

「あっ！　あ、あっ……ラ、イッ！」

まだ触れられてもいないのに半《なか》ば立ち上がり下生えの間から顔を出していた紅い粒を、彼が唇で包み込んだ。軽く挟んでその感触を楽しんだ後、たっぷりと唾液を載せた舌で舐める。

「あ、ああんっ！」

どこもかしこも敏感な絵里は、すぐに反応する。尖った舌先でチロチロと弄《もてあそ》ぶように刺激され、背中が反った。

「やっ！　ああっ……そこ、っ」

「気持ちがいいんだろう？　気にせず、好きなだけイくといい」

「あっ……ん、あんっ！」

ライムートが絵里の両手両脚を角度をつけて持ち上げ、自分の両肩をその下へ滑り込ませる。そのまま、がっちりと固定する。

更に指を伸ばして、脚の付け根の中心を左右に割り開いた。そこからとろりとした蜜が流れ落ちる。

「いい子だな、リィ」

すっかりと準備ができている様子に、ライムートが嬉しげに囁《ささや》く。そして先程から口で愛撫していた紅い突起へ指を添え、少しばかり強めに押し込んできた。

「やっ、あ……う、ぁんっ！」

柔らかな愛撫から一転しての強い刺激に、絵里はあっさりと二度目の頂点を極める。背筋は強くのけぞり、薄い腹がひくひくと痙攣《けいれん》した。数秒後に、全身が弛緩してシーツの上に沈み込む。同時に、亀裂から新たな蜜がどっと溢《あふ》れた。

ライムートがそれを舌で掬《すく》い取り、幾分柔らかくなった突起へ塗り込めるようにすると、絵里の喉からかすれた悲鳴が上がる。

「や、待ってて っ！　私、まだ……っ」

昇りつめてすぐの新たな刺激は、強すぎる。

ライムートがそこで一度動きを止めた。絵里の様子を気遣い、更に下にある蜜の出口へ攻略対象を変更した。

「ひゃっ……んっ！」

まずは舌の全面を使い、ぺろりとそこを舐め上げる。彼の両肩に担《かつ》がれた絵里の脚が、ピクリとはねた。

快感に震えるそれを落とさないように慎重にバランスを取りながら、ライムートは更に唇全体で溢《あふ》れ出る蜜を吸い取り、音を立てて嚥下《えんげ》する。

体液の味などろくなものではないはずなのに、彼はそれを甘いと言った。何度もその行為を繰り返す。

吸い取られる先から、次から次へと新たな蜜が零れ、絵里はどれほど自分が感じているのかを知る。

頃合いを見計らい、ライムートが尖らせた舌先を熱い亀裂の中へ差し込むと、絵里の体の震えが大きくなった。

「あっ、あっ……ライッ！　そ、そこっ」

入り口のすぐ近くにある敏感な個所を舌先で探られるたびに、絵里の奥で不思議な痺《しび》れが起こる。

不意に隙間から指を一本差し込まれた。

舌と指とで刺激されて、奥からはまたも新たな蜜が溢《あふ》れてくる。それを利用してライムートが更に奥へ指を差し入れてきた。

「あっ、ひぁ……や、あんっ！」

その指先で内部の壁を円を描くようにして刺激され、絵里の嬌声《きょうせい》が高くなる。

ライムートは一旦体を起こし、指先の愛撫へ集中した。指も一本から二本、やがて三本まで増やし、ナカでばらばらに動かす。

絵里の声が次第に切羽詰《せっぱつ》まったものへ変化した。

「やっ――また、くるっ！　また、き、ちゃ……っ」

「気にするな、好きなだけイけ」

「やっ、ちがっ……待って⁉　なんか……変、なのっ！」

いつもとは違う感覚に、絵里は必死で言い募《いつの》った。けれどそれに構わず、ライムートが彼女の内部の弱い部分を集中的に攻めたてる。

「ダメッ、たら……やっ！　あ、ああっ……あ、あ……っ」

止《と》めとばかりに内部の一点を突いた指先が、細かく震えた。同時に、しばらく放置されていた紅い突起も強く吸い上げられる。

「ひっ！　いっ……やっ、な、んか、出、ぁ……や、あんんっ！」

ぎりぎりの状態で強い刺激を与えられ、またしても頂点を極めた絵里が、高く啼《な》いた。つま先をぴんと張り、痙攣《けいれん》する。ライムートが指を咥《くわ》えこませている場所のほんの少し上の部分から、さらさらとした液体が勢いよく飛び出した。ライムートの手指と顔が濡れる。

「いやぁっ！」

至近距離で蜜とは違う粘度の低いその液体を浴びた彼が、やはり濡れてしまった手の甲で顔をぐいと拭《ぬぐ》う。

ただでさえめったにお目にかかれないレベルのイケメンの、更に色気を全開にした仕草だが、絵里は別のことが気になった。

「や、だっ！　ラ、イのばかっ！　わ、私……っ」

達した余韻もそこそこに、泣きそうになりながらライムートをなじる。

「出る、って……言ったのに！　どうして、やめてくれなかったのっ⁉　わ、私、もう、死んじゃいたいっ」

とうとう本気で泣きだすと、今度はライムートが慌てた。

「リィ……もしかして、粗相《そそう》したと思ってるのか？」

「ライのせいでしょっ！」

怒りと羞恥《しゅうち》のあまり、全力で殴りかかったが、元々の体格差と、達した後の脱力もあって、ライムートにほとんどダメージを与えられない。

彼は落ち着いた態度で、今の現象がどのようなものであるのかを説明してくれた。

「今のは潮吹きというやつで女性が感極まると起きるんだ。粗相《そそう》とかじゃないぞ？」

ただし、女性であれば誰にでも起こるというわけではない。

二十歳を過ぎても恋愛関係にとんと縁のなかった絵里は、まったくその手の知識がなかった。

「……それ、ホント？　嘘じゃなく？」

彼女はどうにか、ライムートの言葉を理解する。

「本当だ。まぁ、俺もお目にかかるのは初めてだが、リィがそれほど感じてくれたという証拠だ。男冥利《おとこみょうり》に尽きるな」

「え？ そ、そんなこと……」

「そうでなければこうはならん——リィも気持ちよかったんだろう？」

「え？ そ、りゃ……まぁ、うん……」

問いかけられてわずかに躊躇《ちゅうちょ》したものの、『確かに……ものすごく気持ちよかった』と、素直に告白する。

それにしても今夜は、胸だけでイったり潮を吹いたりで、初めて尽くめだ。

「それだけ、俺になじんでくれたということだ。丹精《たんせい》した甲斐《かい》があるというものだな」

「丹精《たんせい》……って」

キラキラしいイケメン王子のくせに、ライムートは時折、妙におじさん臭い物言いになる。それは彼のこれまでの経緯を考えると仕方のないことだ。

まぁ、そのことはさておき——誤解が解けたところで、行為の再開と相成る。

なぜなら、ライムートの下半身事情がもたなかったのだ。

「イったばかりでつらいだろうから、最初はゆっくりと、な？」

そんなことを言いながら、改めてライムートが絵里の体の上に覆《おお》いかぶさった。隆々《りゅうりゅう》と天を仰いでいるモノの先端を、熱く蕩《とろ》けた中心に擦《こす》りつける。

「んっ……」

絵里の小さな蜜口がライムートの先端を受け入れた。

先端のふくらんだ部分を入り口の縁に引っ掛けるように、数回抜き差しを繰り返され、彼女の体に走る震えが大きくなる。

「リィは、これが……好き、だろう?」

欲情でわずかにかすれた声で問いかけられ、真っ赤な顔をした絵里は小さく『ばかっ』と返す。同時に、シーツの上に所在なげに投げ出していた腕をライムートの首に回した。

言うまでもなく、それらは肯定に他ならない。

ライムートは満足そうににやりと笑った後、硬く屹立《きつりつ》したそれを更にゆっくりと奥へ進めてきた。

「んぅ、んんっ」

途中、何度か細かく前後に動く動作を交えつつ、ゆるゆると最奥にもぐり込んでくる。ほどなく先端が柔らかい肉の壁にぶつかった。

「あ……き、気持ち、いい……」

絵里はうっとりと呟《つぶや》き、彼の背中に回した腕に力を入れる。

全てを収めきった後のこの一瞬を、彼女は好んでいた。それをライムートも承知している。

先程、潮を吹くほど深く達したためか、絵里の内部の壁はいつもよりも更に柔らかく、細かく震えて吸いつき、ライムートの屹立《きつりつ》したモノを包み込んでいる。

絵里はより彼を感じようと瞼《まぶた》を閉じた。

すぐに、じっとしているだけでは飽き足りなくなったライムートが、奥の壁を軽くノックする。

「あんっ！」

絵里は無意識に蕩《とろ》けた声を上げてしまった。

少し間を置いて何度か同じようにされ、彼の背に回した手に更に力が籠《こも》る。絵里の体がわずかにシーツから浮き上がった。

「ライ……も、いいよ」

入れられたばかりの時も気持ちいいが、数えきれないほどライムートに抱かれた絵里は、それよりもっと強い快感を知っている。

すでに舌や指で絶頂を極めてはいるものの、彼の剛直で内部を擦《こす》られて達する悦楽は格別だ。

「いっぱい動いて……もっと、気持ちよく、して？」

もっとライムートが動きやすいようにと、自《みずか》ら大きく脚を開き軽く膝《ひざ》を曲げると、受け入れる角度が微妙に変わる。その刺激に、ただでさえ狭い内部の壁の圧力が増した。

それがライムートの本能を刺激する。

「ライ――大好き」

「ああ、リィ。俺も、愛してる……っ」

ライムートの瞳に最後の熱が灯《とも》る。

「っ！」

ずんっ、と強く最奥を突かれ、絵里の背中が大きく反り返った。

その隙間にライムートが腕を差し込み、彼女の体を両手でしっかりととらえると、その中心に向かって何度も腰を打ちつけていく。

「あ、あんっ！　んっ！　んぅっ」

ライムートの先端が最奥を抉《えぐ》るたびに、甘い悲鳴が絵里の口から洩《も》れた。

ライムートが動くたびに柔らかな胸のふくらみが卑猥《ひわい》に形を変える。硬くなった先端は彼の腹筋に擦《こす》られて、それがまた快感を呼んだ。

ひときわ強く腰を押しつけられ、内部に留まりきれなかった蜜が密着した部分から溢《あふ》れ出る。

ぐちゅぐちゅと粘着質な水音が、室内に淫猥《いんわい》なムードを充満させた。

「くっ……リィ、ッ」

「ひ、ぃんっ！」

短い悲鳴とともに、絵里のつま先がぎゅっと丸くなる。

根元まで呑み込ませたライムートが、捏《こ》ねるように腰を使うと、左右に押し広げられた脚が痙攣《けいれん》を始めた。

「や、ダメっ！　ま、また……っ」

絶頂の気配に、思わず絵里は腰を逃がそうとする。その腰をとらえ、ライムートはぐりぐりとある一点をなおも刺激した。一番弱い部分を目掛け、大きなストロークで何度もそこを攻めたてる。

絵里の内部は、震えながらライムートの剛直を食いしめた。

彼は止《とど》めとばかりに腹筋を密着させ、蜜口の上の紅い突起を捏《こ》ねるように腰を使う。

「あ、やっ！　ああ……いっ、ク、ぅ……っ！」

絵里の熱い内壁がうねり、搾り取るような動きになった。

「つく……」

荒い息をつき、絵里は小刻《きざ》みに痙攣《けいれん》する。

その体を抱きしめたライムートが、圧倒的な快感をやり過ごすためにか、硬く奥歯を噛みしめた。

その努力の甲斐《かい》あって、絵里が脱力してぐったりとシーツに沈み込んでも、まだ彼のモノはその内部で硬さを保っている。

「や、待っ……今、まだ……ああっ、ダメぇっ⁉」

達したばかりの内部を更に抉《えぐ》られて、絵里は悲鳴を上げた。

しかし、その主張とは裏腹に、内部の壁はまだ物欲しげにライムートに絡みついたままだ。それどころか、先程とはまた違った動きで、彼の子種を搾り取りにかかっている。

絡みつき、引きとどめる動きをする粘膜。それを引きはがすようにライムートが腰を引き、再び根元まで自身を呑み込ませた。

ひきつった声が絵里の喉から洩《も》れる。それなのに内部は、そんな彼の動きを喜んで受け入れていた。

ぐちゅ、ぬちゃ、とライムートの剛直に激しくかき回されている内部から、泡だった蜜が溢《あふ》れ出してくる。

お互いが接合した部分は、もう洪水だ。

「ひ、ぃんっ！　あ……ひ、あんっ！」

絵里の目は次第に焦点を失い、開きっぱなしの唇の端からは飲み込みきれなくなった唾液が流れ落ちた。達したばかりで落ち着く暇もなく、新たに与え続けられる快感により、小さな絶頂を何度も繰り返す。

その唇から上がる声は、すでに言葉の体《てい》をなしていない。

激しすぎるライムートの動きについていくのがやっとで、必死になって自分の腰をと
らえている手に取りすがる。少しでも衝撃を弱めようと、脚を彼の腰に巻きつけた。

却《かえ》ってそれが互いの結合を深くしていることには気がつかない。

「やっ、もっ……無、理ぃっ」

絵里の必死の思いで紡《つむ》いだ言葉に対するライムートの返事は、無情なものだった。

「大丈夫だ。まだ……イける、だろう？」

そう嘯《うそぶ》き、彼は片手を接合部分のすぐ上へ伸ばす。

「ひぃっ！　――ダメッ！　そこ、ダメェッ」

「ダメ……じゃない。ほら、言える、な？」

「あ、ひっ……ああ、きも……ち、いっ！　いいっ……ああんっ」

「こっちか？　それとも……こちらかな？」

「ああ、そこっ⁉　……ああ、あ――んぅ、んんんっ！」

痛いほどに赤く充血して立ち上がった突起と、最も感じる部分を同時に攻められ、絵

里はライムートの肌に爪が食い込むほど手に力をこめる。男の腰に巻きついた脚も、渾身の力で締まり、頭頂部がシーツを擦《こす》りそうなくらいに激しく背中がのけぞった。

「っ！　……っ、っ!!」

声にすらならない、吐息のみの絶叫が絵里の喉の奥からほとばしる。

膣壁に強く締めつけられ、ようやくライムートもその欲望を吐き出した。

「っ、は……」

何度も熱い白濁を絵里の内部へ注ぎ込む。そのたびに、びくびくと震える肉棒に内部の壁が絡みつき、もっと出せとばかりに蠢《うごめ》いた。

「は……ぁ、は……ぅ……」

最奥に最後の一滴まで熱いものが注がれる。

絵里は荒い息を吐きつつ何度も大きく胸を上下させた。まだ息が整わず、強すぎる絶頂に、目もうつろなままだ。

無防備極まりないその姿を見下ろしたライムートが、そっとその平らな腹へ右手を滑らせた。

ちょうどその掌《てのひら》の下あたりが、今しがた彼が子種を流し込んだ部分のはずだ。

「気持ちが悪いだろう？　風呂に入れてやろうな」

優しくそう囁《ささや》いて、両手で絵里の体を抱き上げた。その拍子にとろりとした液体が、体内から零れ落ちる。それを見た彼が、「また改めて注ぎ込んでやればいい」と笑った。

まだ正気に戻り切れておらず、ライムートの言葉に気がつく余裕のない絵里は、抵抗せず受け入れる。

そして、最初はごく当たり前にちゃぷちゃぷという水音だけがしていた浴室は、すぐに絵里の悲鳴じみた嬌声《きょうせい》が響くことになった。

第二章　さらば、平穏な日々

そんな夜を過ごした翌朝。絵里が無事であるはずがなかった。

「……毎度毎度、自分が情けない……」

新婚ほやほやの王太子妃が、頻繁に体調を崩し予定された時間に起床できないことは、シルヴァージュの王城では至極当然のこととして受け入れられている。

だが、それがわかっていても――否、だからこそ、目が覚めた時に、すでに太陽が高く朝食よりも昼食に近い時刻になっていることに、絵里はなんとも言えない自己嫌悪に陥《おちい》っていた。

たった一人で自分を育ててくれている母のために、中学生の頃から朝食と二人分のお弁当作りをしていた。そのせいか、朝寝坊自体に罪悪感を感じるのだ。

そんな状況で、彼女の機嫌ははっきり言ってよくない。

ただ、その思いをぶつけようにも、絵里をこうした張本人《ライムート》はというと、自分もかなり体力を使ったはずなのにいつもどおりの時間に起床し、旺盛《おうせい》な食欲で朝食を平らげて、すでに執務に取りかかっている。

まさか、仕事中にそんな文句を言いに行くわけにもいかない。ならば、夕食で顔を合わせた時にとも思うのだが、時間が経つうちに『きっちり起きられない私も悪いんだし……』と思い始めてしまう。

傍《はた》から見れば、お熱い新婚さんぶりであった。

「体調を崩されてしまっているのですから、仕方がございません」

「それより、もう喉は渇いてませんか？　もう少しで昼食ですけど、消化のいいものを頼んでおきますね」

「ありがとう。ディア、エルム」

疲労困憊《ひろうこんぱい》で起きられないのはいつものことだが、昨夜は寝室に続いて浴室でも……したため、今朝の絵里は軽い脱水症状を起こしている。

枕から頭を上げた途端に激しい頭痛に見舞われて、思わずうめき声を上げてしまう。

それに驚いたのは、絵里を起こしに来た侍女たちだ。

大慌てで医者が呼ばれ、彼女付きの女官長であるラーレ夫人まで飛んでくる。診察の結果、安静にして水分を摂れば大丈夫ということになって、ラーレ夫人はようやく胸を撫でおろした。

侍女たちは甲斐甲斐《かいがい》しく介抱してくれているが、診察結果を聞いたラーレ夫人は怖い顔で部屋を出ていったきりである。行き先はおそらく……

苦手な元乳母《うば》に締め上げられるライムートの姿が絵里の頭に浮かぶが、自業自得というやつなので同情はしない。

後宮の常駐医は穏やかな人柄の初老の人物で、渋い男前ではないものの、『優しいおじいちゃん』といった言葉がぴったりの風貌をしている。そんな——つまりはキラキラ　イケメン王子よりもよほど好みの相手に、赤裸々な夫婦生活を語る羽目になった絵里としては、そのくらいのペナルティは当然であった。

ついでに言えば、この日の午後はシルヴァージュの歴史や地理を学ぶ予定になっていたのだが、絵里の体調不良を受けて急遽、中止になっている。

「家庭教師の先生にも、ご迷惑かけちゃった……」

「仕方ございません。今日は一日、ゆっくりとお休みになられたほうがいいというお診《み》立《た》てです」

「自分でももちろんするけど、ディアたちからも先生方にお詫《わ》びをしておいてね」

「はい、わかりました！　それと、昼食までは今少し時間がありますから、それまでベッドでお休みになっていてください」

「ありがとう」

ここで『大丈夫だ』と言い張っても、絵里命の侍女たちが納得しないだろうことはわかっていた。甘やかされすぎだとは思いながらも、絵里はありがたくその言に従《したが》うことにする。

幸い、少しの仮眠の後の昼食は、ほぼ全てを平らげることができた。

みっちりとスケジュールが詰まっていたはずの午後がぽっかりと空いてしまったこともあり、気分転換に庭園を散歩したり、侍女二人をお茶に誘っておしゃべりをしてみたり……と、久しぶりにのんびりと過ごす。そのおかげもあって、絵里の体調は夜になるころにはすっかり回復していた。

ここで問題になるのはせっかく絵里が復調しても、また今夜の……で逆戻りという可能性だ。

さすがに二日連続で脱水症状ということはあるまいが、誰が見ても不調といえるほどに具合が悪いのは困る。

絵里本人も、無論、苦情を申し立てるつもりである。おそらく第三者――ライムートへ多大な影響力を持つラーレ夫人も、一言、物申してくれただろうが、それはそれ、これはこれである。

そう思い、絵里は手ぐすねを引いてライムートを待ち構えていた。

しかし――

「王太子殿下より、ご伝言を承《うけたまわ》ってまいりました。妃殿下におかれましては、本日のご夕食をお一人でお済ませ願いたいとのことでございます」

そろそろ執務を終えてライムートが戻ってくる時刻。ノックの音とともに現れたジークリンドが、そんなメッセージを運んできた。

「あら……そうなんですね。知らせてくれてありがとう、ジークさん」

「殿下は大変申し訳なく思われていらっしゃいます。この埋め合わせは、後日必ずする、と……」

些《いささ》か――いや、かなり普通の王族とは異なった経験をして規格外になった主《あるじ》とは異なり、ジークリンドは生粋《きっすい》の貴族らしい生真面目《きまじめ》な性格をしている。

唯一共通しているのは、ジークリンドの母親であるラーレ夫人に頭が上がらないことと、尋常ではない美男子だということくらいだった。

深刻そうな表情の彼に、絵里は気楽に答える。

「大げさですよ。気にしていませんから大丈夫です」

しかし、国に戻ってきたばかりの頃はともかく、ライムートが絵里との夕食をキャンセルすることは最近少なくなってきている。それに昨日の様子では、それほど執務が滞《とどこお》っていたという印象を受けなかった。

だとすれば、今日、何かしらあったということになる。

もっとも、将来はともかく、現時点ではたとえ王太子妃という立場ではあっても、絵里は国政に一切関与していない。正確には、まだいろいろと勉強途中で、関与できないのだ。

だから、ジークに「何かあったの？」と問いただすのは遠慮した。

「ジークさんも忙しいのに、わざわざこちらまで来てもらってすみません。ライには、お仕事頑張って、と伝えてください」

「そのようにおっしゃっていただくほどのことではございません。妃殿下のお言葉は、殿下に確《しか》とお伝えいたします」

そう言って、足早に戻っていくジークリンドを見送った後、絵里は壁際に控えていた侍女へ問いかける。

「何かあったのかな？　ねえ、ディア、エルム。貴女《あなた》たち、何か聞いてる？」

これは単に親しい相手に個人的な心当たりを尋ねているだけなので、絵里は政《まつりごと》への干渉にカウントしない。

「いえ、申し訳ありません。私は何も……」

「すみません、私もです」

「そりゃそうか。昼過ぎからずっと、私についてでてくれてたもんね」

侍女たちも、当然ながら国政に関する内密の情報を知る立場にない。

仕事柄、王城内であちらこちらと動く間に、何事かあった雰囲気を察することもなくはないが、今日はずっと絵里と一緒にいたので心当たりがないようだ。

「とりあえず、夕食いただいちゃおうか――お昼が少な目だったんで、お腹ぺこぺこだよ」

少しばかり暗いムードになりかけるのを、絵里は明るくおどけた口調で一掃する。

そんな絵里の気遣いに、何事にもよく気のつく侍女たちが素早く反応した。

「すぐにご用意いたします」

「わわ、急ぎますねっ」

そして、夕食を一人でとり、入浴、着替えを済ませた後、絵里が導かれたのは夫婦の寝室ではなく、隣にある彼女のためのプライベートルームであった。

「あれ？　こっちなの？」

「はい。先程また殿下よりご伝言が届き、『申し訳ないが、今夜は先に休んでいてほしい』と……」

それはつまり、ライムートは今夜こちらに来るつもりがないということだ。

「そうなんだ……わかったよ。それじゃ、おやすみね、ディア、エルム」

「はい、お休みなさいませ、絵里様」

一人残された自分専用の寝室は、久々なせいか、何やら妙にそっけない感じがする。

シルヴァージュに来た当初はこちらで休むことが多かったし、ライムートのおかげで睡眠不足が続いた時など、切実にここで一人で眠りたいと願っていたはずなのだが……

「なんか、慣れちゃったんだなぁ……」

そんな独り言がつい口をついてきて、自分でも驚いた。

「でも、ここは一つ、ゆっくりのびのびと眠れるありがたみを堪能《たんのう》させてもらわなきゃ」

月の障《さわ》りで行為ができない日も、ライムートは一緒に寝たがるし、引っつきたがる。愛されているという実感は嬉しいが、たまにならこういうのもいい。

そんなことを思いつつ目を閉じ、意外とあっさり夢の国に旅立った絵里であった。

その翌朝のこと――

きちんと起床時間に目を覚ました絵里は、十分に睡眠がとれたこともあり、旺盛《おうせい》な食欲で朝食を胃に収めた。そして、本日の予定を女官長であるラーレ夫人から告げられる。

王太子妃としてはこれが正常のことなのに、諸事情により実現できていなかったことに忸怩《じくじ》たるものを感じた。

　できるだけ毎朝きちんと起きようと、絵里は何度目かになる決意をひそかに固める。

「――午後のお茶の後は、昨日、中止になりました地理の講義を入れさせていただきました」

「先生にもご迷惑かけちゃいましたし、お会いした時にお詫《わ》びを言わないといけないですね」

「絵里様がお悪いのではございませんが、そのお心遣いはとてもよいことでございます。あちらも喜ばれましょう」

　シルヴァージュに来た当初から何くれとなく世話を焼いてくれていたラーレ夫人は、絵里にとって、夫《ライムート》の母親である王妃と並び、この世界での母のようなものだ。

　王妃ほど大っぴらにではないものの、ラーレ夫人も絵里を実の娘のように思ってくれているらしい。ライムートとの生まれの違いにしばしば後ろ向きになりがちな絵里を常々励ましてくれた。

　絵里は彼女の期待に応《こた》えたいと思い、まず今日の最初の講義であるシルヴァージュの国法に集中する。

　けれど突然、部屋の扉が激しい勢いでノックされ、こちらが返事をする前に勢いよく開いた。

「すまん、リィ！　悪いが今すぐ来てくれっ」

「殿下、ノックをしていただいても、返事をする前に開けたのでは意味がありませんよ」

いきなりのことに絵里は驚く。だが彼女が何かを言う前に、まずはラーレ夫人から叱《しっ》責《せき》が飛んだ。

いつもなら元乳母《うば》の言葉にはすぐさま謝るライムートが、今日はその時間も惜しいとばかりに言葉を続ける。

「非常事態だ、見逃してくれ――リィ、急いでくれっ」

「ど、どうしたの？」

「あちらで話す。とにかく早く――」

同じ室内にいるというのに、ライムートは、絵里たち同様に目を白黒させている中年の女講師には目もくれない。常日頃から、目下の者にも礼儀正しく接する彼にしては考えられない態度だ。

それに、「あちら」とは何処《どこ》なのかすら説明してくれない。おそらく彼の執務室がある表宮なのだろうが、他のことに気を取られすぎていて気が回らないようだ。

「わかった――先生、申し訳ありませんが……」

「いえいえ、お気になさらず。何やら急なご用のようですので、どうぞお向かいになってください」

「ありがとうございます」

そんな短いやり取りの間すら待ちきれないらしく、彼は今にも足踏みしそうな様子だ。

「リィ！」

一体、何をそんなに焦っているのか、絵里には皆目見当がつかない。

昨夜の夕食をすっぽかされ、一人で寝かされたことに関係するのかもしれないと推測するものの、少なくとも昨日はこれほど切羽詰《せっぱつ》まった感じはなかった。

自室で講義を受けていた絵里は、今、比較的簡素な装《よそお》いだ。王太子妃として表宮に行くのなら、ドレスを替える必要があるのに、ライムートはその時間も与えてくれなかった。

渋い顔をするラーレ夫人を振り切るようにして、彼は部屋を出る。絵里もそれに続いた。

大股で歩くライムートに手を引かれているために、小柄な絵里はほとんど小走り状態だ。

淑女たるもの、いついかなる時でも優雅に、決して急いでいる様子など見せてはなりません――そう、マナーの教師から怖い顔でお小言をいただく様子が絵里の脳裏をかすめるが、緊急事態なのだから勘弁してほしい。

そんな埒《らち》もないことを考えながらいくつもの回廊を抜けて、目的地らしきところにたどり着く。その頃には、彼女の息はすっかり上がっていた。

「――すまん、気が回らなかった」

「い、いいよ、もう……とにかく、着いたのなら中に入ろう？」

やっと彼女の様子に気がついたライムートが謝ってくるが、絵里としてはそれよりも早く中に入って休みたい。

目の前には豪華な装飾を施《ほどこ》された扉があり、両脇に警護の騎士が立っていた。何度か訪れたことのあるライムートの執務室とは違うことだけはわかる。

用がないかぎり表宮に足を踏み入れない絵里には、ここがなんのための部屋なのか見当もつかなかった。

「ライムートです、入ります」

取次を頼まず、自《みずか》らノックすると同時に声を上げ、応《いら》えが返る前にライムートが取っ手に手をかける。

どれ一つとっても一国の王太子のとるべき行動ではない。

それなのに、控えている騎士がそれを咎《とが》めることはなく、扉の中から叱責《しっせき》の言葉が飛んでくることもなかった。

「やっと来たか。待っていたぞ」

「え？　お義父《とう》さ——いえ、国王陛下？」

正面にある巨大な机の向こう側に座っていたのは、この国の国王だ。

それを見て、絵里はここが国王の執務室——シルヴァージュの国政の中心の中心であることに気がついた。

——いきなり、なんてところに連れてくるのよっ⁉

国王は義理の父ではあるものの、表宮にいる時は公人として接する必要がある。

慌てて呼び方を訂正しつつ、正式な淑女の礼を執《と》るために腰をかがめようとした絵里は、隣に立っていたライムートにその動作を止められた。

「今は礼儀作法など後回しでいい。それよりも話を聞いてくれ」

「一体、どうしたの？　さっきから思わせぶりなことばっかり。いきなりこんなところに連れてきて——何が起こってるってのよ？」

なんの説明もされず、ひたすら急《せ》かされ連れてこられたのだ。さすがに頭にきた絵里は、国王の前でライムートに噛みついてしまう。

「話してくれるならいくらでも聞くわよ。だけど、これだけ大騒ぎしたんだから、よっぽど大事《おおごと》なんでしょうね？　どうしたっていうの、怪獣が出て火でも吐いたの？」

絵里に、なんらかの予感があったわけではない。腹立ちまぎれに、たまたま頭に浮かんだことを口にしただけだ。

それなのに、彼女の言葉を聞《き》き咎《とが》めたライムートに質問される。

「怪獣？　なんだそれは？」

「え？　なんだって言われても――山みたいに大きな魔獣っていうか、竜みたいな怪物のことよ」

絵里は半世紀にもわたり繰り返しリメイクされてきた、有名なＳＦ映画のキャラクターの話をする。無論、ライムートの慌てぶりを皮肉るつもりで口にした。

けれど、ライムートは目を見開き、絵里の顔を覗き込む。

「リィ、お前……フォスから何かお告げでもあったのか⁉」

「は？」

「三日前、隣国に近い辺境の村から知らせが届いた。小山のように巨大な空を飛ぶ竜が、いきなり襲ってきて、森と畑を焼いたそうだ」

「……はいぃっ？」

嘘から出た実《まこと》ではないが、適当に口にしたことがまさか当たっているとは、普通思わない。

――何言ってんの？　もしかして、おかしくなった!?

絵里は思わず半眼になってライムートを見つめてしまう。

けれど、国王や室内にいたその他の数人――結婚の儀の折に宰相兼国務大臣だの、外務大臣だの、財務大臣だのと国王の信頼の厚い重鎮たちだと紹介された覚えがある人々は皆、至極真面目というか、それを通り越して沈痛《ちんつう》とすらいえる顔付きをしていた。その様子を見ると、どうやら冗談ではないようだ。

とはいえ、同じ室内にいるからにはまずそちらの方々にも挨拶をしないと。そう考えて向き直ろうとしていた絵里は、怒涛《どとう》の如《ごと》くライムートに問いただされた。

「アレが何か、リィは知っているのか？」

「ちょ、ちょっと待って！　何それ!?」

「知っているなら教えてくれ、頼むっ！」

「だから、ちょっと待ってったらっ。ごめん、さっき言ったのは単なる出まかせっていうか、思いつきだから！　私は何も知らないよ」

「しかし……」

余計なことを言うんじゃなかったと思っても後の祭りだ。

ただでさえ混乱しているらしい状況を、更に意味のわからないものにしてしまったと悟《さと》り、絵里は必死になって否定する。

しかし、怜悧《れいり》な頭脳を持っているはずのライムートが今は、はっきりと動揺していた。

イケメンなのはいつものことだが、その目の下にはくっきりと青いクマが浮いている。

おそらく昨夜は徹夜だったのではあるまいか。

そのおかげで頭の働きの方が些《いささ》か鈍《にぶ》っている様子だ。いくら絵里が否定しても最初のセリフのインパクトがなかなか抜け切れないようだ。

同席している大臣たちは、この場を全て国王とライムートに任せるつもりらしく、黙ったままでいる。

「だが――」

「いや、だから――」

絵里とライムートがまったく建設的でないやり取りをしていると、大きなため息とともに国王が口を開いた。

「ライムート、其方《そなた》は少し落ち着け。そして、絵里よ。本当に心当たりはないのだな」

「はい。変なことを言ってしまってすみません。今、ライからその話を聞くまで、一切何も知りませんでした」

「そうか……ならば、改めて儂《わし》から説明をしよう。その間に、我が息子は少し頭を冷やすがよい」

　さすがは国王。ライムートよりもはるかに落ち着いている。

「先程愚息が申したように、先日、我が国の村が、突然、巨大な生き物に襲われたのだ――」

　ライムートが二十年ほど年を取ればきっとこうなるに違いないと思わせる、柔和なイケてる中年男性――イケ中年の国王は、その風貌に似つかわしい貫禄のある声で説明を始めた。

「報告によれば、それは小山のような巨大な体で、背中には飛竜《ワイバーン》に似た翼があったそうだ。何かしらの理由で野生の飛竜が巨大化したものかとも思われたが、その生き物には飛竜にはない前肢があったらしい。更にそやつは口から炎を吐くと、村の周りの森と畑を一息で焼き尽くしたという」

　いきなり巨大な生き物が現れた上に、そのようなことがあったので、辺境にあるその村は大パニックに陥《おちい》った。ただ、その生き物――仮に『炎竜』と呼ぶそれの吐く炎があまりにも高温であったため、焼かれた部分が一瞬にして灰になり延焼がなかったことは、不幸中の幸いだ。

　無論、春の植えつけが終わったばかりの畑はことごとく灰になったのだが、人に被害がまったくなかったのも、喜ぶべきだといえる。

「辺鄙《へんぴ》なところにある村のために、ここまで知らせが届くのに些《いささ》か時間がかかってしまった。無論、知らせが届いてすぐに確認のために人を遣わすことにしたのだが、更に二つの場所から、知らせが届いたのだ。中身は、最初の訴えとほぼ同じものであった」

「つまり、少なくとも現時点で三か所、被害があったということだ。ちなみに、最初の知らせが届いたのが三日前。二つ目は昨日、最後のはつい先程の話だ」

ようやく落ち着きを取り戻したらしいライムートが、国王の言葉を補うように口を開く。

そこまでを黙って聞いていた絵里だったが、二人が口をつぐんだ瞬間を狙って、おずおずと尋ねてみた。

「すみません、大変なことが起こっているというのは理解しましたけど……それは、私が聞いていいお話なんでしょうか？」

絵里はシルヴァージュの国政には基本的にノータッチだ。それなのに、一国の大事ともいえる今回の事態に呼びつけられる意味がわからない。

これは面倒ごとを嫌ってのことではなく、自分が聞いても役には立たないと思ったからの発言であった。

「ああ。リィには聞いてもらわないと困る。三件目の知らせの中に、とんでもない内容があったんだ」

「そもそも最初の一件は、儂《わし》のほうで処理する手はずであった。しかし、三件も同じ事件が起きたとなれば息子にも手伝わせねばならぬと思ってな。呼びつけて、ともに報告を聞いていたところ、そこに絵里、其方《そなた》の名が出てきてしもうてなぁ……」

「は？　……私の名前、ですか？」

「三つ目の村からの報告の中には、前の二つにないことが含まれておったのだ。そこは、昔城に仕《つか》えていた衛士《えいし》が引退して住まっているところでな、他二つよりも詳細な報告が上がってきたのだよ。もしかすると、他の村でも同じことがあったのかもしれんが、それは今から詳しく調べることにするとして――最後の報告には、村を襲った炎竜の背には人が乗っていた、とあった。そして、その者はこう叫んだそうだ。『カガノエリに伝えなさい。これ以上、村を荒らされたくなかったら、さっさと出てこいっ、て！』と。その後に『思い知るがいいわ、これは私の復讐よ』とも、な」

「はぁあっ⁉」

国王の前であるとか、他にも国の重鎮たちがいるとかということが、その一瞬、絵里の頭から吹っ飛ぶ。思い切り素《す》っ頓狂《とんきょう》な声を上げた直後に、我に返った。

それくらい国王の言葉は驚くべきものだったのだ。

「儂《わし》が記憶するに、『カガノエリ』とは我が息子の妻のかつての名であったと思うのだが……」

確認するまでもない事項であるのに、国王もわざわざそれを口にした。それくらい彼にとっても衝撃的な事案であるということなのだろう。

ライムートも国王の言葉を補足する。

「――幸いなことに、報告を上げてきた者はそれがリィのことだとは気がついていない。というか、リィの元の名前を正しく知っているのは、うちの国でもごく少数だからな」

絵里が異世界から召喚されたという事実を知っているのは、夫であるライムートの他には、国王夫妻に、この場にいる三名の国家の重鎮たち。その他としては絵里付きのラーレ夫人とディリアーナ、エルムニア、ライムートの側近中の側近であるジークリンド、神殿にいる主・副両司祭のみだ。

ライムートの弟妹にすら、告げられていない。いずれ知る可能性はあるが、現時点ではまだ幼く他言しない確証がないというのがその理由だ。

つまり、完璧に秘密が守れると認められたほんの一握りの人間以外は、絵里を『フォスが遣わした奇跡の乙女』――王太子妃、リィ・クアーノ・エ・ル・シルヴァージュとしてのみ認識している。

これは国内だけではなく、他の国でも同じであった。

しかし、何事にも例外というものがある。

シルヴァージュに住む絵里と親しい人々以外に、おそらくは唯一そのことを知る人物がいた。

「もしかしなくても、それを叫んだ人って片野さん？」

片野春歌――それは、絵里がこちらの世界に転移させられた折、誤って一緒に来てしまった女性だ。

彼女の容姿は、ひいき目なしで上等の部類に入る。明るい茶色でゆるふわウェーブにした髪と、長いまつ毛にぱっちりとした大きな目、鼻筋のすっきりと通った派手目の美人だ。ボン・キュッ・ボンのメリハリあるスタイルの持ち主で、当然ながら男子受けもよい――その分、女子には距離を置かれるような、自分の魅力を自覚し利用できるタイプである。

同じ大学に通っていた頃、絵里は彼女に一方的に見下され、カモ認定されていたといっていい。

何しろ、春歌がこちらに飛ばされたのは、提出期限の迫った講義のレポートを絵里から奪おうとして揉《も》み合っていたために、絵里の付属物と認識されてしまったからなのだ。

そのエピソードだけでも、大体の人となりは想像できるだろう。

その上春歌は、その召喚の折に、本来の召喚対象であった絵里を、召喚陣からはじき飛ばすという暴挙をしでかした。そのせいで、安全な場所へ送り届けられるはずであった絵里は、大海原のど真ん中に落とされてしまい、必死の思いで岸まで泳ぐ羽目になったのだ。

もっともそのおかげで、諸国を放浪していたライムートに助けられた絵里は、彼と夫婦となって幸せに暮らしているのだが。

更には『聖女』を騙《かた》って諸国に無理難題を押しつけていた彼女の正体を暴いたのも絵里とライムートだ。

そんなわけで、片野春歌であれば、絵里に恨みを持っていてもおかしくない。

「この状況から考えて、その可能性が大だ」

「だけど、彼女って確か、どこかの神殿に入れられてたんじゃなかったっけ？」

偽聖女であることがバレた後、春歌は神殿にその身を預けられているはずだ。

「だが、リィの元の名を、きちんと叫ぶことができる奴が他にいるとは思えん」

『加賀野絵里』は日本人としてごくごく普通の名前だが、こちらの世界の人間にはかなり発音しづらいらしい。

報告を上げてきたのが誰なのか、絵里は知らないが、それをしっかりと聞き分け、発音を再現できたことに驚かされる。

「ディアハラに使者を遣わして、事情を聞くべきであろうが……」

国王が口にした『ディアハラ』というのは、絵里が本来送り込まれるはずだった国である。

春歌がやらかしたことで若干ごたついていたあの国は、今は落ち着き、シルヴァージュとの関係も悪くない。きちんと手順を踏んで問い合わせれば、情報を提供してくれるだろう。

そうであるはずなのになぜか、国王の言葉は切れが悪い。

「どうかしたんですか？」

ここに至って、絵里は国政に干渉する権限がどうとか言っている場合ではないと悟《さと》っていた。

どうやら、自分が当事者の一人になっているのだ。今更遠慮しても仕方がない。

「調査のために現地に人を遣るのと同時に、ディアハラに問い合わせの使者を送るつもりであるのだがな、なぜか飛竜が飛びたがらんのだよ」

「子どもの頃から可愛がって完全な訓練を施《ほどこ》した、何があっても命令を拒《こば》んだことのない連中が、今回に限って絶対に飛ぼうとしない――どうしてなのか、俺にもさっぱりわからん」

「ディアハラへは、いくら急がせても馬では一月はかかる。国内の調査にしても、十日は見ておかねばならん。その間に他の場所がまた被害にあうやもしれぬ。それに、国中を見張るのは困難だ。知らせを受けて駆けつけるには飛竜が動いてくれねば、どれほど時間がかかることやら……」

「……つまり、今、ものすごく困ったことになっているわけですね」

「ああ」

国王とライムートがかわるがわる説明してくれた事情を聞いて、思わず絵里は呟《つぶや》く。

間髪《かんはつ》を容《い》れず、ライムートが肯定した。

「それで、私が呼ばれたのはなぜでしょう？　心当たりを聞きたいからですか？」

「いや、それもあるが、もう一つ――飛竜に命じてみてほしいんだ」

「は？　私が？」

飛竜とは、本来は魔物の一種だ。だが、幼い頃から人に慣らし訓練することで、制御可能になる。

無論、それらは大変な苦労の末のことであり、数回、便乗させてもらっただけの絵里がどうこうできるようなものではない。

「リィにはマナを操る力があるだろう？　あいつらは普通の餌《えさ》も食うが、マナが大好物だ。その力でなんとか説得してもらえないかと思ったんだ」

「いや、それ普通に無理じゃないかと……そもそも、説得するも何も、私、飛竜に命令するやり方、知らないんだけど」

「普通に命令するのはもう何度も試した。ダメもとでやってくれるだけでいい。リィ、頼む」

マナとはこの世界の力の源みたいなものだ。絵里はそれを地球から運ぶために召喚され、自身もある程度操ることができる。

それでも、ライムートの言うことは無茶だった。

だが、飛竜が命令を拒《こば》むという異例の事態に、少しでも可能性があるのなら、それにかけたいということだろう。それほど、状況は切迫しているようだ。

「……まぁ、それでいいのなら……」

絵里としても、無駄足に終わろうとも、一つずつ可能性を試して次の方策を考えるためであれば、協力を惜しむ気はなかった。

「そうか、すまん！　なら、すぐに竜舎のほうへ――」

彼女が承諾した途端に、ライムートが飛び出しそうな勢いで扉へ向かう。

絵里は、またしても走り回らなければならないことを覚悟した。

けれど、次の瞬間――

「あー、それ無駄だよ。ダメもとって言ってたけど、完璧にダメダメだから、行くだけ無駄」

一国の王城。しかも、その中でも最も重要で最も警備の厳しい国王の執務室内に、いきなり聞き覚えのない声が響く。

「え？　な、何っ？」

同席してはいるものの一言も口を利かずにいた大臣たちの一人かと考えた絵里は、そちらを見る。だが、彼らもまた同じように驚いていた。

そもそも、大臣の一人にしては、言葉遣いが少々どころか大分砕けている。間違っても、国家の重鎮が国王陛下の前でする物言いではない。

絵里は、更にきょろきょろと周囲を見回すが、誰もいなかった。

その途中で国王と目が合う。なぜか驚愕《きょうがく》に見開いた彼の目は、こちらにくぎ付けになっている。

なんとなく嫌な予感がして、先程のように大臣たちを見遣ると、同じようにこちらを見ていた。

いや、正確には絵里の頭の少し上あたりだ。

「そうそう。そっちじゃなくて、こっちこっち」

どこまでも軽いセリフが聞こえてくるのは、絵里の真後ろである。

「――ぎゃっ！　な、なんでっ？　誰、貴方《あなた》っ!?」

一瞬前まで絶対に無人であったはずの背後に、いつの間にか目深《まぶか》にフードをかぶった人物が出現していた。

「あ、ごめんねー。驚かせちゃった？」

当たり前だ、と怒鳴るべきなのだろうが、絵里はまだ状況を把握できないでいた。

何しろ、不審者が現れたのならば警護の者を呼ぶべきなのに、誰もそれをする様子がないのだ。

決定的なのは、いつもならばすぐに駆けつけて絵里を守ってくれるはずのライムートが、扉の前で凍りついたようになっているということだった。

彼は国王以上に驚愕《きょうがく》し、パクパクと口を開閉している。

そして、ようやくのことで一言絞り出した。

「……予言者、どの……」

「はーい。久しぶりだね、ライムート君。国王様とお偉いさん方も元気そうで何よりだ」

不審な人物はあくまで軽く明るく返事をすると、かぶっていたフードを後ろに引き開ける。その下から現れたのは、年のころ五十歳過ぎと思《おぼ》しき、鋭利な印象の男性の顔だ。

「いきなり出てきちゃってごめんね。驚いたでしょう?」

銀髪とも白髪とも判然としない灰色の髪と、目じりが吊り上がり気味の金色の虹彩の目。身長はライムートよりも拳《こぶし》半分ほど高いようだが、ほっそりとした体つきと腰まである軽くウェーブがかかった髪のせいか、威圧感はあまりない。

「すみませんが、あの……予言者っていうと、もしかして?」

ライムート、国王、大臣たちまでもがそろって立ち尽くしてしまっているため、仕方なく絵里が口を開く。

内心では、自分が出しゃばっていいのだろうかと思っているが、他の人間が再起動するのを待っている時間がもったいない。

それに絵里自身が、この闖入者《ちんにゅうしゃ》に興味があった。

――叱られたら、叱られた時だよね。

「ああ。絵里ちゃんは僕のこと知ってるんだね」

いきなりの『ちゃん』づけ。しかもきちんと絵里の名を発音できている。名乗った覚えも紹介された覚えもないが……それは個人的な疑問であるので、後回しだ。

「ライ……ムート殿下から、話は聞いています。えっと、失礼ですが、本当にご本人ですか？」

彼――『予言者』という存在については、確かに絵里も話を聞いていた。

ただし、その話から受けた印象と、目の前にいる男性がまったくもって一致しない。

もっとも、国王の執務室に突然現れたというのに、絵里以外の人間は驚きはしても、彼を警戒してはいなかった。すぐさま警護の者を呼ぶのが当然な状況でそれをしないというのは、国王以下の面々が彼を見知っているからと考えられる。

「そうだよー。あ、ごめん、ご挨拶がまだだったね、初めまして。僕のことはカインって呼んでくれると嬉しいな」

「あ、はい、初めまして。私は加賀野――じゃなくて、リィ・クアーノ・エ・ル・シルヴァージュです。よろしくお願いいたします……？」

この予言者は、会話の間合いが非常に取りにくい相手だった。

立っているだけで、地位とか身分とか関係なく、人としての格が高いのだと察せられるオーラを醸《かも》し出《だ》す。年齢による風格に加え、整いすぎるほどに整った顔立ち。もしまともに話しかけられていれば、様々な意味で緊張し、絵里はろくな受け答えができなかっただろう。

だが、それを台なしにしているのが軽すぎる口調だ。ただそれも、軽くはあっても最低限の礼儀は守っている上に、無駄にフレンドリーなので余計に混乱する。

「はい、こちらこそよろしくねー――ってことで、そこで面白い顔博覧会してる人たちも、そろそろ正気に戻ろうよ。いろいろと大変なんでしょ？　ボケっとしてる暇ないと思うんだけど」

視覚と聴覚の違和感をどう処理すればいいのだろうかと絵里が混乱している間に、予言者――確か、カインと名乗った彼が、居並ぶ男性陣に活を入れる。

「よ、予言者どの……貴方《あなた》は何をご存じなのですか？」

さすがは年の功で、最初に再起動を果たしたのは国王だ。

その言葉をきっかけに、大臣たちやライムートも金縛りから解放される。身じろぎ、お互いに目配せし合うが、とりあえずこの場は国王に任せるつもりのようだ。

「何を、というか、どうしてここに来たのかってことも、聞きたいんじゃない？」

「それはもちろんです、しかし……」

二人の会話では国王のほうが敬語を使っていることに、絵里は気がついた。

なんとなくそんな気はしていたが、どうやら力関係は国王よりも予言者が上らしい。

そして、ライムートなのだが……ちらりと絵里がそちらに目を遣ると、彼は扉の近くに立ち、蒼白な顔で予言者を見ていた。

彼のすぐ側にいる絵里とも目が合ったが、こちらに来いと目で指示するだけで、自分から歩み寄ってこようとはしない。

——どれだけカインさんを怖がっているのよ……

呆れ半分、同情半分の感想が浮かぶ。

——でも、まぁ仕方ないか。ライにしてみたら、トラウマの塊《かたまり》みたいなもんだろうし。

ライムートのここまでヘタレた態度を見るのは初めてだが、それも無理はない。何しろ、彼が十年以上にもわたり多大な苦労をしたのは、この予言者のせいなのだから。

絵里とライムートが『こっちに来てくれ』『この空気で無理言わないで』と目で語り合っている間にも、予言者と国王の会話は続いていた。

「炎竜が出たって聞いたんだよ」

「なっ!?　——予言者殿は、あれが何かご存じなのですかっ？」

「え？　いや、炎竜って言えば誰でも知ってるでしょ？　現に今、そう言ったら通じたじゃない」

「いや、それは、飛竜に似た特徴を持ったその生き物が炎を吐いたという報告がありまして……便宜《べんぎ》上、そう呼ぶことにしただけです」

「あれ？　海竜と炎竜って言ったら、ものすごく有名っていうか、フォーセラの人なら誰でも知ってると思ってたんだけど……もしかして、貴族階級だと、二竜の話って子ども の頃に聞いたりしないもの？」

「いえ、ですからっ。御伽噺《おとぎばなし》ではなく、現実に出た怪物の話で——」

「だから〜。それが、その炎竜なんだってば」

予言者と国王の会話は、形だけは進んでいるようで、実はまったくそうではないという、おかしな事態になっていた。

「あー、もうっ……全然、話が進まないし、仕方がないから僕が最初から話してあげる。滅多にないことなんだから、ありがたく思ってよね！」

仮にも一国の国王に向かい、上から目線も甚だ《はなは》しい。五十歳は余裕で過ぎているように見える老年の男が『僕』という一人称であることにも違和感をバリバリに覚える。

しかし、誰も異議を唱えないので、絵里としてもここは聞き役に回るしかなかった。

「いいかい？　君らはあれが御伽噺《おとぎばなし》だと思ってるみたいだけど、ホントのことだからね。ただ、どっちの竜もあんまり長く生きすぎちゃって、外界のことに干渉するのが面倒で引《ひ》き籠《こも》った。おかげで、今じゃ伝説扱いになっちゃってるみたいだけど、ちゃんといるから。でもって、炎竜が出たのって、この国だけじゃないからね」

「……ま、真ですか、それはっ⁉」

本当に、思わずといった様子で、今の今まで置き物に徹していた大臣たちの一人が叫んだ。

もっとも、その次の瞬間、己のしでかしたことに気がつき、真っ青になった後で一礼して再び口を引き結ぶ。

「いいよ、気にしてないよ。うっかり叫んじゃっただけで、口を開く人間が多いと話が混乱するだけだって、ちゃんとわかってるんだからね――で、話を続けるけど、絵里ちゃんは知らないみたいだから簡単に説明するね。この世界には大昔から海竜と炎竜っていうのがいるんだよ」

予言者《カイン》の説明によれば、それはフォーセラの創世神話にまで遡《さかのぼ》る。

創造神であるフォスはこの世界を創り上げた後、海と陸の双方に、そこの管理者にあたる存在を置いたのだそうだ。ただし、管理者といっても実質的に何か仕事があったわけでもないらしい。

「海竜も炎竜も、ただそこにいるだけでいいんだ。それだけで世界は安定するんだから――要するに世界にとっての重石《おもし》みたいな感じだと考えてくれたらいい。もし彼らが何かをする必要が出てくるとしたら、それはこの世界そのものが危機に陥《おちい》った時だ。ちなみにこれって、秘密でもなんでもないよ。この世界の全ての国に伝わってる。今では神話や御伽噺《おとぎばなし》の扱いになっちゃってるけどね」

その言葉で、先程の予言者と国王の会話が絵里にも理解できた。

想像上の存在だと思っていた二種の竜が実在し、その内の一つが自国に危害を加えてきたと聞けば、信じたくないと思うのも納得だ。

「で、だ。本来なら、海竜なら海の底の底。炎竜の場合だと、ものすごーい僻地《へきち》の山奥とかにいるはずなんだよね。連中ったら大きくて強いのはいいんだけど、その分ものすごく消費の激しい体をしててね。なるべく腹を減らさないように、普段はほとんど動いたりしないんだ。けど、なんでか最近、海竜が妙に活動的になったんだよね。まぁ、活発って言っても海の中をあっちこっち泳ぎ回ってるだけだからいいんだけど、それに釣られて……っていうか、根本的な理由は同じなんだけど、炎竜のほうも動き出しちゃったってわけ。君らは知らないだろうけど、かなり前から炎竜《あいつ》は飛び回ってたんだよねぇ。んで、その理由っていうのがね……」

そこまで話を進めたところで言葉を切った予言者が、絵里のほうをちらりと見る。

――え？　そこで私っ？

思わず及び腰になる絵里だが、予言者は容赦《ようしゃ》してくれなかった。

「ねぇ、絵里ちゃん。君、こっちの世界に来た時に、持っていたものを海に落っことしたでしょ?」

「あ、はい。確かに……」

当時、絵里が身に着けていた衣類の他、通学用のトートバッグなども本人と一緒にこちらの世界に来た。ただそれは、春歌に海に落とされた折、深い水の底に沈んでしまっている。

そのことをどうして彼が知っているのか?

それは、彼が絵里の名前を知っていた理由と同じなのだろうが、状況に流される形でそこをスルーしてしまった以上、今ここで疑問を挟むのは時間の無駄でしかない。とりあえず『なんでかわからないけど知っている』として話を進めるほうが建設的だ。

国家の一大事にかかわることなのだから、どのような些細《ささい》な疑問でもきっちり追及すべきなのかもしれないが、絵里の現実逃避ともとれる態度に誰も異議を挟まない。彼らは皆、予言者が『そういう存在』であると認識しているようだ。

「うんうん、絵里ちゃん、君はとてもいいね。ちゃんと優先順位を間違えないでいるって、すごいよ——で、ここでもう一つ、思い出してほしいんだ。絵里ちゃんは異世界から、こっちへマナを送るために転移させられちゃった。ディアハラの偽聖女事件って、本当の聖女である君の持ち物を奪って、それを自分の物だって言った人がいたから起こったんだよね。絵里ちゃんの持ち物はそれほどすごいマナを発していた」

　先にも説明したが、マナというのはこの世界の源のようなもの、簡単に言えば『魔力の素』である。魔法を使う原動力であることに加えて、世界を安定させるためにも必要不可欠なものだ。それがこのフォーセラで枯渇《こかつ》しかかり、反対に、絵里のいた世界では過剰になっていた。

　少なくても多くてもダメ、という面倒な性質のために、『世界間でのマナの譲渡』という行為がたまにある。それに巻き込まれたのが他ならぬ絵里なのだ。

けれどその情報は、ごく一部の者しか知らないはずのものだった。

だが、カインはそのことをも知っている。

「ってことは、その海に落っことした品にも同じくらいのマナが宿っていたって、考えるのが自然だよね」

「……そう言われれば、確かに……でも、だからといってどうしようもないじゃないですか」

　絵里は海の中に落とした段階で完全にその存在を諦めてしまっている。海岸近くの浅瀬ならばともかく、どれほど深いのか見当もつかない海中で紛失したのだ。どう足掻いても取りに行けるはずなどない。

「だよね。どっかの山の中に落としたわけじゃないんだから、誰かが拾うなんて可能性もないに等しい——んだけど、問題は『ないに等しい』は『まったくない』じゃないってこと。どういうわけか、それを拾っちゃった奴がいたんだよねー」

「どういうことですか？」

「つまり、絵里ちゃんの落っことしたマナがいっぱい詰まった品物を、さっき言った伝説の片割れである海竜の奴が、パックンしちゃったんだよ」

予言者が語ったところによれば、伝説となるほどに長生きしている海竜と炎竜は、ともに通常の食物というものを必要としない存在であるらしい。食べようと思えば食べられるが、基本的に周囲にあるマナを摂取し、それを生きる糧《かて》にしている。

そこで問題になるのが、フォーセラが近年悩まされていた『マナの枯渇《こかつ》』だ。

先程、予言者が言ったように二竜は大変に燃費が悪く、世界規模で乏《とぼ》しくなったマナでは最低限の生命活動を維持するのがやっとだった。なので、海竜は深い海の底、炎竜は大陸の奥の前人未到の場所で、休眠状態になっていた。

そこに、だ。

神《フォス》でさえ予想できなかったアクシデントにより、絵里が落とされた場所——そこが実は、寝ていた海竜の真上であったのだ。

絵里の出現により、爆発的にフォーセラのマナ量が回復したことを感じて、海竜は目覚めかけていた。そこになぜかはわからないが、大量のマナを宿した品物が降ってくる。

寝起きの上に腹ペコだった海竜は、反射的にそれに食いついた。

「海竜ったら、それはもう喜んでねー。しばらく動けなかった分を取り戻す勢いで、元気いっぱい、あっちこっちを全力で泳ぎ回ってるよ」

「そ、そうなんですか。えと、よかったですね……？」

「うん、そっちはよかったんだけど、そうなると収まりがつかないのがいるわけなんだよ」

「え？　と、言いますと？」

ここまで、ほとんど絵里と予言者のみの会話が続き、他の者たちは静観の構えである。いい加減、代わってほしいと絵里は思うのだが、大臣たちはだんまりだ。

絵里はそこでようやく気がついた。

彼女を交えた会話が王家の内部だけでなく国家の方針を決める可能性があるため、大臣たちはそれを見届けるためにいるのだろう。

ライムートは相変わらず腰が引けたままであるし、国王も成り行きに任せたほうが話が早いと判断している節《ふし》がある。

絵里は内心でため息をついた。

「海竜だけが、ものすごい勢いで回復してるのを炎竜は不思議に思ったんだろうね。もちろん、自分だって、マナ量の復活で動けるようにはなってたんだけど、世界中を飛び回れるほどじゃない。どうして……と、普通思うよね？」

「ああ、それはそうでしょうね」

「で、しばらく悶々《もんもん》と悩んでたんだけど、ちょっと前くらいにようやく飛び立てるくらいの力は戻ってきたみたいでね。早速、片割れの海竜の様子を見に行ったみたいなんだ……そこでえらいものを拾っちゃったんだよねー」

「……いい加減、その思わせぶりな話し方、やめてもらえませんか？」

情報を小出しにされてばかりでイライラが募《つの》る。

あまりにもストレートな物言いだと自覚していたが、これが悪いというのなら、さっさと誰かが交代してくれればいいのだ――我慢強い元日本人ではあっても、限界というものがある。

絵里は、はっきりと予言者に告げた。しかし――

「あ、ごめんねー。順を追ったほうがわかりやすいと考えただけなんだけど、さっさと話してほしいならそうするよ――で、飛んでった先は海竜がよくいたディアハラの近く。

そこで幽閉先から脱走してた絵里ちゃんの元お友達と出くわしちゃったんだ。それで彼女が炎竜に、聖女は海竜だけを贔屓《ひいき》してて、炎竜を蔑《ないがし》ろにしたって吹き込んだんだよ。おかげで、炎竜ったらものすごく怒っちゃってね。目にもの見せてやる、許してほしければマナの塊《かたまり》である聖女を自分のところによこせ！　ってことで、現在絶賛、示威《しい》行為にいそしんでるんだ。ちなみに飛竜が飛びたがらないのはこれが理由だよ。炎竜って言ったら、地上の生き物の頂点なわけだからね。それが怒って飛び回った後なんか怖くて、人間よりも本能で生きてる飛竜たちが近寄りたがらないのは当然でしょ」

ちょっと詰め込んだけど、理解できたかなと、予言者は口の端を吊り上げる。

「は？」

「なんだとっ⁉」

「ちょ、それ……っ」

思わず、ライムート、国王、絵里の順で言葉を発した。

相変わらず大臣たちは無言だが、今回は発言しないのではなく、あまりのことに声が出ない状態のようだ。外務大臣など、顔色が青も白も通り越して、どす黒くなっていた。

「そ、そのような報告、ディアハラからは届いておりませんが……」

ようやく絞り出したのはその一言だ。

けれど予言者は容赦《ようしゃ》がない。

「だろうねー。だって、自分のところで責任もって管理するって請け負った相手が、知らない間に脱走してたなんて、そりゃ言えないでしょ。今頃、必死になって捜索してるんじゃないかな？　もっとも、いくら探したって見つからないだろうけど——何しろ、炎竜と一緒になって、報復の旅に出ちゃってるんだからね」

「報復って……あれは片野さんの自業自得でしょっ!?」

「それを素直に認められるなら、脱走してないんじゃない？　っていうか、最初から絵里ちゃんに巻き込まれてこっちに来る羽目にもなってないと思うよ」

カインの言葉はごもっともである。

「まぁ、でも彼女もホントにばかなことをしたよねぇ。確かに、『今は』神殿預かりの身だったとしても、ちゃんと反省してれば、そのうちいいことがあったのに……こんなことしでかしちゃったなら、もうその話はなかったことになるだろうし」

「貴方《あなた》……一体、どこまで知ってるんです？」

「内緒。ちなみに、なんで知ってるんですかって質問でも答えは同じだよ。とりあえず、絵里ちゃんがさっきから思ってるみたいに、僕のことは『そういう存在』だと思って諦めたほうがいいね」

非常にさわやかな笑顔で告げられた。『内緒』のところなど、ウィンクのサービス付きだ。けれど、それにゾクりとした悪寒《おかん》が背筋を這い上ったのは、きっと絵里だけではないに違いない。

「でも、その他のことなら教えてあげる。えっと……『何を知ってるのか？』って聞かれたことには答えたから、次は『なんでここに来たのか？』だよね」

その言葉に、絵里以下、一同が声もなく頷く。

危害を加えられたわけはなく、カインはあくまでも友好的な態度であるのに、絵里は自分の体が小さく震えていることに気がついた。

——ああ、なるほど。だからみんな、こんな態度なんだ……

そのことにやっと気がついた自分の鈍《にぶ》さに呆れるのと同時に、堂々と会話を成立させていた国王へ尊敬の念を抱く。

しかし、だからといって今更、態度を変えるのも癪《しゃく》だと絵里が感じるのは、生来の負けん気の強さからだ。

彼女は、ライムートの側に駆け寄りたくなる衝動を抑え、予言者に向き直る。もっとも近くに行ったからといって、今の彼が何かできたかは疑問だ。

「ああ、そんなに怯《おび》えなくていいよ。基本的に僕は、この国に不利益をもたらすようなことはしないんだ。今回だって、知りたいと思ってたことを教えてあげたでしょ？　で、次はその解決方法も……って、だけだから」

「それって、どういう意味ですか？」

「だからね。それが『なんでここに』って理由になるわけなんだけど、簡単に言えば、絵里ちゃんを炎竜のところまで案内するため、って感じかな」

「……え？」

「だって、そうなるでしょ？　炎竜《あいつ》をおとなしくさせたかったら、絵里ちゃんが会わないとダメなんだから。それに、一緒にいる片野さんだっけ？　彼女にしても絵里ちゃんが出てこなきゃ納得しないと思うんだ。だから、ね？」

「ちょっと待て！　なぜ、リィがそんなことをせねばならんのだっ」

カインの言葉を聞いた瞬間、今の今まで石像のようになっていたライムートが叫んだ。

「ああ、ライムート君、いたんだ？　でも、なんでかってことは、今、言ったでしょ？」

「どんな理由があろうと、リィを危険な目にあわせるつもりはない！」

そのセリフで、絵里はライムートを心の底から見直した。ヘタレなんてちょっとでも思ってごめんなさい、と心の中で謝罪する。

けれども、悲しいかな、ライムートよりも予言者のほうが一枚も二枚も上手だ。

「それはおかしいね。だって、君は絵里ちゃんをディアハラに連れてった。あの時、危険がなかったなんて言わせないよ？」

「それは……しかし、あの時と今とでは状況が違う！」

「残念ながら、違わない。だって、どっちも国の危機だってことは同じだもの」

「っ……」

反論を即座につぶされ、ライムートが黙り込む。

いつもの彼ならば、こんな状況でもいくつかの策を思いつくはずなのに。やはり相手が悪いのだろう。

「だが！　何があろうと、リィを人身御供《ひとみごくう》などには絶対にできん！」

しかし、そのライムートの言葉に予言者が慌てた。

「ちょ……人聞きの悪いこと言わないでくれるかな？　僕だって、そんな気はまったくないよ!?　誤解があるみたいだけど、この僕がそんな解決方法をとると思われてるのは、ものすごく心外だよっ。これでも、一応、シルヴァージュの守護者を自任してるんだからね――確かに、炎竜は絵里ちゃんの身を差し出せ的なことを言ってるけど、それって結局は海竜の時みたいに、自分にも余分にマナをよこせってことなんだ。絵里ちゃんじゃなくても、他に同じくらいのマナを発するものがあれば、それを渡せばいい」

「それは、確かにそうだろう。だが、そんな都合のいいものが……」

「あるでしょ。まぁ、これについては、持ち主である絵里ちゃんの許可をもらわないといけないわけだけど、絵里ちゃんだって炎竜の生贄《いけにえ》だかお昼ご飯だかになるよりは、そっちを差し出したほうがいいと思うんだ――どうかな?」

「それは……例の『聖なる書』のことか?」

聖なる書――大仰な名前が付けられてしまったが、それは事《こと》の発端となった絵里のレポートを指している。

春歌が偽聖女を名乗れたのも、それが膨大なマナを発していたからだ。

ちなみに、春歌から取り戻した後は、同じような不心得者が出ないようにシルヴァージュの神殿で厳重に保管してもらっていた。

「そういうことー。それに、さすがの僕も、人妻と二人旅なんてことは言わない。ライムート君、ディアハラに行った時は危険があったとしても自分がいるかぎり絵里ちゃんを守れるって考えてたんだよね。だったら、今回も君を一緒に連れていけば文句はないだろう?」

でも、君を連れてくんなら、ちょっと細工が必要だよね。

予言者がそう嘯《うそぶ》くと同時に、室内に大量のマナが舞った。

それが魔法が発動する前兆であることは、絵里もすでに知っている。

マナの量からして、何かとてつもない効果をもたらすものであることが察せられて、思わず後ずさった。

その間にも、予言者の掌《てのひら》の上に収束したマナは激しい輝きを発し、一直線にライムートへ伸びる。

「ライッ⁉」

よける暇もなく、全身にその光を浴びたライムートを見て、絵里は悲鳴を上げる。だが、咄嗟《とっさ》に駆け寄ろうとする彼女を引き留めたのは、他ならぬ予言者だった。

「大丈夫。すぐに収まるから、心配しなくていいよ」

そうは言われても、この状況で安心できるほど絵里の神経は図太くない。

だが、予言者の言葉どおりすぐに、その光は消え失せ――というよりも、彼の体の中に吸い込まれ、茫然《ぼうぜん》と立ちすくむライムートの姿が現れる。

「ライッ！　大丈夫っ？　って……え？　ええっ⁉」

ほっとしたのもつかの間、思わず絵里が叫んでしまったのも無理のないことだ。

確かにそれがライムートであるのは間違いない。間違いはないのだが、きっちりと採寸され、すらりとした体を包んでいた上着は、今にもボタンがはじけそうになっている。

耳にかかる程度の長さできれいに整えられていた髪もザンバラの蓬髪《ほうはつ》となり、一瞬前までつるつるだった口から顎《あご》のラインはムサい無精髭《ぶしょうひげ》で覆《おお》われてしまっていた。

そして何より、その顔というか肌質が明らかに劣化し、止《と》めに口元にほうれい線までが刻《きざ》まれている。

「ラ、ライ……？」

「あ、ああ。大丈夫だ……驚いたが、別に体はなんともない」

変わらないのは声だけで、それ以外の全てが変化してしまっていることに、本人はまだ気がついていないらしかった。

第三章　愛しのおっさん再び

ライムートの変身によって巻き起こった混乱は、すさまじかった。

しかし、状況がひっ迫しているというのももちろんだが、絵里以外の面子《メンツ》がそれなりに肝の据《す》わった者ばかりだったため、驚くほどの短時間で収まりを見せる。

こうなるのが二回目だったというのもあるかもしれない。

そう、ライムートは絵里が初めて会った時のおっさんの姿に戻っていた。

「……よりによって、なぜ、またこの姿なんだ？」

自身の身に起こったことを認識したライムートは立ち直りきれていないらしく、ぼそぼそと文句を言う。

「今回の場合、絵里ちゃんのことも含めて、できるだけ事情が洩《も》れないようにしないとならないからね」

対して、予言者はといえば、徹頭徹尾、マイペースを崩さない。

「こっそり行ってこっそり帰ってくることが一番重要になるんだ。だけど、飛竜が使えない状況で移動となると、馬でてくてく地上を行くしかないよね。国中に顔が知れわたってる王太子サマをそのまま連れてけないのは、わかるでしょ。それとも、一緒に行くのやめる？　だったら、すぐに元に戻してあげるけど？」

「お断りだ！　俺がいないところで、リィの身に何かあったら悔やんでも悔やみきれん」

自分のことならヘタレていても、絵里に関する事柄であれば見違えるようにきっぱりと言い切るライムートであった。

「ライ……」

絵里は感極まって彼の名を呼ぶ。そのせいで、余計にライムートは引けなくなっているのかもしれない。

いい加減慣れたのか、それとも一番恐れていた事態が現実になったせいなのか。どちらかはわからないが、至近距離に予言者がいるために近寄れなかった絵里のもとへ足を運び、きゃしゃな体をぎゅっと抱きしめる。

「心配するな、リィ。必ず、俺が守る」

「う、うん」

男らしい宣言に、絵里はほんのりと頬を赤く染めて逞《たくま》しい体に腕を回した。

「お熱いねー、さすがは新婚さんだ」

黙っていればとてつもなく威厳のある容姿なのに、相変わらず言動で台なしにしている予言者が茶々を入れてくるのを、とりあえず無視する。

「……話はまとまったようだが、さすがに今すぐ出立というわけにもいくまい」

「それは、国王サマも今の案でいいってこと？」

「予言者殿が出てこられたのだ。お任せするのが一番よい結果になるのは、これまでの我が国の歴史が証明している」

丸投げと言うなかれ。

正史としては残っていないものの、国の上層部のみが閲覧《えつらん》できる隠された歴史書には、この予言者の存在がいくつも書き記されているらしい。そのいずれもが国を揺るがす大事が起きた時であり、彼の介入がなければ今頃シルヴァージュという国は存在していなかったというものだ。――一体、いつから彼が生きているのか知らないが、先程自身が述べた『シルヴァージュの守護者』という名称は事実に基づいたものだった。

「そう言ってもらえると嬉しいよ。ところで、準備とかもあるんじゃない？　とりあえず、二人にはそっちに取りかかってもらうとして、僕たちはその間に話を詰めておきたいな」

「それはいい考えですな。では――」

国王の合図で、大臣たちが動き出す。本来は自分たちが率先して動くような身分ではないのだが、この場に人を呼びつけるわけにもいかないので仕方がない。

問題はそんなことより、絵里とライムート——というか、厳密にはライムートだけであるが、彼が、どうやって人目につかずに自室に戻るか、だ。

「緊急の事態だ、こちらを使うといい」

国王がしばらく何やらやっていると、執務室の壁の一部がぽっかりと開く。

それは所謂《いわゆる》、王家の隠し通路という奴であった。


絵里とライムートが通ることになった薄暗い地下道は、いくつも枝分かれしていた。

絵里はライムートの後に続いて進み、やがて王太子宮の彼の自室にたどり着く。

「……すまん、リィ。とんでもないことになった」

「ライが謝ることじゃないよ。どっちかというと、今回は私の事情に巻き込んじゃったんじゃないかな」

「それは違うぞ！　リィは何も悪くない」

そんな会話を交わしながら、ライムートがとりあえず上着のボタンを外す。

あの場では遠慮していたようだが、二十年ばかり時間を進めた姿にされた結果、横幅がかなり増えてしまっている。そのため窮屈で仕方がなかったらしい。

念のために言うと、彼は中年太りで腹が出てきているわけではなかった。年を増して筋量が増えているのだ。

前を開けた後、少しばかり苦労しつつ袖を抜いて上着を脱ぎ捨てた。その下に着ていたシャツもぱんぱんになっているが、そちらは絵里を憚《はばか》ってか、上からいくつかのボタンを外すだけで我慢するようだ。

ちなみに、下半身も同じ状態なのだが、こちらはベルトを緩めるだけにとどめている。

「それにしても……まさか、またこうなるとはな……」

ライムートががっくりと気落ちした様子で、手近にあった椅子に腰かける。そして絵里にも身振りで椅子をすすめた。

その途中でびりっという何かが裂けるような音がしたのは、双方、聞かなかったことにしている。

「ライ……だけど、そんなに悲観しなくても大丈夫なんじゃない？　前とは違って、今回はちゃんと元に戻してくれるみたいなんだし」

「ああ。確かにそんなことは言っていたが……しかし、本当に他に手はなかったんだろうか？」

あまりにも落ち込んでいるのを見かねて、絵里は一旦座った椅子から立ち上がり、ライムートの足元へ膝《ひざ》をついた。

「どんな姿になっても、ライはライだよ」

パンパンに張ったスラックスの太ももに手を置き、励ますように言葉をかける。

「リィ……すまんな。お前に、そう言ってもらうと救われる」

その手をそっと取ったライムートが、絵里の細い指先を唇の位置まで持っていく。

「お前は俺の宝だ。この世の外にいたのに、俺のために現れてくれた。何物にも代えがたい唯一無二の――」

指の一本一本に丁寧に口づけた後、掌《てのひら》にもキスされる。その後で逞《たくま》しい上半身へ体を傾けると、優しく顎《あご》を持ち上げられた。

「愛している」

「うん、ライ。私も大好きだよ」

どちらからともなく唇を重ね合い、何度も口づけを繰り返す。

もどかしいほどに軽く、それでいて思いの丈を込めたような……

ライムートの手が絵里のまっすぐな黒髪を、愛《いと》おしげに梳《す》いた。

「……このまま、押し倒してしまいたい」

もしそうされても、このムードに流されていた絵里は抵抗しなかっただろう。

だが、今は夜ではないし、ここは寝室でもない。しかも国家の一大事が現在進行形である。

王家の隠し通路を使って誰にも知られずに戻ってきたために、ぽっかりと空いた隙間時間というだけで、やらねばならないことは山積みだ。

おそらくだが、絶対に事情を洩《も》らさないと信用されたごく一部の者が話を聞き、絵里たちを手伝うためにすぐにでもここに駆けつけてくるに違いない。

そのことはライムートも十分に理解しているようで、理性を総動員してその誘惑を退《しりぞ》けていた。

それでも名残《なごり》惜しげに、絵里の滑《なめ》らかな頬を指先で撫でさする。そしてその折に、絵里の白い肌がうっすらと赤くなっていることに気がついた。

口づけの余韻、ではない。

何か固いものを擦《こす》りつけられたような痕跡だ。

いったい何が、と考えた彼は、その原因に思い当たる。

「すまん、この髭《ひげ》は剃《そ》ったほうがいいな」

今のライムートの顔は無精髭《ぶしょうひげ》で覆《おお》われている。それが彼女の肌を傷つけてしまったのだと悟《さと》った彼が、申し訳なさそうな顔になった。

ところが――

「ダ、ダメだよっ、絶対ダメっ！」

「……は？」

即座に、しかも大声で絵里は否定する。うっかり叫んでしまった彼女は、盛大に慌てた。

「あ、えっと……その髭《ひげ》込みでの変装でしょ？　大体、ライの顔って元がすごくいいんだから、いくら年を取った姿になったとしても、髭《ひげ》で隠さなきゃダメだよっ」

「そ、そうか……リィがそう言うのなら……」

ライムートは微妙に腑《ふ》に落ちない顔をするが、絵里の言うことも一応理にかなってはいる。

不承不承ながらも彼が頷いてくれたことに、彼女は内心、ほっと胸を撫でおろしていた。

――な、なんとかごまかせた……

これから過酷な旅に出ないといけない。行った先にはラスボス級の大物が控えていて、自分の身がどうなるかも不明。

一応、大丈夫だ、心配いらないとの言葉はもらっているが、実際にその場になれば何がどう転ぶかはわからなかった。大げさではなく、命の危険もある。

それは理解しているが、そんなことは一時的に遠くの棚に放り上げている。

今の絵里の心境を一言で言い表すとすれば――予言者さん、ＧＪ《グッジョブ》！

なぜなら、今、彼女の目の前にいるのは、かつて命を救われて一目惚《ひとめぼ》れし、彼氏いない歴二十一年のド真面目一直線だった自分が裸で迫りまでした、『あの』ライムートなのだ！

――ああ、もう、どうしようっ、なんでこんなに素敵なの……っ⁉

単純に二十年ほど肉体年齢を進められただけなので、基本的な顔立ちは変わらない。だが、二十代の若造には到底持つことのできない、枯れた大人の色気とでもいうべきものが今のライムートには備《そな》わっていた。

ぼさぼさの金茶の髪には、ちらほらと白いものが混じっている。

ピッチピチだった肌は、適度に水気が抜けてざらついた感触になり、深くはないものの皺が幾筋か刻《きざ》まれていた。少したるんだ顎《あご》のラインを覆《おお》い隠すように生えている無精《ぶしょう》髭《ひげ》もセクシーで、「素敵！」の一言に尽きる。

適度に鍛えてはあるもののすっきりとした細身の印象が強かった体型は、首回りや胸板、腕や足の太さが一回り増えて、ややがっちりとしたものへ変化を遂《と》げていた。彼の肉体は、今や元の体型に合わせて作られた衣服を中から押し上げている。

肉体派のイケ中年――正に、絵里の好みのど真ん中だ。

許されるものなら、ずっと見つめていたい。

ちょっとでいいから硬い筋肉に触れてみたい。

加齢のためにわずかに下がった頬から顎《あご》へのラインと、そこを覆《おお》う髭《ひげ》をサワサワしてみたい。

そんな欲望がとめどなく溢《あふ》れてくるのを、絵里は苦労して押しとどめた。

「……おい、リィ？」

「は？　……あ、えっと、何？」

「いや、ぼんやりしていたようだが、やはり不安か？」

こっそり、うっとり見とれていたのを、ライに誤解されてしまったようだ。

「いや、全然っ。だって、ライがいてくれるんだから」

絵里は、またも慌てて取り繕《と・つくろ》う羽目になった。

次にお目にかかれるのは二十年後だと諦めていた最愛の相手が目の前にいる。興奮はなかなかおさまらなかった。

もちろん絵里は、若いライムートを愛していないわけではない。

いきなり若返られた時には驚きもしたが、その中身が恋した相手と同一人物であることが納得できた後は、多少外見が変わろうともきちんと受け止めている。『愛しています』

とは照れくさくてなかなか口にはできないものの、その気持ちに嘘はない。

ただ、このようなたとえが適当であるかはわからないが、ふさふさの頭髪をしていた人を好きになったのに、あっという間にその部分の資源が尽きてしまったとする。自分が好きになったのは、外見もあるが、人柄を含めたその他の全部だったので気持ちが変化することはない。その上で、すっかり諦めていたはずの頭部の資源が復活したのであれば、それは大変喜ばしいことである——そんな感じだと思えばいい。

幸い（？）まだ若干の混乱を引きずっているライムートは、そんな絵里の複雑な心中を察するところまではいっていないようだ。

絵里の言葉に安心したのか、秘密裏の知らせを受けたラーレ夫人と、ライムートの側近であるジークリンドが駆けつけてきた時には、落ち着いて対応していた。


「——殿下……なんと、おいたわしい……」

ジークリンドが、変化したライムートの姿を見るのは初めてのことだったらしい。

彼は今のライムートを見た後、そう一言口にしただけで悲痛な顔で黙り込んだ。

ちなみに、初見なのはラーレ夫人も同じようだが、こちらはさすがに年の功というべきか、息子よりは落ち着いている。やはり沈痛《ちんつう》な面持《おもも》ちながらも、すぐに具体的なことに言及した。

「お話は伺《うかが》いました。旅に出られるとのことですが、お召し物はいかがいたしましょう?」

仮にも一国の王太子とその妃であるのだから、ライムートも絵里も服を大量に持っている。

問題なのはそれらが全て、上質な布地を使い高い技術で縫製されている、一目で高級品だとわかってしまうものだということだ。

今回は身分を隠しての旅なのだから、そんなものを着ていくわけにはいかない。

更に、それらは『王太子であるライムート』の体型に合わせて作られているので、今の彼では入らないという事実もあった。

「——絵里様のお衣装は……?」

ドレスは山ほどあっても、お忍び旅に着ていけるようなものはおそらくない。

それに馬に乗ることになるのだから、スカートではなくズボンのほうが好ましかった。

だが、よほどのことがないかぎり女性がズボンなど穿《は》くことのないこの国の王太子妃が、そんなものを持っているわけがない。

それに関して、ライムートが解決の手段を知っていた。

「以前、旅をしていたころの服があるはずだ。国に戻る時に持ち帰って、保管していたと思う」

ド庶民の服だが、今回はそれが却《かえ》って好都合だ。

「確認いたします」

「リィの分もな」

「かしこまりました」

妃殿下にそんなものを――など、ラーレ夫人は決して言わない。きちんと状況を判断できるからこそ、ここにいる。

自分の言葉を受けてラーレ夫人が退出すると、ライムートがジークリンドに向けて指示を出した。

「糧食に路銀、薬やこまごまとした品もそうだが、目立たない剣が欲しい。さすがに、王家の宝剣を持っては行けん。それと、朝晩はまだ冷え込む。リィもいるので、今回は野営を考えていない。宿が取れそうな場所を調べておいてくれ」

伊達《だて》に十年も放浪してはいない。てきぱきと必要なものを列挙していく。

怜悧《れいり》な頭脳を持っている彼は、気持ちを切り替えることさえできれば、掛け値なしに有能なのだ。

か？」

ただ——

「ご指示は承《うけたまわ》りました——ところで、どの方面の情報を集めればよろしいのでしょうか？」

そこで指示が止まる。

「……そうだったな」

肝心の目的地についてまだ聞いていないことに、ライムートはここで気がついたらしい。

「それについては、後ほど、父上より知らせがあるだろう。とりあえず、今言った品の手配を頼む」

「はい、すぐに。ですが……是非にもお願いしたいことがございます」

一通りの指示を受け、そのままラーレ夫人に続いて退出すると思われたジークリンドだったが、その前に真剣な顔でライムートに頭を下げた。

「どうした、ジーク？」

「今回のことが国の一大事であり、全てを極秘裏《ごくひり》に運ばねばならぬことも、重々承知しております。その上で、申し上げるのです。どうか、この私をその旅にお連れくださいっ！」

「……」

突然の同行希望にライムートが黙り込む。

だが、考えてみると、彼がそう言い出すのは当然だった。

ジークリンドはライムートの乳兄弟《ちきょうだい》で、幼馴染《おさななじみ》であり、側近でもある。もしかすると、血を分けた親兄弟よりも親しい間柄かもしれない。

その彼が、ライムートに訴える。

「前回、殿下が旅立たれた折、私は何も知らされずにおりました。お姿が見えなくなったことに気がついた時にはすでに遅く、後を追うことすらできませんでした。お帰りになられるまでの十数年間、ひたすら御身《おんみ》の安全を祈ることしかできなかったのです。何度、我が身の不甲斐《ふがい》なさ、無力さに歯噛みしたことか……もう、あのような思いをするのはご免です！」

「ジーク。お前の気持ちは嬉しく思う。だが、今度のことは――」

「お戻りになられた後、ディアハラへ向かわれた際のことをお忘れですか？　ともにお連れくださいとあの時も申し上げました。ですが、『今回はこらえてくれ、もし次にそのようなことがあれば、必ず連れていく』とおっしゃってくださったではありませんか⁉」

主《あるじ》であるライムートの言葉を遮《さえぎ》るのは大変無礼な行為だ。それを知らないはずがないのに頼むのは、ジークリンドが必死だからなのだろう。

『ダメだ』の一言がライムートの口をついて出る前に、切り札を突きつけてくる。

「……そういえば、そうだったな……」

ライムートは、自分のその言葉を忘れていたようだ。ただ、ジークリンドに言われて思い出してしまった。

「だが、今回は本当に……」

「一国の王太子ともあろう方が、一度口にされたお言葉を翻《ひるがえ》されるのですか?」

「……」

黙り込んでしまったライムートを見て、二人のやり取りを横で聞いていた絵里は、こっそりため息をつく。

普段の様子からして予想はついていたが、彼らの純粋な力関係——物理的なものでなく精神的なものは、ライムートよりもジークリンドのほうが上らしい。

乳兄弟《ちきょうだい》ということは、本当に幼い頃からジークリンドはライムートの側にいたのだろう。そして、ほんのわずかに彼のほうが年上であるため、ライムートに兄のように接していた。それが原因みたいだ。

幼い頃に培《つちか》われた人間関係というのは、大人になってからもなかなか変えられない。

無論、ジークリンドはその立場に胡坐《あぐら》をかいてライムートを蔑《ないがし》ろにすることはなく、それどころか普段は少し堅苦しく思えるほどに礼儀正しく接している。

なので、今は本当に必死なのだということが絵里にも伝わってきた。

「……ねぇ、ライ。私たちだけじゃ決められないことなのはわかるけど、ジークさんもこんなに頼んでるんだし、尋ねるだけでも尋ねてみたら？」

愛する夫が困っているのを助けるのは妻の役目。しばらく様子を見ていた後でそっと助け舟を出す。

絵里は若い美形に迫られて困っているイケ中年を観賞していたわけではない。彼女にＢＬ趣味はないのだ。

「リィ……だが……予言者殿がなんと言うか……」

そこまで言われてもライムートは煮え切らない。どうやら、相談するのがあの予言者だということが、ネックになっているようだ。

しかし、これから一緒に旅をするのなら、耐性をつける必要もある。

「どうせ、後でまたいろいろと打ち合わせしないといけないんだし、ね？」

「……そう、だな」

がっくりと肩を落とすライムートの様子に、哀愁が漂《ただよ》っている。

——ああ、やっぱり素敵……っ！

絵里は内心で悶《もだ》える。

何に萌えを感じるのかは、人それぞれだ。

彼女は自分の態度を完全に隠しきれていると思っており、ジークリンドに何やら生暖かい視線を向けられていることには気がついていなかった。

ジークリンドにとって、絵里の加勢はありがたいので、何も言わないのだ。

けれど彼は、これ以上食い下がっても意味がないと悟《さと》ったようで、絵里とライムートに一礼して部屋を退出する。

そうして、ようやくまた二人きりになった。

侍女たちも遠ざけられているので、絵里は手ずから窮屈そうなライムートの服をはぎ取る。彼女的に、それはものすごく楽しい時間だ。

十分時間をとって、比較的ゆったりとしている就寝用の衣装、つまり寝間着に彼を着替えさせる。

「ちょっとは楽になった？」

「ああ。それにしても、こんなに体型が変わるものなんだな」

「元の姿に戻った時もそうだったんでしょ？」

「あの時は、妙に服がだぶついていると思った程度だった」

確かに身長は変わらない。絵里はそんなものかと思うしかなかった。

会話しながらも、ライムートはさりげなく自分の体のあちこちに触れている。腹筋のあたりを少し長めに触っていたのは、腹が出ていないかどうかを確認したのだろう。

「……鏡、いる？　持ってこようか？」

「いや、いい……」

絵里の私室と違ってここは姿見などないが、探せば小さなものくらいはあるはずだ。

ちなみに国王の執務室の壁にしつらえられた大きな鏡は、極秘通路の入り口だったが、ライムートがそこを通る時、意識的にそちらから目をそらしていたことに絵里は気がついていた。

けれど、そろそろ落ち着いてきたようであるし、詳しく確かめたいのではないかと思っての提案だったが、拒否される。

「情けない、と思うか？」

「ううん、全然。それに言ったでしょ。私はどんなライでも好きだよ」

安心させるようにぎゅっと抱き着くと、ライムートも抱き返してくれた。

なじんだ彼の体臭に、ほんの少し異なる香りが混じっている。所謂《いわゆる》、一つの『加齢臭』だ。

それすら『大好き』だと言い切れる絵里が妻なのは、ライムートにとって幸運なことだった。

第四章　おっさん一行、旅に出る

ジークリンドも旅に同行したい――本人の必死の願いと絵里の口添えにより、予言者に尋ねてはみると約束はしたものの、おそらくは却下されるだろうと、ライムートは本音では思っていた。

しかし――

「いいよ。この場合、彼の存在は便利だろうからね」

絵里とライムートと同じ秘密の通路を抜けて王太子の私室に姿を現した予言者は、実にあっさりと受け入れる。

「国王サマたちとも話してたんだよね、留守の間の偽装の必要があるよねー、って。戻ってきたばかりの王太子サマがまた姿を消した、なんてことがバレたら、せっかく落ち着いてきてた国内が混乱しちゃうよね。それに、他国のこともあるし」

予言者が語ったことが真実ならば、炎竜が出現しているのはシルヴァージュだけではない。他の国にも、シルヴァージュと同じく、被害が出ている可能性が大だ。

そんな状況で、帰還したばかりの王太子とその妻が理由もなく長く王城を空けているなどとなれば、他国から何かあると勘ぐられるだろう。芋《いも》づる式に原因を突き止められかねない。

本人たちが望んだことではないのだが、ディアハラの一件以来、ライムートと絵里は他国からの注目の的になっている。

偽装というか、アリバイ工作が必須だった。

「だからね。まずライムート君と絵里ちゃんには、子作り休暇を取ってもらおうと思うんだよ」

その発言に、ライムートと一緒に話を聞いていた絵里の時間が、一瞬止まった。

――いい加減慣れたと思ったけど、甘かったわっ。

とにかく言動が突拍子もない。

確かに、予言者の見た目は最上級だ。

これは、別に特殊な好みの絵里だけがそう感じるわけではない。

年齢からくる（といっても、実際にいくつなのかは誰も知らないのだが）貫禄と、底知れない英知をたたえた瞳に、洗練された物腰。容姿についても、若かりし頃はさぞや……下手をするとライムートすらかすんでしまっていたのではないかと思わせる。

いや、今でさえ絵里のようなおじ専でなくとも、うっとりと見とれてしまうくらいの美熟年だ。

だが、この言動で全てが台なしだ。

もっとも、そこにツッコムのは今更なので、とりあえず、国王たちと練り上げた計画とやらを聞くしかない。

「二人ってさ、戻って来て早々にディアハラのごたごたに巻き込まれて、その後は公式行事がぎっしりだったんでしょ。それって、新婚さんなのにかわいそうだよね。絵里ちゃんも、慣れない王族としての生活で疲れが溜まってきてるだろうし、ここは一つ、夫婦水入らずでノンビリ体を休めてもらうのもいいんじゃないかー、ってね。期間は二か月くらいあればいいよね。その間、執務だの社交だの、煩《わずら》わしいことは全部忘れて、いっぱい励んでほしい、って国民だって思うんじゃないかな」

『体を休める』と『励む（何を、だ？）』が、絵里にとって両立するのかどうかは、この場合、問題にならない。

表向きはそういうことにして、裏でこっそりと別の行動をするのだから。

「行き先は、ライムート君が養生していた離宮がいいだろうってことになってるよ。ちょっと辺鄙《へんぴ》なところだけど景色はいいし、王家の直轄領にあるから妙な連中もうろつきにくいんだってさ――早速明日からでも行ってくるといいね」

つまりは、明日から旅に出ろ、ということだ。

善は急げ、ということなのかもしれないが、それにしても急な話だ――それだけ状況がひっ迫しているのだろう。

絵里が黙っているからか、ライムートが口を開く。

「ジークの存在が都合がいい、というのはどういうことだ？」

「それについては、前にも言ったけど、今回は飛竜が使えないじゃない？　空を飛んでれば国境なんて関係ないけど、地上を行くとなるとそうもいかないでしょ」

こちらの世界に領空権などというものは存在しない。主要都市や王都の近くを飛び回れば話は別だが、辺境の空を突っ切る分にはやりたい放題なのだ。

だが、もちろん地上でそれが通用するはずがない。

「いちいち国境とかで、細かく調べられるのは面倒だよね――そこで、たまたま都合がいいことに、王太子サマが離宮に行っちゃったんで、暇になった側近のジークリンド君が休暇を取って小旅行に行くことにしたわけだね。でも貴族のご子息に一人で旅なんかさせられないから、お供を何人か連れていくことになる」

偽装工作に一役買う――それがジークリンドが参加する条件のようだ。

「身分を詐称《さしょう》してるわけじゃないから、後ろめたいことなんかなにもないよね！　万が一、問いただされた時に、『休暇を取って旅に出てます。国にもちゃんと許可を取ってます。なんなら問い合わせてもらってもいいですよ』って胸を張って言えるのは、重要でしょ」

そこまで考えてるんだよ、偉いでしょ、と胸を張る美熟年に、絵里は頭痛を覚える。

「ちなみに、僕たちの目的地は『トライン』だよ。ここんとこしばらく、あそこの一番高い山を炎竜が自分のねぐらにしてるからね」

そんなことをどうして知っているのかは、今更、詮索する気にならない。

「トラインというのは、うちの国から二つほど他国を隔《へだ》てた山の中にある小国だ」

さらりと謎をスルーされた上、地名に心あたりがない絵里に、こっそりとライムートが教えてくれた。

「……そこを巻き込むことになるのはいいの？」

「俺たちも十分、巻き込まれた側だぞ」

ライムートの言葉は、確かにそのとおりだ。状況が状況なので、やむなく行動することになっただけなのである。

ただ、予言者の話によれば、トライン山に行ったとしても、炎竜が確実にそこに留まっているかどうかは微妙らしい。こちらの動きに気がついて、旅の途中であちらから出てくる可能性もある。

「あんなでか物だし、人が多い場所には来てほしくないよねぇ」

「……それって、いきなり襲われて、ぱっくんって可能性もあるってことですか？」

ある程度の覚悟を決めてはいる絵里だが、さすがにそれは遠慮したい。

「そんなことは、命に代えても俺がさせせん。万が一、万万が一にもそんな事態になるようなら……リィよりも先に俺が食われてやる」

「そんな……っ」

「――あー、ちょっとちょっと、お二人さん。二人で勝手に盛り上がらないでよね」

ライムートの言葉に感動する間もなく、予言者から訂正が入る。

「そんなことにはならない、っていうか僕がさせないよ。そのためについていくんだからね。ただ、あいつを納得させるために、絵里ちゃんに一役買ってほしい、ってのが一番大きな理由なんだから」

「……ちなみに、小さな理由っていうのもあるんですか？」

「えへへー。秘密」

一瞬、こいつ殴ってやろうか、と思ったのは絵里だけではないだろう。

それはともかく――とりあえず、計画はできた。後は実行するだけだ。

途中、何か不都合があっても、それはその時々で対処するしかない。今の段階で必要なのは、それに向かっていく覚悟だけである。

「皆、頑張ろうねー」

どこまでも軽い予言者の言葉に、旅立つ予定の二名はしっかりと頷いたのだった。


翌日。

周囲を馬に乗った騎士が守る『王太子夫妻』の乗った馬車が、王都の街路を進んでいた。

急遽決まったことらしいが、王族の気まぐれは何処《どこ》の国でもよくあることなので誰も気にしない。

祝典のパレードではないので、乗っている二人のお手振りなどもないのは、こちらの世界ではごく普通だ。たとえ姿を確認できなくても、王家の紋章付きの馬車なのだから、二人が乗っているに決まっていた。

その行列が静養地である離宮に向けて王都の門をくぐってしばらくした後。

正門とは別の、城に仕《つか》える者たちが使う通用門から、人目を忍ぶでもなく、ごくごく普通に城を出た四名からなる一行があった。

その中の一人は立派な馬に乗っている。馬具や身に着けている服はどれも上質なものであり、貴族の男のようだ。

彼の同行者は、やはり馬には乗っているが、その馬具や服などは数段落ちる。

一人は細身で、灰色のローブを着て目深《まぶか》にフードをかぶっており、武器を身に着けていないことから、魔法使いらしい。

もう一人の、乗馬用の短いマントを身に着けた体格のいい男は、腰に佩《は》いている実用本位の剣からしても護衛であると思われる。

残る一人は随分と小柄で、乗っている馬も四頭の中で一番小さい。最後尾からちょこまか、といった感じでついていく様子は小間使いに見えた。

そんなどこにでもいるような構成の一行は、特に目立つこともなく大通りを通り過ぎ、街並みを抜けていく。

きちんとした身分証を持っているので、王都の門をくぐる時もなんの問題も起こさなかった。

門を通過する折には、三人は馬を下りたが、主《あるじ》であるらしい貴族は騎乗したままだ。やはり身分がある者なのだろう。

「行ってらっしゃいませ、お気をつけて」

門兵の敬礼と声に送られて、再び従者たちが馬にまたがる。

気ままな旅の始まりだ——表向きは。

門の辺りは混み合っていたが、街道にそってしばらくすると、それぞれの移動手段の違いによりばらけてくる。

やがて、話をしても他に聞く者がいないところまで進み、一行は一息ついた。

「ほらねー、全然、簡単だったでしょー」

一行の中で最年長——というか、この世界中を探しても彼よりも長生きをしている者はいないであろう予言者の言葉に、ジークリンドがひきつった顔で頷く。

「確かに……ですが、この状況は……」

「ん？　何？　状況がどうしたの？　伯爵家子息で王太子側近のジークリンド様は、気楽な旅の道案内をするおいぼれ魔術師と、元騎士で今は傭兵稼業の用心棒と、身の回りの世話のために連れてきた小間使いに、何かおっしゃりたいことでもあるのかな？」

カインは明らかにわざとふざけているのだが、生真面目《きまじめ》なジークリンドにそれを指摘しろというのは無理な話だ。

あの時の話し合い、というか説明の場に、ジークリンドが同席していなかったというのも大きいかもしれない。

「偽装の必要があるのは理解しております。しかし——せめて、もう少し違う設定にできなかったのですかっ？」

「違う設定って言われてもねー」

必死の訴えであるが、予言者は涼しい顔だ。

「ちょっと怪しい魔術師的な爺《じじい》の僕と——」

そう言って、自分を指さす。

「むっさいおっさんな彼と——」

次に、自分の隣で馬を進めているライムートに同じようにした。

「男の子か女の子か、どっちかわかんない格好になってる彼女」

最後に、一番後ろからパカパカとついてきている絵里を振り返る。

「この三人の誰でもいいけど、その人がご主人様役になったとして、君はどういう役をやるつもりなのかな？」

「——男か女かわからない、ってのは余分です」

反射的に突っ込んでしまった絵里だが、それでも言われたことを否定はしない。

灰色っぽい長衣で、フードを深くかぶった予言者は魔術師に見えるし、ぼさぼさ蓬髪《ほうはつ》と無精髭《ぶしょうひげ》、逞《たくま》しい体に実用本位の剣を下げたライムートは『元騎士の傭兵』というのが納得の出で立ちだ。

　絵里にしても、こちらの女性としては非常に珍しいズボン姿であるのに加え、元々凹《おう》凸《とつ》の少ない体型であることもあって、ぱっと見では少年だと思われてもおかしくない。

　いや、それはともかくとしてだ。

「殿下が主人で、私がその護衛でいいではないですかっ」

「君みたいな、いかにも身分の高そうな貴族が護衛につくって、それ何処《どこ》の王族？　ってことにならない？　お忍びなのに、自分からバラしてどうすんの」

「それは、私のほうが身をやつして――」

「君に庶民の振りができるの？」

「まぁ、無理だろうな」

　懸命に言《い》い募《つの》るジークリンドだったのだが、ライムートまで予言者の意見に賛成してしまう。

　ちなみにライムートのほうは、物の見事に庶民になりきっている。

「殿下!?　そ、そのようなことはございません！」

「ほら、まずその言葉遣いがダメなんだよ。育ちのいい坊ちゃんだって、丸わかりじゃん。っていうか、殿下って呼ぶの禁止、敬語も使っちゃダメ、って言っといたよね？」

「殿下に対して、ぞんざいな口をきけというのかっ？」

今ここで揉《も》めるくらいならば、最初にもっとしっかりと言い聞かせておけばよかった。そう絵里は反省する。ただ、何分にも時間がなかったのだ。

ジークリンドにしても、同行する許可が出たということに喜ぶあまり、深く考えが及んでいなかったのだろう。

それが、先程の都を出る門でのやり取りの際、彼一人が騎乗したままで他の三名が下馬し、出入りを審査する門兵が自分にだけ丁寧な対応で三人に横柄《おうへい》な態度をとったことで、我に返ったらしい。

実際には最も身分が下である彼が一番偉そうな態度を取らねばならないのは、堅苦しいくらいに生真面目《きまじめ》で、ライムートに対する忠誠心が高いジークリンドにとって、かなり負担のようだ。

しかし、他の三名にしてみれば、そろそろ納得してほしいところだった。

「落ち着け、ジーク。俺は別に気にならん。だから、お前も気にするな」

とりなすようにライムートが言葉を挟む。それが却《かえ》って逆効果になる。

ジークリンドは気色《けしき》ばんだ。

「そういう問題ではございません！」

いくら周りに人が少ないといっても、無人ではない。四人の会話の内容は聞こえないとはいえ、何やら問題が起きたらしいことは察せられたのだろう。

旅に出たばかりでもう仲間割れか、と興味本位の視線が向けられているのを感じ、絵里は内心冷や汗をかいた。

そんな状況で唐突に、ライムートと並んで先頭を進んでいた予言者が馬を止める。

「そういう問題でしょー？　どうしてもできないっていうんなら、今からでもいいからお城に戻んなよ」

そう言った彼は、言葉遣いも、口調も、声のトーンもまったく変えていない。それでいて、周囲の気温がいきなり数度も下がったように感じた。絵里は、またしても背中にいやな汗が伝っていくのがわかった。

「ライムー――じゃなくて、ライル君ってことになってるんだっけか。その彼がいいって言ってんのに、それでも納得できないってのは、単なる君の我儘《わがまま》じゃん。自分の忠誠心を大っぴらに宣伝できない状況なのがいや？　寝言は寝てから言ってよ――うん、やっぱ帰ってもらったほうがいいよね。偽装の設定を作りなおすことになるけど、協力する気がない奴を無理に連れてくよりは、よほどましだからね」

「よ、予言者殿……」

「僕のことはカインって呼べって言った気がするんだけど、あれ？　僕ったら、ボケちゃったかなー？　まぁ、もうここでお別れなんだからどうでもいいけどさ」

ライムートと並んで先頭を行っていた予言者は、先程まではジークリンドを振り返りながら話をしていたのに、今は視線を向けようともしない。

代わりに景色をノンビリと見回す様子は、本当にどうでもいいと思っているようだった。

一番後ろからちまちまとついていっていた絵里からは、ジークリンドの体が小刻《きざ》みに震えているのが見える。

しかし、ここで自分が出しゃばっていいものか悩んでいるうちに、もう一度、ライムートから救いの手が差し伸べられた。

「予言……いや、カイン殿。ジークの態度は、俺からも謝罪する。どうか、怒りを鎮《しず》めてほしい」

「えー、別に怒ってなんかないよ？」

「ならば、失望し見限った、と言いなおそう。だが、今のでこいつもわかっただろう。金輪際《こんりんざい》、このような文句は言わないはずだ」

「ふぅん？　……ちなみに、それって具体的にはどういうことなのかな？」

そう尋ねた予言者が、ちらりと横にいるライムートに目をやる。

「――二度と不平は言わず、与えられた役柄に徹します。何事かあった場合も、全て下された指示に従《したが》うと誓います」

返事は、ジークリンドの口から発せられた。

その言葉に、予言者はちらりとそちらを見るが、ジークリンドが口にしたのはそれだけだ。しばしの沈黙が流れる。

「っ……先の態度については心よりお詫《わ》びいたします。申し訳ありません、何卒《なにとぞ》お許しください」

「……僕、急にものすごーく耳が遠くなったみたいなんだよねー、今、誰か、何か言った？」

自分が口出しする場面ではないと思い、ずっと聞き役に徹していた絵里は、ジークリンドを通り過ぎ自分に視線が向けられたばかりか、突然、発言まで求められて驚いた。

「え？　も、もしかして、私に聞いてますっ？」

「うん、リィちゃんが一番若いからねー、耳もいいでしょ？」

この場合、予言者の言葉をそのまま素直に受け取るほど、絵里も空気が読めなくはない。

「今、誰が、なんて言ってたのか。リィちゃんが聞こえてたなら、僕に教えてほしいな」

――旅の初《しょ》っ端《ぱな》から、どうしてこんな状況になっているのか、私こそ教えてほしいわっ⁉

そう思いはするものの、この場が収まるかどうか——ジークリンドがこの先も同行を許されるかどうかが、自分の発言にかかっているのは知っている。

こうなったそもそもの理由は皆目わからないが、絵里としては日頃からライムートへ献身的に仕《つか》えてくれているジークリンドを応援したい気持ちがあった。

懸命に頭を働かせ、予言者の言葉の裏の意味を考える。

「えっと……あー、もしかしてそういうこと……？」

そして、なんとか正解を見つけた。

「えっと、カインさん。さっきですけど、ご主人はご自分が無茶をおっしゃったことを反省して、カインさんに謝ってたんです。で、もう我儘《わがまま》は言わないから、これからも道案内を頼みたいんだそうですよ」

「おー、そうなんだ。ありがとう、リィちゃん——って、ことなんだけど、そうなの、ご主人のジークリンド様？」

「そ、そのとおりで——いや、そのとおりだっ！　私の態度が悪かったのは謝罪する。カイン殿、ライ、ル殿には、この先もよろしく頼みたいっ」

「……こんな爺《じじい》のことは呼び捨ててくれていいんだけど？」

「こ、こちらから同行してもらいたいと頼み込んだのだ！　この程度は当たり前だっ」

「ふーん……ま、いいか。ギリギリ合格点をあげるよ」

その言葉にほっとしたのはジークリンドだけではない。絵里も、しばらく口をつぐんでいたライムートも、あからさまに体の力を抜いた。

「んじゃ、話がまとまったことだし、先に進もうか。今日中には次の町までたどり着いていたいしね」

何事もなかったかのように再度、馬を歩かせ始めた予言者の後ろ姿に向かい、絵里は小さなため息をついた。

当面の目的地であるトラインへは馬で二十日ほどだと聞いているが、思っていた以上に波乱含みの行程になりそうな予感がひしひしと押し寄せている。

――とはいえ、城を出る時に携《たずさ》えた食料で昼食を終え、夕方近くに最初の目的地である街道沿いの町にたどり着くまでは、特に問題は起きなかった。

最初にガツンとやられたのがよほど応《こた》えたのか、ジークリンドは最低限の言葉しか発しない。

ライムートもこれまでの経緯があるため、並んで馬を進めている予言者相手には、会話を弾《はず》ませようとしなかった。

残るのは絵里だが、すぐ前にいるのがジークリンドということもあり、やはり話し出しにくい。

結果、とても静かな道中になった。

「……ものすごくストレスが溜まる状況だったんだけど、もしかして明日からもこうなの？」

宿についた途端、絵里は開口一番、ライムートに向かって苦情を述べ立てた。

部屋割りで一瞬揉《も》めかけたが、『後でこっそり変わればいいだけでしょ』という絵里のとりなしでどうにか客室に落ちついた直後のことだ。

ちなみに、部屋は二人用のものを二つとっている。本来は一行の主であるジークリンドと身の回りの世話係で一部屋、もう片方に護衛と道案内と考えるのが普通だ。

一旦はそのとおりに部屋に入った後で片方ずつが交代し、現在は絵里とライムート、ジークリンドと予言者という組み合わせとなっていた。

ジークリンドはさぞや居心地の悪い思いをしているだろうが、絵里がライムート以外の男性と同室になるほうが大問題なので、ここは我慢をしてもらっている。

「まぁ、そう言うな。さすがに俺も、初日からああなるとは思わなかった」

「っていうか、初日だからこそ、ああなったんじゃ？」

「……かもしれん」

ライムートがジークリンドの真面目さの度合いを見誤っていたのが、揉《も》めた原因の一つだ。ジークリンドは有能で忠誠心に溢《あふ》れているのだが、それが仇《あだ》となった。

「予言者――カインさんって、見た目と中身が全然違うしね。だからつい、ジークさんも突っかかっちゃったんだろうけど……」

「そこを考えると、あいつに同情する余地はあるな」

あの見かけを完璧に裏切る予言者の言動にばかり気を取られると、痛いしっぺ返しを食らう。ライムートの祖父の時代――いや、それよりもずっと前から、シルヴァージュの守り神として扱われてきた相手だ。一筋縄ではいかなかった。

「それにしても……あのね、ライ。ついでにちょっと聞いていい？」

「なんだ？」

「私が実際にカインさんに会って受けた印象って、ライから聞いていた話とかなり違うんだけど？」

絵里が言っているのは、以前、ライムートから聞かされた予言者と彼との因縁《いんねん》話である。

その折にライムートの語った『予言者』は、もっと威厳と神秘に満ちた偉大な賢者という感じだった。多少盛っていたのだとしても、現物との差がありすぎる。

「……なるほど、確かにそうだろうな」

絵里の問いかけに、ライムートが大きく一つため息をついた。

「すまん。実のところ、俺も再会してから思い出したんだ」

「っていうことは、前の時もあんな感じだったの？」

「ああ……できれば思い出したくなかったが……」

この場合に、思い出補正という単語が当てはまるのかどうかは謎だが、ライムートの心の働きが絵里には理解できた。

十五歳になったばかりの王子が、たった一人で世間の荒波に放りだされることになった原因が、あの言動の持ち主では……

おそらくは、最初の頃はきちんと記憶されていたのだろうが、苦労に苦労を重ねるうちに少しずつ美化されていったに違いない。それは自然な成り行きだ。

そして、記憶がすっかり改変されて、それを自分自身でも真実だと思い込んでいたところで、再会と相成った。さぞや衝撃が大きかっただろう。

つくづく、ライムートが哀れである。

「……大変だったね」

「それはもうとてつもなく、な……」

むさくるしいおっさんが、苦笑いとともにもう一度、ため息をつく。

絵里は自分と出会う以前のライムートの放浪話を、ほとんど聞いたことがなかった。どの辺りを旅したとかはともかく、苦労話の類《たぐい》は、あまり思い出したくもないかもしれないと考え、触れずにいたのだ。

それが、今になってまたも同じような状況になってしまった。いろいろと思うところもあるはずだ。

「ねぇ、ライ。話は変わるけど――私、ジークさんを見て思ったの。貴族の人が庶民の真似するのって、意外と大変なのね。ライがすごく自然に馴染《なじ》んでたから、気がつかなかった」

いきなりそんなことを言い出したのは、自分に向かって愚痴《ぐち》を吐き出すことで少しでもライムートの気持ちが軽くなれば、と考えたからだ。

弱音をはいてもいいよと言っても、彼が素直に言うはずがないという予想からでもある。

「いや、俺もかなり苦労したぞ」

――のってくれた！

内心で喜ぶが、注意深く顔に出すことはしない。

「そうなの？　こう言ったらアレだけど、ホントにその辺を歩いている人と比べても違和感がなかったよ。私じゃなくても、まさか偉い人だとは誰も思わなかったんじゃないかな」

「誰からも見向きもされない、しょぼくれたおっさんだったからな」

そのしょぼくれ……ではなく、素敵なおっさんに一目で心を奪われた絵里としては、全力で否定したいところだ。けれど、静かに首を横に振るにとどめ、先を促《うなが》す。

「貴族と一般の民では、単語の発音一つとっても違っていることが多い。それを理解するまでは、なるべく口数を少なくして気をつけていたが、不審に思われたこともあるな。そういう時は『生国《しょうごく》の訛《なま》りがでた』でごまかしたりしたもんだ」

ライムートの言葉に絵里は少し驚いた。転移特典（？）のおかげで、絵里には敬語と口語の違いくらいにしか聞き分けができないが、現地の者にしてみれば細かい違いが明白にあるようだ。

「その他にも――ああ、そうだ。口のきき方が丁寧すぎるって理由で、因縁《いんねん》をつけられた時にはどうしていいかわからなかった。俺は普通にしゃべっただけだってのになぁ」

「それは……相手の人が悪かったんだと思うけど」

「相手が悪いも何も、俺は普通に酒場に行って飯を注文しただけだ。それなのに、その注文の仕方が気取っている、ばかにしてるのか、と隣の席の奴が怒るんだぞ。それから――」

生粋《きっすい》の王子で、しかも一人旅だったライムートが、今回のジークリンドとは比べ物にならないほどの苦労の連続を経験したことは、想像にかたくない。

一旦愚痴《ぐち》を言い始めると気が緩んだのか、彼の口から次々にエピソードが出てきた。そのどれもこれもが、ため息が出るような内容ばかりだ。

たとえば、くたくたに疲れて宿にたどり着いた後、あてがわれた部屋の前で彼は無意識に立ちつくした――同じ宿に泊まっていた他の客に不審の目を向けられて、やっと気がつく。自分で開けなければ、誰もドアを開けてはくれないのだということに。

笑っていいのか呆れていいのか、絵里は真剣に悩んだ。

「ライ……」

思わずぎゅっとライムートに抱き着いてしまう。

若くてキラキラした王子の時よりも、厚みのある体つきが嬉しくて、そして少しだけ悲しい。

「他にもいろいろあるが……すまんな、話し始めたらきりがなくなってきた。しばらくは馬で移動だし、さっさと寝ないと明日に響く」

「……うん」

ごつごつとした手で優しく髪を撫でられて、その感触に涙が出そうになった。

「明日……じゃなくてもいいから、また話を聞かせてくれる？」

「それは構わんが……リィは、つまらんと思わんのか？」

「絶対に思わない！　だから、約束ね」

「ああ」

そう約束して、おとなしく各々《おのおの》のベッドへ入った。

ただ、そんな話をしていたせいか、絵里が眠りについたのはそれからまたしばらくしてからになる。隣ではライムートが何度も寝返りを打っていた。

おそらくは彼も似たような状況だったのだろう。

翌日は、二人ともに少々の寝不足気味になっていた。

それを予言者にからかわれる。

「あれ、ちゃんと眠れなかったのー？　ダメだよ、いくら旅先で解放感があるって言っても、いきなり初日にイチャイチャしてたら、この先体力がもたないよ？」

「誰と誰がイチャイチャしていた、だ！　妙な言いがかりをつけるな！」

朝食の場で顔を合わせた途端のこのセリフだ。

むさいおっさんなライムートと、男か女か判別しがたい絵里に向かっての『イチャイチャ』発言で、周囲の目がとんでもないことになる。

一方、予言者の隣ですでに席についていたジークリンドは、たった一晩で驚くほど憔悴《しょうすい》していた。

それはそれはカオスな状況だ。

「ああ、もう！　さっさと飯を食ったら出るぞ！」

逃げるように四人は宿を出る。

二日目にして更なる前途多難を予感した絵里は、深いため息をついたのだった。


――たとえどんな環境だろうと、人間というものはそれなりに慣れてしまうものだ。

「だからー、次の町はちょっと遠いんだよ。今日のところはここで宿をとったほうがいいんだってば」

「でも、それじゃトラインに着くのがまた遅くなっちゃうし」

「二日や三日の誤差は最初から計算内だよ。それより、リィちゃんは自分の体力のことを考えなきゃダメでしょ」

「わ、私ならまだ大丈夫だからっ」

「まだ、ということは先はわからんということだ」

言い争い――ではなく、忌憚《きたん》のない意見のやり取りができるほどに、四人は打ち解けることができていた。

もっとも、予言者は最初からこのような調子だったし、絵里とライムートの二人は夫婦であるので、残りの人間関係において、という意味である。

つまり、態度の変化が顕著《けんちょ》だったのは、ジークリンドだ。

「そのとおりで――いや、そのとおりだ。この場合、先を急ぐよりも、万全な状態で到着することを優先すべきだと思う」

まだ時々うっかり、敬語を使いそうになるものの、その回数が目に見えて減ってきている。

何より、予言者を交えた会話でも発言できるようになったのは、格段の進歩だ。

ちなみに、この旅において、当初想定していた以上に、ジークリンドの存在はいい隠《かく》れ蓑《みの》になっていた。

他の三名があまり顔をさらさない服装をしていることもあって、見るからに育ちのよさげで極上の容姿をした彼は、どこに行っても注目を集める。

年齢を問わず、女性から熱い視線を注がれるのは当たり前。それをやっかむ男もいるが、明らかに身分が高いとわかる彼にちょっかいを出す度胸のある者は滅多にいない。遠巻きに妬《ねた》ましげな視線を向けるのが精一杯だ。たまに蛮勇を振るおうとする輩《やから》もいないでもないが、それにはライムートが対応した。

そんな時でさえ、注目されるのは剣を振るうライムートではなく、優雅な（？）様子で守られているジークリンドである。

本人にしてみれば不本意極まりない状況であろうが、どのみち、女性にモテるのはここでも王城でも同じだ。そのおかげで他の三名には注意が向かわないのだから、実に優秀な偽装工作員である。

そんな事情で、今やジークリンドは一行に欠かせない存在となり、それは大変喜ばしいことだった。

さて、そんな中、ここまで絵里が食い下がっているのは、今日でシルヴァージュの王城を出てから、十日が過ぎているからである。

「――でもっ……ただでさえ、私に合わせてくれてるから進むのが遅くなってるわけだし……」

今、彼らがいるのは、シルヴァージュとトラインの間にある二国のうちの一つで、カイナスという名の国だった。

数日前に、ジークリンドの持つ正式な身分証のおかげで、問題なく国境を越えたのだが、目的地であるトラインへはまだまだ遠い。

当初の予定では、二日ほど前にこの地点にたどり着くことになっていたことで、絵里は焦っていた。

「リィのせいばかりじゃない。というよりも、途中で雨に降られたのが大きい」

「――ライル殿の言うとおりだ。雨に濡れて体調を崩すことを恐れたからこそ、安全策を取った。それなのにここで焦って同じ状況になれば、それこそ本末転倒だ」

「だけど……」

ライムートとジークリンドの二人がかりの説得だが、それでも納得のいかない絵里に対して、おもむろに予言者が口を開く。

「まぁまぁ――リィちゃんの気持ちもわかるよ。自分が足手まといだって思うと、どうしても責任感じちゃうよねー。実際、僕ら男だけで進むより、ずっとゆっくりな速度になってるわけだし？」

あまりにもぶっちゃけたその内容に、「おいっ！」「そんなことはっ！」と、二人が焦る。

「ああ、そっちの二人は黙ってなよ――リィちゃんは、単なる優しい言葉が聞きたいわけじゃないんでしょ？　だったら、こっちも本音でぶつかったほうがいい」

そういうことだよね、と問われ、絵里もこくりと頷いた。

「早く先に進めるなら、もちろんそのほうがいいよ。けど、それに関する利益と不利益ってものがある。今の場合だと、不利益のほうが大きそうだってことで、僕らはこの結論になった――ここまではリィちゃんもわかってるよね？」

「はい。だけど、カインさんたちの言う不利益って、私が体調を崩すかもしれないってことでしょ？　だけど、ほんとにそうなるかどうかわからないのに、もう決定事項みたいになってるじゃないですか。私はそれが――」

「納得いかない？　うんうん、そうだろうねー」

「だったら……」

「だけど、それってリィちゃんの視点から、でしょ？」

「……え？」

思いがけないことを言われ、絵里が言葉に詰まる。

「僕たちのほうに立って考えてみたらわかるよ。自分は大丈夫だけど仲間に気がかりな部分がある。だったら、そこまで切羽詰《せっぱつ》まった状況じゃないかぎり、まずはその仲間を優先するのは普通だと思わないかな？　それに、もし強行したとして、『無理をさせている』んだから、『いつ、具合が悪くなるかわからない』って思いながら進むことになるでしょー？　それって僕らにも負担を強《し》いてることになるんだよ」

　正直なところ、絵里はそんなふうに考えたことがなかった。そこまで考えが及ばなかったというべきかもしれない。

「もっかい言うけど、進む速度がゆっくりなのも、ある程度の遅れがでるのも想定の範囲内だよ。っていうか、リィちゃんが一人で馬に乗れるってわかったから、最初の予定に比べたら、随分速いんだ。二人乗りを交代しながら行かなきゃって思ってたんだからね——ってことで、改めて、別視点から考えてみて、どうかな？　リィちゃん？」

　ここまで言われてしまえば、絵里も納得するしかない。

「……はい、ごめんなさい」

「謝ってほしいわけじゃないんだけどねー……まぁ、いいか。んじゃ、さっさと宿でも探そうよ。そろそろ僕も疲れが溜まってきてるし、今夜はゆっくりできるとこがいいなー。昨日の宿なんかもう、最低だったよね。部屋は狭いし、ベッドは固いし、壁が薄くて隣の客のいびきは聞こえてくるし！　あんまり腹が立ったんで、ついご主人サマを壁に投げつけたくなっちゃったよ」

　今の今まで真面目に話をしていても、次の瞬間にはもうふざけたことを口にする。あまりの変わり身の早さに、絵里はついていけない。

けれど、あれはもう『そういう存在』だと諦めるしかなかった。

少なくとも一度は同じことを考えたことがある一同だが、その認識自体は大分変わっている。

「ねぇ、早く早くっ」

毎度ながら、どこの我儘《わがまま》なお子様だ、と言いたくなる態度の予言者。

だが、それでも――

「……ありがとうございます」

「え？　リィちゃんったら、よくわからないけど僕に感謝してくれてるの？　だったら、今夜は僕と一緒の部屋にしよう！　毎日馬に乗ってると肩とか腰とか凝《こ》りまくってるから、揉《も》んでくれると嬉しいなっ」

「それは却下だ」

絵里の心からの感謝はさりげなく受けとられ、ライムートによってオチをつけられる。

その後もそんなふうににぎやかに移動したおかげで、絵里の焦燥感は随分と和《やわ》らいでいった。

そして――だからこそ、起こるトラブルもあったりする。

予言者の主張により、その夜にとった宿は町でも有数の高級なものになった。

価格が高いだけに空き部屋に余裕があり、珍しく個室を二つと、二人部屋を一つという組み合わせで宿泊できる。

「これで今夜はご主人サマの歯ぎしりに悩まされずに済むよー」

「私はそんなことをした覚えはない！　それよりもカイン殿の寝言のほうがうるさいと思うのだが……」

「僕はただ寝てただけから、そんなことしてないよー」

「寝ているからこそ寝言を言うのだろうっ！」

掛け合い漫才をするほどの仲になった予言者とジークリンドが各々《おのおの》一部屋を取り、ライムートと絵里は当然ながら同室だ。

高級宿なだけあって、風呂もある。といっても客室の隅に衝立《ついたて》と大きな盥《たらい》を持ち込んで、そこに湯をはってくれるだけのものだ。

それでも久しぶりに湯舟につかれるのは、絵里にとって大層ありがたいことだった。

「ライにきれいにしてもらってはいたけど、やっぱりお風呂に入れるのって嬉しいよ」

こちらの世界には魔法がある。

派手な効果を持つ——つまり攻撃などに使えるものもあるが、その多くは生活に役立つ類《たぐい》のものが占めていた。

よほどの修業をした者でないかぎり魔法での攻撃はできないので、普段目にするのは生活にかかわる魔法だけだ。

ライムートもいくつかの魔法が使えるが、そのほとんどが生活魔法だった。

その中に、体の清潔さを保つというものがある。王城にいる時は無用の長物だったそれが、いざ旅に出るとなり大変に役に立っていた。

「リィもそろそろ自分で使えるようにならんとな」

日本人の絵里とは異なり、ライムートは魔法で清潔さを保てるのならそれでいいと思っているらしい。せっかくの風呂に入る機会を見送るという。

「頑張ってはいるんだけどね」

地球には魔法が存在しないので、絵里はその存在を夢物語の中のものだと思っていた。

だが、こちらに来てからは違う。魔法を使うことが可能なのだ。

しかも、絵里の中には魔法を使うための燃料ともいえるマナが大量に宿っている。いわば使いたい放題だ。

だが、ここで問題が一つ。

元々が、『存在すらしなかった』ものを、いきなり使いこなせというのは無茶だった。

今の絵里はマナの存在を感じることができるし、それをある程度は動かすこともできる。が、そこから一段階進んで、そのマナを用いて何かをする——つまり『魔法を使う』というところまではたどり着けていない状態だ。

「マナを出すだけなら簡単なんだけどなぁ……」

「それは、とっくにできていただろう」

かつて、ライムートと二人でディアハラに乗り込み、襲い掛かってきた者たちを、絵里はその方法で撃退していた。

「というか、人を昏倒《こんとう》させるほどの強いマナを放てるのは、リィくらいのものだぞ。それほどマナがあるのに、未だに……」

語尾を濁したのは、ライムートの優しさだ。

王族が魔法の達人である必要はないのだが、せめて火球の一つや二つ、護身壁の一枚や二枚、使えるに越したことはない。

だというのに、絵里は、マナーやその他の講義の合間を縫ってシルヴァージュでも最高レベルの魔法使いに師事しているにもかかわらず、未だにせいぜい火打石に毛が生えた程度の炎や、カーテンがわずかに揺れる強さの風を出せるくらいだった。

「……向き不向きってというのもあるんだと思う」

「それは否定しないがな。まぁ、体を清める程度ならいくらでも俺がやってやる……」

「いっそ、カインさんに習おうかなぁ。あの人って、すごい魔法使いでもあるんでしょ？」

しばらくの間一緒に旅をするのだから、その時間を有効活用するのもいいかもしれない——絵里としては、そのくらいの気持ちでの発言だった。

「それはダメだ」

それなのに、間髪《かんはつ》を容《い》れずに却下されてしまう。

「え？　なんでダメなの？」

「なんで、と言われても……とにかく、ダメと言ったらダメだ」

取り付く島もないといったふうなライムートの態度は、普段の彼を知る絵里には悪手であった。

「……ライ？」

「ダメだと言ったらダメだ」

かたくなに同じセリフを繰り返すだけの彼に、絵里は疑念が湧く。

いつものライムートならば、絵里の提案を否定するにしても、それがなぜなのかをきっちり説明してくれる。

絵里が知っておく必要がないこと——たとえば国政に関することや、個人のプライバシーならば、それを告げた上での『却下』になるはずだ。それならば絵里も納得する。

だが、それすらなしに頭ごなしに『ダメ』というのは、明らかにおかしい。

とはいえ、このライムートの様子では、問い詰めても素直に吐いてくれないだろう。

そこで絵里は一計を案じ、上目遣いで見つめてみた。

「……そんな目で見ても、俺は許さんぞ」

「いいよ、別に——ライが許してくれなくても、直接、カインさんにお願いするって手もあるし」

彼らの力関係からして、予言者が『うん』と言えばライムートがそれを覆《くつがえ》すのは難しいだろう。

ただ、実は絵里に、そこまで強行するつもりはない。

単に話の流れで、それもいいかもしれない、と思った程度。しつこく迫ったのは、ライムートの自白を促《うなが》すためのブラフ《はったり》である。

そしてそれは、ものの見事にきいた。

「本気か、リィッ？」

「だって、なんでダメなのか教えてくれないんだもの。理由を言ってもらえないなら、私も納得できないよ？」

絵里自身としては、予言者に対して思うところは――まったくとは言いがたいものの、一応ない。

得体の知れない存在だとは感じているが、ライムートほどの忌避感《きひかん》は抱いていないのだ。それどころか黙っているかぎりは目の保養……

「……お前、時たま、あいつに見とれていただろう？」

「……は？」

考えていたことを読んだかのようなライムートの言葉に、絵里は目を見開く。

「え？　それって、あの……どういう？」

「どういうも何も……リィ、あいつに惚《ほ》れたんじゃないのか？」

「はぁあっ!?」

いきなりの濡《ぬ》れ衣《ぎぬ》に、更に本気で驚く。

「俺もまさかとは思いたいが――あいつの容姿はお前の好みのはずだ」

「それは確かに……だけど、それがどうして、そんな極端な話になるの？」

見て楽しむのと、恋慕の情を抱くのはまったく別の話だ。

しかし、今や疑心暗鬼の塊《かたまり》になっているライムートには、通用しない。

「考えてみれば、リィ、お前……俺の時も、まずは外見で惚《ほ》れたんだったよな？」

「いや、だってそれは……そう言われたらそうなんだけど……」

死にそうになっていたのを助けてくれたとか、右も左もわからない自分を保護してくれたとか、まったく己の利にならないのに親切にしてくれたとか——その辺の事情込みでの『一目惚《ひとめぼ》れ』である。その後、『本気の恋』になったわけだが、きっかけ自体にはその容姿が大いに影響していた。

あの時の——そして今のライムートは、絵里の好みのど真ん中を射抜く、それはそれは素敵なおじ様だ。

ほとんど手入れをされていないザンバラの蓬髪《ほうはつ》も、顔の下半分を覆《おお》っている無精髭《ぶしょうひげ》も、荒れた肌に刻《きざ》まれた皺の数々や、鍛えられてはいるがそれでも加齢によって衰えの気配がある体つきも——何もかもが絵里の好みだった。

しかし、それだけの理由で二股疑惑は、あまりにもひどい。

「ちょっと待ってよ！　ライ、それ本気で言ってるの？」

「だが、これまでの道中でも、お前が俺よりもあいつを見ていたのは否定できんだろう？　食事をとる時も、俺の隣に座りはするが視線はずっとあいつのほうに向いていた」

——え、何⁉　そんなとこまで見てたの？

図星を突かれて、絵里は少々焦る。

それは確かに事実であったが、理由あってのことだ。ただ、それを口に出すのは少しばかり抵抗がある。

「その上今度は、あいつとの接触を更に長くしたいと言い出した……俺が疑いを持っても無理はあるまい？」

誰でも、ちょっとした思いつきが明後日《あさって》の方向に向かうことはある。それにしても、このライムートの思考の飛躍っぷりは、絵里には予想できなかった。

いつもの彼ならばここまで無茶なことは言い出さないはずだ――そこまで考えたところで、絵里には、彼の乱心の原因に思い当たる。

――ストレス、溜まってたんだね……

考えてみれば――いや、考えるまでもない。絵里の前では極力そんな様子を見せなかったとはいえ、ライムートにとっては青天の霹靂《へきれき》が三つ四ついっぺんに押し寄せてきたような状態なのだ。

突然の炎竜の襲撃、予言者の再来、自身の変貌に隠密旅、しかも旅には件《くだん》の予言者付きである。

対して絵里は、国の状態に関与する立場におらず基本的には静観しかできないし、予言者本人とも今回が初対面。ライムートの変化についてはむしろ大歓迎で、旅の状況についても今のところ同行者たちに全面的に任せている。

絵里とライムートが感じているものは天と地ほども違っていたようだ。

「……ごめんなさい、ライ。私、気がついてなかった」

二人は歴《れっき》とした夫婦である。全てを共有するのは無理でも、夫がそこまで追い込まれていたことに気がつけなかったのは、妻として恥ずかしい。

そう思っての謝罪だったのだが、少しばかり言葉が足りなかった。

「あいつに見とれていたのは無意識だったと？」

「違うって！　いや、それも多少はあったかもしれないけど」

すっかりこじらせてしまっているライムートは、絵里の言葉を素直に受け取ってはくれない。

絵里は改めて考える。

どこから誤解を解けばいいのか……まずはこれからだ。

「ライじゃなくて、カインさんのほうをよく見てたのは事実かもしれないけど、その理由っていうのが、その……」

あまりの恥ずかしさに、顔が赤くなる。

しかし、ここでちゃんと言っておかねば、この先誤解に次ぐ誤解が生まれかねない。

絵里は腹をくくるしかなかった。

「ライが、ね……あんまり素敵なんで……」

「……は？」

「だから、ね。ライが素敵すぎるんで、あんまり見たくなかったの！」

「はぁ？　……おい、リィ。ごまかすにしても、もう少し……」

「ごまかしじゃないってば――だって、馬に乗ってる後ろ姿はかっこいいし、横顔も素敵だし、正面からとか見ちゃったら心臓がどきどきして……あんまり見てると、なんか胸とか他のとことか苦しくなってくるからっ」

その絵里のセリフに、嘘偽りは一切ない。なのに、あまりの内容のせいか、ライムートはにわかには信じがたかったようだ。

「だから、俺より予言者殿に目をやっていたとでもいうつもりか？」

「だって、本当だもの！　現に今だって……心拍数、かなり上がってるんだよ……」

理想そのものの相手が目の前にいるというのに、何が悲しくて他に気を移さねばならないのか。

予言者はただの目の保養――いうなれば、テレビやスクリーンの向こうの好みの俳優みたいなものだ。リアルの役者本人に恋愛感情を抱いているなら別だが、そうでないのなら、それは単に『観賞』しているにすぎない。極端な話、きれいな景色に見とれるのと同じだ。

絵里の本命はライムートである。

若くてキラキラした王子様になってしまったが、それでも心から愛していた。その上、もう（しばらくは）見られないと思っていた姿になってくれた現在、心情的によそ見をする余地などあるはずがない。

「移動してる時とか、もっと近くに行きたいなとか、できれば抱き着きたいなとか思うし……でも、そんなこと、人目があるところじゃできないでしょ？」

各々《おのおの》が割り当てられた役を演じつつの旅である。小間使いが護衛にまとわりつくのはおかしいことだ。せめて見るだけにすればいいのかもしれないが、挙動不審になりそうだったので、絵里はきれいな景色——予言者で心を落ち着かせていたのだ。

「それはそうかもしれんが——」

熱烈な愛の告白に、ライムートの矛先《ほこさき》が鈍《にぶ》る。だが、それでもまだ納得できないのか、更に尋ねてきた。

「……宿の部屋に入れば俺と二人きりだ。それでもかなり素っ気ない態度じゃなかったか？」

無論、会話は普通にしていたはずだ。絵里はライムートを誘導し、愚痴《ぐち》を聞いたりもしていた。

だが、新婚ほやほやの夫婦としては、少々淡白すぎる態度だったかもしれない。

「それは、だって――」

「だって、なんだ？」

言い淀《よど》むのを更に追及されて、絵里は仕方なく先を続けた。

「だって……最初にライが言ったんじゃない。しばらくは馬で旅をすることになるんだから、きちんと休まないとダメ、って……」

そう告げる声が、段々と尻すぼみになっていく。最後など、耳を澄まさなければ聞こえないくらいだ。

「それが、なんの……ああ、成程。そういうことか」

そこまで言われ、変な方向に思考が突っ走ってしまっていたライムートも、やっと察しがついたらしい。男の色気全開でにやりと笑う。

絵里の顔が一気に赤くなった。

「な、なんで急に頭が働くのっ？」

「それは、まぁ……俺も男だから、だな」

そう嘯《うそぶ》きながらも、ライムートは内心で反省しているらしい。わずかに自分が情けなさそうな顔をする。

その心中は、おそらくこうだろう。

こうやって旅をしている間にも、どこかの村が襲われているのではないかという危惧《きぐ》。

予言者の再来により、またしても年老いた姿にされてしまった衝撃。

伝説の存在である炎竜と対面しなければならないという心理的な圧力。

その他にも精神的不安を覚える原因はいくらでも挙げられるが、『絵里の気持ちを疑ってしまったこと』の言い訳にはならない。

それを口に出していなければ、まだマシだったが、あろうことか絵里本人にぶつけてしまった。

不幸中の幸いなのは、彼女がそれほど怒らず、冷静に話をしてくれたことだ。そして、彼の不安や動揺を見透かし宥《なだ》めた。

ただ、自分は絵里の夫であり、年上であり、平和な場所で学生生活を送っていた彼女に比べれば人生経験も豊富だ。それを考えるとやりきれない。

夫として。男として。

ここは、その醜態《しゅうたい》を帳消しにする意地を見せねばなるまい――そう言うように、キッと顔を上げる。

「……すまなかったな、リィ」

「え？　ううん、いいよ、気にしないで。ライもいろいろとストレス溜まってたんでしょう？」

――私の態度も誤解を招いた理由だったみたいだし。

そう絵里が答えると、ライムートは一層強い声で続ける。

「確かにそうだが、それにしても情けないところを見せた――だから、その埋め合わせをさせてくれ」

「……埋め合わせ？」

彼が何を言っているのか、絵里には理解できなかった。

＊　＊　＊

ライムートはきょとんとしている絵里を見て、口の端を上げた。

行動でわからせればいいだけの話だ。

「さっき、言っていたな。ちゃんと体を休めないとダメだから、と――」

嫉妬《しっと》で頭が沸騰《ふっとう》していようと、彼女に言われたことはちゃんと覚えている。

「確かにそうだが、幸い今夜は早めに宿で休むことになった。明日も遅めの出立でいい。多少体力を消耗することになっても、回復できるんじゃないか？」

にやりではなくにっこりと笑って見せると、絵里はあからさまに挙動不審になる。

ライムートの言いたいことが、きちんと伝わったようだ。

彼女がちらちらと扉のほうに目をやるのは、そこから逃げる算段でもしているのかもしれない。

「リィ……本当にすまなかったと思っている。これは、その償《つぐな》いだと思ってくれ」

これが償《つぐな》うことになるのかどうかは判断に苦しむところだが、先程の絵里の言葉からして、彼女のほうもいろいろと溜まっているようだ。

ならば、その解消をしてやるのも夫の役目だろう。

「いや、償《つぐな》いとかいいってっ！　ほんとに気にしないで？」

「そうはいかん。男として、お前の夫としてもけじめをつけねばならんからな」

ずずいっと近寄り、逃げる隙を与えずに細い腰をとらえる。

ライムートの本気を悟《さと》ったのか、絵里が顔をひきつらせた。

「で、でもっ……ここ、宿屋だしっ」

「お前が最初に俺に……の時も、宿の一室だったよな？」

「だって、あれは……」

絵里も本気で逃げだすつもりはない様子だ。ここはもう一押ししておく場面だろう。なおも何事か言《い》い募《つの》ろうとする彼女を、物理的な方法で黙らせた。

「んうっ⁉」

いきなりの噛みつくような口づけに、華奢《きゃしゃ》な体が強張る。それを更に抱き寄せて、両腕の中に完全に抱え込めば捕獲完了だ。

「んんっ……ふ、あ……っ」

最初こそ抵抗の兆《きざ》しを見せていた絵里だが、徐々に力を抜く。先にライムートが察したように、彼女のほうもある種の欲求が溜まっていたみたいだ。

濃厚な口づけをしばし続けた後に、一転してついばむような軽いものへ変えると、その瞳がとろりと潤《うる》んでいった。

「ん……ライ……」

口づけの合間に、絵里が甘い声で彼の名を呼ぶ。そして、その細い両腕を上げ、逞《たくま》しい背中にそっと回した。

「ずっとこう、したかった……お前も、だろう？」

「……で、でも、今度の旅は二人きりじゃないし……」

絵里の懸念《けねん》はもっともだった。

早めに宿に入ったために、まだ夕食もとっていないのだ。今、ここで誰かが誘いに来ても不思議はない。

「まぁ、確かにそうか……ちょっと待ってろ」

「え？　ど、どこ行くの？」

「いいから、そこで――そのまま、動くなよ」

せっかくその気にさせつつあるのに中断するのは業腹《ごうはら》だが、最中にノックされるよりはマシ――そう判断し、戸惑《とまど》う絵里を一旦腕の中から解き放つと、ライムートはさっさと部屋の外へ出る。そしてすぐに戻った。

「ジークに、俺たちは少々疲れているんで、飯は後回しで一休みすると言ってきたぞ」

「なっ!?　それって……」

『いまからヤるから邪魔をするな』と言ったも同然だ。ジークリンドも、間違いなくそう解釈するだろう。

それがわかっているので、絵里が顔を赤くする。

「あ、明日、どんな顔すればいいのよっ!?」

「気にするな。俺たちは夫婦なんだから当たり前のことだ。ジークだって、そのくらいは理解するはずだ」

むしろ今までそうなっていなかったことに驚かれたかもしれない。わざわざライムートが断りに行ったことで、そのあたりの事情も察したはずだ。

「ライのばかっ！」

むっとした表情で抗議をしてくる絵里だが、逃げようとする気配はない。

おそらくだが、先程の口づけで、彼女にも火がついたようだ。もちろんライムートは言うまでもない。

「お前に触れられなくて、つらかった――お前はどうなんだ？」

それでもわざと口に出して尋ねたのは、醜態《しゅうたい》をさらしたのを少しでもごまかしたいという男の見栄だ。

「……ライの、ばか」

同じセリフを繰り返した絵里だが、明らかに二度目は語気が弱い。

ほんのりと目じりを赤く染め、潤《うる》んだ瞳で上目遣いにライムートを睨《にら》みつける様子は、どう見ても誘っている。

「リィ……いい子だ」

ほんの少しだけからかう響きを込めたライムートの声も、すでに甘すぎるほどに甘い。

先程の続きをもう一度——と、再度抱きしめると、彼女は素直に体重を預けてきた。

「ん……ラ、イ……」

角度を変え、深さを変えつつ、何度も唇を合わせる。その合間に絵里がライムートの名を呼んだ。

旅に出てから十日以上になるが、その間、それなりに彼女も我慢を強《し》いられた状態だったに違いない。

最初の数日はまだよかった。

久しぶりに王城の外に出た興奮と、仲間内のぎくしゃくした人間関係で、体力的にはともかく精神的に疲れ切り、初日はともかく、二日目以降は宿の寝台に横たわった途端に夢の世界に旅立っていた。

けれどそんな状態も何日すれば、それなりに慣れてくる。そして、慣れて余裕が出てくれば、すっかりと忘れ去っていたあれこれの欲求が頭をもたげてくるというものだ。

とはいえ、訳アリの隠密旅で、他に二名の同行者がいる。加えて人目を気にしなければならないし、旅の予定もあった。

途中、雨に降りこめられて足止めを食らった日もあったのだが、その時はまだそこまで溜まってもいなかった。

惜しいことをしたとライムートは思っている。だが、その気になっていなかった絵里を強引に襲うのは憚《はばか》られて、遠慮したというわけだ。

「ん、んぅ……は、んっ」

ぴちゃぴちゃとお互いの舌が絡み合う音が、静かな室内に響き渡る。

立ったままの状態で唇を貪《むさぼ》り合っているため、絵里はつま先立ちでライムートの首にぶら下がるようにして抱き着いていた。

ライムートはかなり腰をかがめて、それに付き合っている。

体格差があるために当然の状況なのだが、お互いに少々つらい体勢なのは否めない。

特に肉体年齢をかなり加算されてしまっているライムートにとって、この後のことを考えると、あまり腰に負担がかかるのは喜ばしくない事態である。

ここから寝台に直行する、という案も浮かびはするものの、せっかくで久々の愛しい妻との触れ合いなのだ。

一気呵成《いっきかせい》に目的を遂《と》げるのもアリではあるが、加齢による影響で二セット目があるかどうかは疑問が残った。

このあたり、ライムートも伊達《だて》に十年以上もこんな姿でうろうろしてはいない。自分の肉体的限界はきっちりと把握できていた。

そんな縛りがある中で、絵里を十二分に満足させるには、少々策が必要だと考えるのはごく自然なことだ。

絵里が口づけに夢中になっている間に、ざっと室内を再確認する。

寝台が二つに、先程運び込まれた入浴用の衝立《ついたて》と盥《たらい》。他にあるのはテーブルと椅子のセットだけだ。

ただし、この宿はそこそこ高級なので、見かけは簡素であってもそれなりにしっかりとした作りをしていると思われる。

実に——ライムートにとって——好都合だった。

「ん、ふ……んんっ？」

彼の体に抱き着いて、心行くまで唇を合わせていた絵里が、彼女の腰に回していた手に力をこめて抱き抱えると、不審の声を上げる。

ライムートはそれには構わず、後ずさる形で数歩移動し、ちょうどいい場所にあった椅子にどっかりと座り込んだ。

「え……な、何っ？」

椅子に腰かけて大股を開いたライムートに腰を抱えられたままなので、絵里は彼の足の間の空いた座面に片膝をついて体重を支えている状態だ。もう片方の足は床についてはいるが、なかなかに不安定だった。

ひっこめるタイミングを失ったために、絵里の両手はまだライムートの首に回されている。見方によっては絵里がライムートに迫っているように見える姿勢である。

「すまん、ちょっと体勢的に腰がつらくてな」

「あ……私の背が低い、から」

ライムートがぼやくように告げたセリフに、絵里はあっさりと納得する。

「あの……だったら、もうベッドに、行く？」

腰を下ろしたライムートの脚の間で膝《ひざ》立ちになっているので、珍しく絵里に見下ろされている。

恥ずかしげに目を伏せ頬を赤らめながらのお誘いに、ついその気になりそうなライムートだったが、ここは我慢のしどころだ。

「それもいいが、もう少し……」

このままでしばらくいちゃついていたいと告げると、少しだけ躊躇《ためら》う様子を見せたものの、絵里がこくりと頷いた。

「いい子だな、リィ」

許可を得てしまえば、ライムートの勝利だ。

「もう……ライったら、いつもそんなふうに子ども扱い」

「子どもにこんなことはしない——だろう？」

最初は甘いトークから、と絵里は思っていたようだが、それにライムートが従《したが》う義務はない。ついでに言えば、絵里には不安定な姿勢を取らせてはいるが、自分のほうはそうではないのだ。

彼はぐっと腕に力を込め彼女を引き寄せた。

「え？　あ、あんっ！」

絵里の腰に回したままだったライムートの手は、明確な目的をもって動き始める。

着衣の上から抱き寄せているだけだったのをゆっくりと移動させ、片手を上着の内部へ忍び込ませた。もう片方は同じく緩やかに動かしつつ、腰から尻へのラインをたどっていく。

「ち、ちょっと、待っ……んぅっ」

抗議の声が上がる前に、再度の口づけで封じた。

その間にも両手を忙《せわ》しなく動かし、絵里の上半身を担当しているほうは背中から脇腹のあたりの攻略を始める。

下に着用していた薄いシャツの中にまで手を侵入させた。素肌をなぞる指先の感覚のためか、絵里の体に小さな震えが走る。

もう片方はといえば、腰から太ももの間の女らしい丸みと柔らかさを堪能《たんのう》中であった。

時折、内ももの付け根を指先でつついてやると、絵里の体の震えが大きくなる。

「やっ……ライッ」

ゆっくりと確実に体の中に熱をともしていけば、絵里の体がその快感から逃げを打つ。

しかし、服の中に入り込んだライムートの手を振り切ることなどできるはずがない。

無理に引きはがそうとしても、腕力の差は明らかだ。

結果として、ライムートは好き放題に絵里を弄《いじ》り回した。

「やっ、あっ……そこっ——あんっ！」

すでに口づけどころではなく、ライムートの眼前で絵里が体をくねらせて喘《あえ》ぐ。

着衣の中にもぐり込んだライムートの手は、とうとう体の前面にまで到達し、小ぶりな胸のふくらみを包み込んだ。絵里が体型があまりわからないように余裕がある大きさの服を着ていたからこそできることだ。

ただ、それでも自由自在にとまではいかない。そのもどかしささえ、今のライムートにとっては楽しみの一つだった。

上半身に彼女の意識が集中しているのを見計らい、注意が戻らない程度の動きで体勢を変えさせていく。腰を更に引き寄せることで、床についていた足も椅子に膝《ひざ》をつかせる。そして両足がそろったところで、一気に腰から太ももの半《なか》ばまで、下着もろともズボンを引き下ろす。

「きゃぁっ!?」

ぎょっとしたように絵里が声を上げるが、先程よりも更に不安定になった体勢では抵抗するすべがない。足を床につけることすらできないのだから、ライムートのやりたい放題だ。

「あ、ダメっ……ダメ、だって……ああんっ」

余計なものがなくなった柔らかな双丘の間に、ライムートはそっと指先を差し入れる。そのままの状態でわずかに指を蠢《うごめ》かすと、くちゅりという湿った水音が上がった。

「ほぉ……もう、こんなにしていたのか?」

「やだっ、言わないでっ!」

しかし、口では嫌だといいつつも、体は正直だ。

絵里は気がついていないが、先程とは反対に注意がおろそかになった上半身は、ライムートの手に胸のふくらみを押しつけるような動きを見せていた。

二人が結婚してから、数か月が経っている。事情がないかぎり毎晩のように可愛がった体は、柔らかなタッチで触れられるだけでは、満足できなくなっているのだろう。

「こっちも……こんなになっているぞ？」

ライムートは男性的な低い声で絵里の耳元で囁《ささや》く。

「やっ、あ、あんっ！」

やんわりとした愛撫しか施《ほどこ》していないにもかかわらず、胸の先端はすでに硬く立ち上がっていた。ふくらみに宛てがった掌《てのひら》の中心にそれが当たり、コリコリとした感触を伝えてくる。

「こうして、ほら、こう――すると、気持ちがいい、だろう？」

掌《てのひら》全体で押しつぶし、立ち上がった先端を指の間に挟み込んでは、こすり合わせるように刺激する。

「あっ、んんっ……ひゃうっ」

すでに数えきれない回数、体を重ねているので、ライムートの愛撫は的確だ。

胸と同時進行で、擽《くすぐ》るようにして背後から脚の付け根にある敏感な部分を刺激する。

ガクガクと絵里の腰がわなないた。

「あまり、大きな声を出すと……外に聞こえるかもしれんぞ？」

「っ！」

ライムートは楽しげな口調で絵里に告げた。涙目で睨《にら》みつけられるのもお構いなしに、指の動きを加速させる。

「っ！　っ……んっ、ふ……」

絵里は必死になって声を抑えようとしているが、甘い喘《あえ》ぎが洩《も》れてしまっている。

完全に彼女の注意が自身の声に向かっている隙に、ライムートは腕を動かした。

後ろから太ももを抱き込むようにして絵里の体を浮かせる。そして、膝《ひざ》の上あたりで彼女の動きを拘束していた布を、両脚から抜き去った。その後で、もう一度、自分の脚の間に膝《ひざ》立ちで着地させ、今度は上半身へ取りかかる。

上着のすそに手をかけて、下と同じくするりと脱がせた。その拍子に、小ぶりな胸がふるりと震える。

「なっ――っ」

さすがに悲鳴を上げかけた絵里だが、寸前で自分の手で口を塞ぐ。どうやら、先程のライムートのセリフが頭にあるようだ。

「んぅ、う……んっ」

それをよいことに、ライムートは更なる愛撫を与え始める。

荒い呼吸に合わせて目の前で揺れる胸のふくらみに吸いつくと、ねっとりとした舌使いで先端を舐《ねぶ》る。また、わずかに絵里の脚を開かせ、その間に指を差し込んでは、熱く濡れた秘密の入り口を刺激した。

絵里の体がびくびくと震え、秘裂からは粘着質の液体が溢《あふ》れてくる。その滑りを助けに、指を一本、内部へ差し入れると、彼女の体に更に大きな震えが走るのを感じた。

「っ、も……っ、や、めっ」

あられもない嬌声《きょうせい》を必死でこらえるためか、絵里が激しく首を振る。

膝《ひざ》立ちの不安定な姿勢であるために、ライムートがしっかりとその背中を支えていなければ、後ろへ倒れ込んでしまいそうだ。

ライムートは絵里を支えながら、胸に吸いつき体内で指を蠢《うごめ》かせた。

「っ！　っ……ん、む……っっ」

ナカに差し込んだ指を二本に増やし、ゆっくりと抜き差しを始める。弄《いじ》っている場所からの水音が激しくなった。

絵里が一番ダメになってしまう場所も、ダメにしてしまう動きも、ライムートは熟知している。

そこに狙い定めるようにして突き入れると、がくがくと絵里の全身が震え始めた。

「っ、ふ……う、ん――んんっ！」

体内の指先がある一点をかすめた途端、絵里が大きく体をのけぞらせた。

必死になって我慢してはいたのだろうが、ライムートに愛されることに慣れた体は、本人の意思を裏切って内部に咥《くわ》えこんだ指をきつく食い締め、熱い蜜をどっと滴《したた》らせる。

彼は、侵入させたのとは違う指で、濡れそぼった入り口の少し上にある小さな突起を探り当てた。

指先にぬるりと滑る蜜をまとわせ、絶妙な力加減でそこを刺激する――

「イって、いいぞ？」

胸のふくらみから顔を上げ、絵里の耳元に唇を寄せて低く甘く囁《ささや》いた。同時に彼女の背中を支えていた手を後頭部に宛てがい、細い手をどけさせて強引に口づける。

「う、ぁっ！　ひ、ぅ――っ！」

ナカに忍ばせた指と、突起を弄《いじ》り回していたほうとで、強めの刺激を与えてやると、絵里は全身を桃色に染め上げて、小さく痙攣《けいれん》しながら絶頂に達した。

耐え切れずに洩《も》れた悲鳴じみた嬌声《きょうせい》は、全てライムートが吸い取る。

「……っ、は……あ、はぁ……」

ほんのわずかな――数瞬にも満たない時間の後、絵里の全身から力が抜け、くったりともたれかかってくる。

絶頂の度合いとしてはそれほど大きなものではなかったのだが、不自然な姿勢を取らされていたのと、声を抑えることに神経をすり減らしていたのもあって、体力の消耗が激しいようだ。

彼の首に抱き着くようにして荒い呼吸を繰り返していた彼女は、やがて緩慢《かんまん》な動作で上体を起こし、赤い顔でライムートを睨《にら》みつけてきた。

ただ、そこでいつもの『ライのばか』というセリフは飛び出さない。ここで怒鳴ると、かえって彼の歯止めが利かなくなることに気がつき始めているのだろう。外に聞こえるかもしれない、というライムートの言葉もかなり効いているようだ。

恨みがましい視線になっているが、それでもライムートの腕の中から逃げ出そうとはしていない。絵里本人は無意識なのだろうが、その事実があるからこそライムートは強気に出た。

十日以上もお預けを食らっていた反動もあり、呼吸と気力を取り戻すのに彼女が忙しいうちに、こっそりと着衣の前を緩める。

先程から窮屈な思いをしていたモノは、ようやく解放されむくりと頭をもたげた。

同時に、自身にしがみついたままだった絵里の腰に手をやると、軽く抱き上げた後で強引にその膝《ひざ》を開かせる。

向かい合わせの状態で脚を自分の両脇に流させ、腰と腰を密着させた。

彼女は先程からのライムートの狼藉《ろうぜき》により、すでに全裸の状態だ。対して彼のほうはまだ着衣しているが、必要最低限の部分は解放済みとなっている。

「ひゃっ……んっっ！」

先程軽くイったばかりの絵里のソコは、まだ敏感だった。そこに擦《こす》りつけられた熱い塊《かたまり》がなんであるかなど、確認するまでもなくわかっているらしい。

「ラ、ライッ！」

抗議の意思を十二分に込めて、ライムートの名を呼ぶ。が、無論、そんなことで彼が止まるはずがない。

「声を抑えるのが難しければ、俺の服でも噛んでいればいい」

耳元に囁《ささや》くのは、親切な助言ではなく、彼女がそうなるであろうことの単なる予告だ。

絵里が「信じられない」と言いたげに目を見開いた。

そして、ライムートにとっては、しばらく休憩をとっていた腰の筋肉の出番がくる。

逃げられないように背後に回した腕で細い腰を固定し、開かれた肉襞の中心に自身のそそり立った肉棒を擦《こす》りつけた。

「あ、やっ……っ!!」

その刺激にびくりと体を震わせて、甘い喘《あえ》ぎを上げかけた絵里だが、思い出したようにライムートの肩口に顔をうずめた。背中に回された手がぎゅっと上着の布をつかみ、顔を押しつけられた部分からは熱い吐息が感じられる。

そんな状態のまま、軽く上下に腰を振ってやると、絵里のソコから溢《あふ》れ出した蜜がライムートのソレを濡らした。

ぬちゃ、くちゅ……と淫猥《いんわい》な水音が上がるが、まだナカに入れることはしない。丹念《たんねん》に蜜をまとわせつつ、幾重にも重なった襞とその上の小さな突起を刺激する。絵里の腰が物欲しげに揺らいだ。

「ん、ふ……んん、んっ」

彼女の口からくぐもった声が洩《も》れる。

先程とは違ってすがるものがある分楽になっているようで、擦《こす》り合わされている部分からの刺激を素直に感じているみたいだ。

しばらくそんな動きを続けていると、やがて焦《じ》れ——というか、我慢ができなくなってきたらしい。緩やかに上下するライムートの腰の動きに合わせて腰を押しつけ、その先端を自《みずか》ら自身の内部へ導く動きを見せる。

「……欲しくなった、か？」

ライムートは笑いを含んだ声で問いかける。もう絵里には、意地を張る余裕がないに違いない。肩口に押しつけられた頭が、こくこくと小さく頷きを返すのが見える。

「いい子だ」

ライムート自身もそろそろ我慢の限界であった。

軽く絵里の体を持ち上げて狙いを定め、その中心へ自身の楔《くさび》を呑み込ませる。

「っ！」

ライムートの背中に回された絵里の手に力が入り、肩口にチリリとした痛みが走る。

どうやら、本当に噛みつかれた。だが、その痛みよりも、久々に味わう絵里の内部の感触に快感が湧き上がるほうが強い。

「っ……相変わらず、狭い……な」

すぐにも動き出してもっと強い快感を味わいたいとも思うものの、挿入しただけで柔らかく絡みつき絶妙な蠕動《ぜんどう》で搾り上げにかかってくる感触が捨てがたい。

何しろ四十代の『一回』は貴重なのだ。

とりあえず、ここでもう一度、絵里だけイかせて……。勝手にそんな計画を立て、ゆっくりと動き出す。

しっかりと腰を抱きかかえ、下から突き上げる。絵里の体に走る震えが、再び大きくなった。
いでは、ライムートにとって大した負担にならなかった。
椅子に座ったままの状態なので、それほど激しい動きはできないが、絵里の体重くら
「んっ！　んふっ……ん、んんっ」

必死になって声を押し殺し、しがみついてくる様子は愛らしく、そして哀れを誘う。
「んーっ……んんっ……ふ、ぅんっ」

「……大丈夫だ、リィ。今、外に人の気配はないぞ」
実のところ、先程も今もライムートに感じられる範囲には人の気配はなかった。それ
に、絵里は知らないだろうが、こちらの世界には室内の音を洩《も》らさないための方法があ
る。遮音《しゃおん》の魔力を込めた魔道具があり、隠密の旅の宿で聞かれてはマズい会話を行う時
などはそれを用いるのだ。
もちろん今も作動済みだ。絵里の嬌声《きょうせい》を、ライムートが人に聞かせるわけがない。
先程、「外に……」と言ったのは、絵里の反応を引き出すための方便だ。
そんなことを知らされていない絵里は、素直にライムートの言葉を信じていたらしい。
そして今は、何を言われても疑う余裕をなくしてしまっている。

「声を……出していいんだぞ？」

「本当に？」とでも言うように、わずかに上げた目顔で問いかけられる。ライムートはもう一度安心させるように頷いた。

その後の変化は実に顕著《けんちょ》だ。

「ラ、ライの、ばか、ぁ……っ！」

それを罵声《ばせい》とは思わなかったが、一瞬、ライムートは息を呑む。けれど、そのすぐ後に続いた甘い嬌声《きょうせい》で、気を取り直した。

「あ、あっ、やっ……そ、こっ！」

背中に回した腕はそのままに顔を上げた途端に、ライムートは絵里に口づけをねだられる。驚いたが、せっかくの甘い声と呼吸を妨《さまた》げない程度に、お相手をさせていただく。

「ん、や、ぁんっ！　んんっ」

「っ……ちょっと、乱れすぎ、じゃないか？」

絵里自《みずか》らも激しく腰を振っている。

椅子に腰かけたライムートの上に乗せられているので限界はあるのだが、それでもめったに見られない乱れ具合だ。

「や、だ……って……あん！　ライ、のがっ」

なんだか、いつもと違う、と続けたかったのだろう。

無精髭《ぶしょうひげ》の生えた顎《あご》に、自分から顔を擦《こす》りつけるようにした時に言われたセリフに『……ああ、なるほど』と思うライムートである。

正直、自分でも、その違いには気がついていた。

「リィは……こっちのほうが、いい、のか？」

そう尋ねてはみるのだが、絵里にはそこに含まれた深い意味などわからないに違いない。

「あっ、や……いいっ……あ、んっ、きもち……い、ああんっ！」

受け入れた部分のすぐ上にある突起を、ライムートの下腹に擦《こす》りつけつつ、絵里が甘く啼《な》く。

内部の柔らかな肉襞がライムートに絡みつき、きつく締め上げた。

「っ……ちょっと、ま、てっ！」

このままでは、先に絵里をイかせるどころか、自分が搾り取られてしまう。同時にならばまだしも、先に暴発したのでは目も当てられない。予定とは違ってしまったが、無様に醜態《しゅうたい》をさらすよりはマシだ。

そう決心するが早いか、ライムートは絵里をしがみつかせたまま、腹筋と背筋のみの力で椅子から立ち上がった。

数歩、進んだところにある寝台に絵里もろともに倒れ込む。

その勢いで、ライムートの先端が絵里の最奥をこれでもかというほど抉《えぐ》った。彼女が一際強く背を反らせる。

「いっ！　ひっ……っっ！」

ひきつった声を上げて、絵里は一気に絶頂まで駆け上った。同時に内部のライムートのモノを激しい勢いで締めつける。

ライムートは精神力を振り絞って、その甘美《かんび》すぎる拘束から腰を引いた。

「あ、やっ……ああっ⁉　ま、待ってっ⁉」

衝撃でピンと伸びた足をとらえられ強引に姿勢を変えられた絵里が、悲鳴を上げる。

ライムートは余韻に浸《ひた》る余裕さえ与えず、彼女にうつぶせで寝台の上に四肢をつく姿勢を取らせた。寝台のすぐ脇に立つライムートに向かって、腰を突き出させる。

「んぁっ！　あ――ああんっ！」

そして彼は、イったばかりで蕩《とろ》け切っていた部分に、再度熱い楔《くさび》を打ち込む。

再び絵里が高い嬌声《きょうせい》を上げた。

「やっ、ま……ああ、ダメっ、そ……っ」

それに構わず、ライムートはずんっと一突きで根元まで収め、硬い先端で最奥を突く。先程のような激しい抜き差しではなく、奥だけを重く突く動きだ。これもまた、絵里の弱点の一つだった。

「くっ……リィ、っ」

ギリギリのところで一度抜き去り、仕切り直しを図る。絵里のナカは具合がよすぎるのだ。

根元から先端までを異なる強さで締めつけられ、自制心と気力をかき集めていなければ、すぐにも暴発してしまいそうになる。

「あっ、やぁっ……いっ！　気持ち、い……っ」

絵里は連続してまた絶頂を極めかけているのだろう。締めつける内壁の動きに、うねるようなそれが加わる。

だがライムートは、そこに到達する前にまたしても自身を抜き去った。中途半端な状態で放り出された絵里が、シーツの上に突っ伏す。

ライムートをなじる余裕もなく、無防備な姿勢で荒い息を繰り返していた。その間に、彼は素早く衣服を脱ぎ捨てる。ようやく彼女と同じく生まれたままの姿になったところで、絵里の体をひっくり返し、もう一度、その細い体の上へのしかかっていった。

「……あっ、やっ……もっ、ダメっ。許し……んぁっ！」

ぴったりと抱き合い、大きく開かせた絵里の脚の間に激しく腰を打ちつける。

背中に回された手が、すがるものを求めてかそこに爪を立てた。その小さな痛みすら快感になっていく。

あまりに強い刺激に無意識に逃げを打とうとする腰を引き、シーツに縫い留める勢いで奥を抉《えぐ》る。すると、熱く蕩《とろ》けた内部の締めつけが一層強まり、絵里ばかりでなくライムートをも追い上げていった。

「く、ぁ……リィッ」

思わず洩《も》れたライムートの声も、情欲にかすれている。耳からのそんな刺激にも絵里の内部は反応し、溢《あふ》れ出す蜜の量が更に増えた。

ぐりりと奥を抉《えぐ》り、その動きに連動させて下腹の筋肉で最も敏感な突起を刺激した。どこもかしこもぴったりと重なっているために、柔らかな胸のふくらみは硬い胸板に押しつぶされて、いやらしく形を変えている。

「や、もっ……クっ、ま、た……イ、ちゃ……っ」

絵里の小さな爆発は、もう何度起こったのか数えるのも面倒なほどだ。そのたびに耐えたライムートだったが、またしても我慢の限界が近くなってきていた。

「ッ、リィ……だす……ぞっ」

「ひ、ぁっ、ライッ……あぁっ！　来てっ……いっぱ、い——あぁんっ!!」

滴《したた》るような色気をまとったライムートのうめきに、絵里が甘い悲鳴で答える。

「だ、してっ——いっぱい、ぃっ！」

「くっ——」

淫《みだ》らではしたない要求に、ライムートの最後の枷《かせ》が外れた。

最奥の壁がへこむほどに深く突き入れると、抉《えぐ》るような腰遣いでそこを強く刺激してやる。絵里のナカは、今までで最高の反応を返してきた。

「っ!!」

もはや声にすらならず、はくはくと口を動かすことしかできない彼女のナカで、ライムートはようやく自身の欲望を解き放ったのだった。

＊＊＊

久しぶりの夫婦の語らいがあった翌日。

「ねぇねぇ——ご主人サマから聞いたけど、昨夜は体調不良だったんだって？　それで今朝はもう大丈夫なのかな?」

朝から旺盛《おうせい》な食欲を見せているライムートに、予言者が意味ありげに話しかけていた。それに対してライムートはせっせと朝食を口に運びながら何食わぬ顔で対応している。

「ああ、おかげさまでな」

結局、絵里とライムートは昨夜の夕食をとり損ねた。

ジークリンドが気を利かせて、厨房《ちゅうぼう》に軽食を用意させていたらしいが、知らされていなかったので仕方がない。まぁ、知っていたとしても取りに行く暇もなかっただろう。

「ふーん、そうなの? でも、リィちゃんはまだあんまり——」

絵里も空腹ではあったのだが、いろいろとあってあまり食が進んでいなかった。

「大丈夫だ、それに、何かあれば俺が対処する」

「そう? ……若いって——ああ、僕に比べたらって意味だけど、いいよねー」

——ううっ。ライのばかっ。

もともとバレていないほうが不思議な状況であったのだとしても、それはそれ、これはこれだ。

少なくとも、この旅の間はもう絶対にお触り禁止にしよう。無言で朝食をとりながらも内心そう固く決意をする絵里だった。

予言者はそんな彼女の様子に気がついているらしいが、なぜか素知らぬ顔だ。

「まぁ、旅の仲間の仲がいいのはいいことだよね。限度があるかもしれないけど……」

「余計なお世話だ」

ライムートが愛想のかけらもない返事をする。これも今更の話だ。

ちなみに、一行の中で一番身分の高い設定のジークだが、とばっちりを恐れてか無言のままである。

若干のアクシデントはあるにせよ、それはいつもどおりの旅の朝食の風景だった。

第五章　目的地周辺にて

まったく平穏無事とはいかないが、それでもなんとか旅を続け、目的地である『トライン』の国境はもう目前になった。

いつものように宿を取り、翌日に備《そな》えて英気を養おうということになったところで、珍しく予言者から話し合いの提案が出る。

「そろそろ到着した後のことも、話し合っとかないとまずいと思うんだけど、どうかな？」

どうかな、と問われる形だが、彼が言い出した段階ですでに決定事項のようなものだ。

「……それはもちろん、構いませんけど。でも、今更、話し合いって、もしかして予定を変更する必要があるんですか？」

「さすが、リィちゃん、いいところに気がついたねー」

バタバタとした旅立ちではあったけれど、おおよその計画は練ってあるし、それを全員が把握している。

「ちょっとね、面白い情報を拾っちゃったんだよ。かなりの確率で、えっちらおっちらと山登りしなくてもよくなったみたいなんだよね」

「そちらについては、私から説明いたします」

見た目は思慮深く落ち着いた風格を漂《ただよ》わせている予言者は、口を開いた途端にとても残念になる。そんな彼よりは自分のほうが適任だろうと、ジークリンドが口を開いた。客室での会話なので、敬語が復活している。それは全員、暗黙の了解で見逃していた。

「先程、私とカイン殿で糧食の補充に出かけました。その折にトラインより来たらしい一行から聞いた話なのですが――」

その一行が言うには、今、トラインは少々混乱している、とのことである。

「神竜様のおわす山に竜の巫女《みこ》が降臨された、と……」

「は？　なんですか、それ？」

「トラインは我々の言う炎竜を自国の守護神と崇《あが》めているのです。炎竜が住まうとされている山の麓《ふもと》には、それを祭る神殿があるそうなのですが、そこに先日、『神竜の意を伝える巫女《みこ》』と名乗る女性が現れたのだ、と」

「……」

思わず無言になるのは絵里だけではない。視線を巡らせると、ライムートも渋面になっている。

「もしかしなくても、やっぱり片野さん？」

「だろうな……」

　彼はがっくりと脱力した。

　ディアハラでは聖女を名乗り、今度は竜の巫女《みこ》とは……春歌はつくづく派手な称号を名乗るのが好きらしい。

「今のところは、噂の範囲に収まっているようではあります――トラインも『国』としてはまだ反応していないそうですし」

「そう考える根拠はなんだ？」

「ぶっちゃけて言うと、竜の巫女《みこ》なんて、今まで一度も現れたことがないからだよー。そもそも、炎竜は別にトラインを守護してなんかいないしね」

　途中から予言者が割り込んでくる。そのあたりの情報は彼のほうが詳しいので、皆、素直にその言葉に耳を傾けた。

「ねぐらにするのによさそうな場所があったから、いついちゃってただけだからー。それにここしばらく、姿を見せたりもしてなかったはずだし。シルヴァージュと同じで、もう単なる伝説扱いになってたんじゃないかな？　そこにいきなり出てきて、ついでに『巫女様《みこ》』までついてるなんて、国の首脳部がすぐに鵜呑《うの》みにできる情報じゃないでしょ」

トラインが『小国』とされるのは国土が狭いからではない。面積としてはシルヴァージュよりも広大なのだが、そのほとんどが険《けわ》しい山と谷で構成されている。人が住めるのはほんの一部で、耕作に適した土地が非常に少ない。

要するに『国』としての力が弱いため、『小さい』という扱いなのである。

「……無論、トラインも情報収集はしていると思われます。ですが、一行の者たちの話によれば、件《くだん》の神殿は王城からかなり離れた辺鄙《へんぴ》な場所にあるようです。シルヴァージュと同じようにトラインも飛竜が使えない状況だとすると、神殿に向かうまではかなりの時間がかかると思われます」

噂が国の上まで伝わるのに時間がかかり、会議はそこからだ。実際に調査隊を派遣されるには、まだ余裕があるというわけだ。

「でも……だったらどうして、その人たちはそれを知っていたのかな？」

絵里の疑問も当然だ。偶然にしても、タイミングがよすぎる。

「たまたま、そちらから来た商人の一行だったのです。彼らから買い物をしたついでに情報提供を求めたところ、その『噂話』を聞かせてくれました」

国をまたいで商売をする人たちにとって、現地の情報は非常に重要だ。内容によっては、立派な商品にもなる。今回もそんな経緯の末のことらしい。

そこで予言者が言葉をひきついだ。

「まー、目指す場所としては変わってないんだよね。山登りするか、麓《ふもと》で片がつくか、の違いってことかな。ちなみにソコって、こっからだとかなり近いんだよね」

改めて目的地が近いと告げられ、絵里はさすがに緊張してきた。

「大丈夫だ、リィ。お前のことは、俺が必ず守る」

思わず体を固くすると、ライムートが励ますように声をかけてくる。それにジークリンドが続いた。

「殿下と妃殿下は、この身に代えてもお守りいたします」

「え？　あれ、僕のことは？　僕もいるって忘れないでねー」

「カイン殿はご自分で十分に身を守れるのではないのですか」

「ええー、それってひどくないー？」

ジークリンドと予言者が軽口をたたきあう様子に思わず笑ってしまい、おかげで絵里の緊張もかなりほぐれてきた。

「それでいい。今からがちがちになっていては、いろいろともたんぞ」

「うん……」

「この旅の主役はリィちゃんだからね。着いたら頑張ってもらわないといけないんだし」

「おい、余計なことを言うな」

「あ、ごめんごめん――お詫《わ》びにちょっといいことを教えてあげるよ」

「いいこと、ですか？」

脅《おど》しにかかってきたかと思うと、一転して安心させるようなことを言う。つかみどころがないにもほどがあるが、絵里もいい加減に慣れてきていた。

「うん、あのね――海竜もそうなんだけど、炎竜は基本的に人を襲わない。被害の報告にも死者が出た、とはなかったでしょ？」

「え？　あ、はい」

確かに国王の前で聞かされた報告では、そうなっていた。

しかし――

「でも、森と畑を焼いた、ってありましたよ？　あれは襲ったうちには入らないんですか？」

「落雷なんかで自然に山火事になることだってあるでしょ？　炎竜って、言うなればそんな『自然』の代表だと思えばいい。畑に関しては……おそらくだけど人間が管理してる場所だって気がついてなくて、一緒にやっちゃったんだろうね」

それでやったことが帳消しになるとは絵里には思えないのだが、こちらの世界の者が自然災害扱いをしているのなら、そういうものだと思うべきなのだろう。

「でもって、人に関してだけど――森は焼けても再生する。焼けた後の灰やら何やらがいい仕事をして、前よりも立派な森になったりすることもあるよね。けど、人はそうはいかない。死んだ人が後になってむっくり起き上がってくるなんて、ありえないからねー」

「いや、森だって、まったく同じ場所に同じ木が生えてくるわけじゃないでしょ？」

「え？　森は森、だよ。人の場合とは違うよね？」

――ああ、なるほど、そういう考えなのか。

ここで、認識の違いが判明した。

森というものを、そこに生えている木の集合体と考えるか、それとも……

絵里は無意識に、個である木々を主体ととらえたのだが、こちらではそれらがまとまったものである『森』を一つの存在とするようだ。

個である木が焼けて死んでしまっても、『森』自体が復活すれば前と同じだと考えるらしい。

絵里としては違和感の残る解釈だが、ここでそれを論じても仕方がなかった。とりあえず、今はそういうものとして話を聞く。

「だからね。炎竜は、人は殺さない。この世界の神様がものすごーく生き物を大切にするんで、炎竜もそれに従《したが》うんだよ。それに関しては安心していいってこと」

「なるほど、そうなんですね」

少なくとも伝説の存在と戦う必要はなさそうだ。そう考えると、確かに気は楽になる。

「変な巫女《みこ》さんなんて出てきて話がややこしくなりそうだけど、とにかく、リィちゃんはそこにたどり着いて、炎竜と『お話』するのが一番の役目だよ——アレはちゃんと持ってるよね？」

「はい、神殿から受け取って、今も肌身離さず持ってます」

「だったら大丈夫。なんとかなるよ——きっと」

最後の一言が余分だが、それでもやるべきことをやる、というのは変わりない。

「頑張ります」

「うんうん、ホントにリィちゃんはいい子だねー」

子ども扱いされても、さすがに年齢差が大きすぎるので抗議する気にもなれない絵里である。

それにしても——この目の前の予言者というのは、本当に不思議な相手だった。

ライムートやジークリンドは端《はな》から『そういう存在』だと思っているらしく、彼がどんな情報を暴露しても素直に受け止めている。今の炎竜の在り方の説明を聞かされても、世界の違いによる認識の差もあるのか、絵里のように『なぜ？』という疑問を持つことなく納得していた。

絵里にしても、尋ねても教えてもらえないので、そのまま呑み込むことにしている。今回も、そうするほかない。

そんなことを考えているうちに、そろそろこの会合も終わりになるようだった。

「それじゃ、話も一段落したことだし、夕ご飯にしようか——ライル君とご主人サマは、先に食堂に行って注文しといてくれる？」

「ああ、わかった」

「承《うけたまわ》りました」

予言者の言葉で、素直に出ていく二人を見送った絵里は、一旦自分たちの部屋に戻ろうとした。そこに話しかけられる。

「ねぇ、リィちゃん。やっぱり、いっぱい知りたいことあるよね？」

「え？」

急にそんな言葉を投げかけられて、足が止まる。

「リィちゃんたら、素直だからすぐ顔に出るんだよ」

尋ねたいことは確かに山ほどあった。

――一体、彼はいつから生きているんだろう？

――どうして、いろいろなことを知っているんだろう？

――そして、なぜ、十年前にライムートを旅立たせたのだろう？

しかし、すでにそれについては『内緒』だと聞いている。

だから質問せずに、心の中で考えるだけにしていた。それを見透かされていたらしい。

「――すみません」

謝ることでもない気もするが、そう答える。つい謝罪してしまうのは日本人の悲しい性《さが》だ。

「で、でも、無理に詮索する気はないですから」

「いいよ、今のは僕がちょっと意地悪だったね――まぁ、僕のことについては、ある程度シルヴァージュには伝わってるから、戻ってから調べてみるのもいいかもね」

「……なんで、そんなことを教えてくれるんですか？」

絵里は不審に思った。

詮索するなと言ったのに、その秘密の一端に触れる手がかりを与えてくれる。予言者の言動は終始一貫していないにもほどがある。

「んー、ちょっとした罪滅ぼし？　――リィちゃんってさ、もうひたすらこっちの事情に巻き込まれまくりだよね。最初にこっちに連れてこられたこと自体もそうだし、前回のディアハラに、今回のトラインの事件だって、文句も言わずにずっと付き合ってくれてるじゃない。さすがの僕も多少、良心が咎《とが》めちゃうよね」

彼がどれほどの事情を知っているのか、絵里には推測することしかできないが、今のセリフを聞くかぎりではかなり――いや、おそらくはほとんどのことを知っている？

「……良心が咎《とが》めるのは、多少、なんですね」

「突っ込むのそこっ？　いいね、やっぱりいい！　リィちゃんって最高だねっ」

予言者は楽しげに笑いだすが、絵里としては笑うどころではない。

笑顔の彼は、普段よりも若く見えて、それなりに目の保養ではあったけれど、さすがにこれ以上、腹の探り合いのような会話を続けるのは勘弁願いたかった。

「お褒めにあずかり光栄です？　けれど私、ちょっととってきたいものがあるんで、これで失礼しますね」

「ああ、怒らないでよー。後でライル君に叱られるじゃん――ごめんね。からかうつもりじゃなかったんだ」

「いいですよ、もう……」

先に行ったライムートとジークリンドが待っている。さっさとこの会話を切り上げて、彼らに合流したい。

「ううん、今のは僕が悪かった。リィちゃんは最高にいい子だし——だから、ホントに内緒の話を、そのうち、ちょっとだけしてあげようね」

「……え？」

「だから、それも頑張る原動力にしてね——んじゃ、ご飯に行こうか？」

「え、ちょ、ちょっと……」

どこまでも自分のペースで会話を進める予言者に、年齢も経験も劣る絵里はついていけず、年の割には素早い身のこなしでさっさと部屋を出ていく後ろ姿を、ただ茫然《ぼうぜん》と見送った。


その夜から、また数日後。四人は旅を続けていた。

トラインに入ってからの道のりは、物の見事に坂の連続だ。平坦な部分もあるにはあるが、ほんの少しだけだった。

絵里たち一行は馬で移動しているからまだマシだが、荷馬車や徒歩でとなるとどれほど時間がかかるか知れたものではない。

たまにある集落は、町どころか村ともいえないような、家が数軒集まっただけの代物《しろもの》だ。周りには耕作に適した場所はほとんどなく、山肌を切り崩した、家族が食べるのもやっとの畑がある程度である。

「……ものすごいとこですね」

「確かに、これでは飛竜が使えなければ、ろくに調査もできないだろうな」

道行く者もほとんどいない。ごくたまに、集落を巡り商売をしている一行がいるだけだ。

「この先は、かなり道が狭くなってるからねー。気をつけて進んでよ」

予言者のその言葉どおり、奥深く入るにつれて、道がどんどん狭くなっていった。荷車を引いた一行なら、すれ違うのも難儀しそうだ。

最初は二列でも大丈夫だったのだが、今は先頭を予言者、次にライムートと絵里、最後にジークリンドと、縦に並んで進んでいる。

本来なら、一行の主人であるジークリンドが殿《しんがり》を務めることはあり得ないが、周りに人目がなく、そろそろ目的地にたどり着くので、このような形をとっていた。

「……この先に、その『竜の神殿』があるんですよね？」

「さっき通ったところで聞いた話だと、後、山を三つ越えた辺りと言っていたな」

「前に来た時はそんなのなかったと思うんだけど――いつできたんだろうねぇ？」

「建立《こんりゅう》されてから、優に二百年は経っているとのことでしたが……」

あれ、そうなんだ――と、予言者は一言で流す。ライムートもジークリンドも、そして絵里もそれにツッコムようなことはしなかった。

「今日中にたどり着くのはきついかもねー。でも、この先、宿を借りられそうな場所はなかった気がするんだよね」

「一応、野営の準備はしてきております」

「リィのことを考えると、極力やりたくないんだが……」

「まぁ、それは最後の手段ってことにして。もしかして、新しい集落ができてる可能性もあるよね」

一国の王太子ではあるものの、十年以上も放浪をしていたライムートは、似たような経験を何度もしている。ジークリンドは騎士でもあるため、遠征では地面に直接寝たこともあるし、予言者も長く生きている分、それなりに経験がある。

「私は外で寝るのくらい平気だよ。前は何度もやったし」

絵里もライムートに拾われて一緒に旅をしていた頃、町にたどり着けなかった時には野営を経験していた。

幸い、見上げた空は晴れわたっている。山の天候は変わりやすいので安心はできないが、季節柄も考えると、いきなり大きく崩れる可能性は低い。

「いい子だな、リィ」

「ほんと、できた子だよね。リィちゃんって」

「申し訳ありません、妃殿下……」

ジークリンドだけ謝っているのはさておいて。

たまに本道を外れた場所に集落が存在することもあるので、四人は脇道に目を配り進んでいった。

けれど結局、たった一軒の人家も発見することができず、一つ峠を残した状態で、早い山の夕暮れに急き立てられ、野営の場所を探す羽目になる。

「そこの沢から水を汲んでくる」

幸いにも道からすぐのところに、狭いが平たんな場所を見つけることができた。近くには小さなせせらぎもあるようだ。

「あ、それなら、私が――」

「ああ、リィちゃんはこっちで火を熾《おこ》してよ。僕とご主人サマが天幕を張るからさ」

「……カイン殿、明日には目的の場所に着くのですし、そろそろ、その呼び名は止めていいのではないですか？」

「えー？　気に入ってるんだけどな、これ。でも、まぁ、そんなに言うんなら仕方ないね」

そんなふうに和気あいあいと野営の準備をし、これまではほとんど出番のなかった携帯食で腹を満たす。

「明日が肝心だというのに、すまんな、リィ」

「大丈夫だってば。これまでも気を使ってもらってたんだし、ちゃんと体力は残せてるよ」

「若いっていいよねー」

「カイン殿もお年の割には充分元気でいらっしゃると思いますが……」

「ジークリンド君も言うようになったねー」

「いろいろと鍛えていただきましたから」

ジークリンドも旅の間にかなり逞《たくま》しくなった様子だ。

予言者に対して怯《おび》えて委縮していた最初のころの態度とは雲泥《うんでい》の差である。

ちなみに年齢関係の話にライムートを引き合いに出さない配慮は、絵里もジークリンドも忘れていなかった。

「ほんと、最初のころとは見違えるみたいだよ。ジークリンド君だけじゃなくて、ライル――ライムート君も、絵里ちゃんもね。あー、まったく……困ったなー」

ぱちぱちと爆《は》ぜる焚火《たきび》を真ん中にして、車座に座っていた一行は、話の流れの途中で変わった予言者の口調に、少しばかり違和感を抱く。

「カイン殿？　何か問題でも？」

この期《ご》に及んで『困る』という単語が出てきたことで、何事か不具合でも起きたのかと、ライムートが問いかけた。

「いやいや、そんなんじゃないよー。ただ、なんていうのかな……うん、こんな状況になっちゃったー、やだな、どうしよう？　ってところかな」

「それって、どういうことですか？」

予言者の口調はいつもどおりに明るい。だからこそ違和感が募《つの》り、絵里もつい聞いてしまう。

すると――珍しく、予言者が何かを迷っているような様子を見せた。

「今夜はさっさと寝て、明日に備《そな》えるのが一番なんだろうけど……ちょっと話をしていいかな？」

予言者が質問されたことに、すぐ答えないのはいつものことだ。まったく見当違いの話をし出したかと思うと、いつの間にか答えになっていることもある。

今回もおそらくそうなるのだろうと、三名はとりあえずその言葉に頷いた。

「ありがとう……あの、さ。絵里ちゃんにはこないだちょっと話をしたんだけど、ついでだからこの際、二人にも言っておこうと思ってね。あんまり広げてほしくないことも入ってるんだけど、二人とも口は堅いよね？」

「話を聞かせてもらわんことには、即答はできんが……黙っている必要があるのなら、そうしよう」

「それは……私などが伺《うかが》ってもいい話なのでしょうか？　無論、殿下が言うなとおっしゃるならば、生涯口を閉じておくと誓います」

脅《おど》かすような予言者の言葉に、ライムートとジークリンドが頷きを返す。

「うん、そんな感じでよろしくねー。それでさ。さっきも言ったけど、僕は絵里ちゃんに一つ約束をしたんだよ。いつか、僕のことをちょっとだけ教えてあげるってね――まぁ、それが今なのは、僕がしゃべりたくなっただけなんだけど。これって、滅多にないことなんだから、ありがたく聞くといいよ」

上から目線での発言は、いつものことなので二人とも聞き流す。

「さて、僕の名前はカイン――ってのは、もう知ってるよね。自分でもどれくらい生きてるか正確には覚えてないって前に言ったけど、そんな僕にもそれなりに若い時ってのがあったんだ。僕的にものすごく波乱万丈な時代だったけど。そのころにね、僕は一人の女性に恋をしたんだ」

昔々――予言者が語ったのは、そんな前置きがふさわしい話だった。

＊　＊　＊

絵里がこの世界に連れてこられたのは、フォーセラでマナの枯渇《こかつ》が起こったからだが、実はそのような事態になったのは初めてのことではなかった。

「この世界ってさ、どうもマナの需要と供給の均衡《きんこう》がとれにくい構造になってるみたいなんだよね。で、歴史の間には、マナが枯渇《こかつ》しそうになって他の世界からの運び手に選ばれちゃった人って、何人かいるんだよ。僕もその一人ってわけなんだ――ちなみに絵里ちゃんの世界は、ここことは反対にマナが増えすぎて困ってるみたいで、何度かそこから分けてもらってるよ。僕は絵里ちゃんとは違う世界から来てるんだけど、その元の世界はね、あんまりにもマナが増えすぎて、そのおかげで滅びちゃったんだ」

マナは多すぎても少なすぎても世界の均衡《きんこう》を崩す。

無論、予言者のいた世界にも『神――管理者』は存在していた。けれど、地球のように増えすぎたマナを他世界へ移すのではなく、自世界のみで均衡《きんこう》を取り戻そうとし――結果的に失敗して、滅んでしまったのだという。

「幸か不幸か、僕はそんなところの最後の生き残りだったんだ。本来は、僕も世界と一緒に消滅するはずだったんだけど。僕のところの神様がね、最後の最後になって、せめて唯一残った僕だけでも生かしたいって、こっちの世界にマナごと押しつけちゃったんだよ。ここの世界も毎度ながらのマナの枯渇《こかつ》に悩んでた時で、大喜びで受け入れてくれたんで、それはよかったんだけど――運搬役ってさ、運ぶついでに自分の体にもマナを大量に吸収しちゃうよね。絵里ちゃんもそうだったでしょう。で、僕の時はそれがちょっと多すぎてねー。その上、詫《わ》びのつもりか何かは知らないけど、全力で加護とかもつけられちゃってさ……気がついたら自分がいろいろと変わっちゃってて、びっくりだよー」

何しろ、増加しすぎて世界を滅ぼしてしまったほどのマナである。予言者の体に宿ったのは、絵里の時とは桁違《けたちが》いの量だった。加えて転移時に神の加護を得たことで、元の世界では普通の人間だった予言者は、気がつけば不老不死に近い寿命と、異能――時と場所を超えて望む事象を見ることができる『眼』を得ていたのだった。

過去に起こったことやはるか遠くを見るのならともかく、未来を見通すことは神ですら難しい。それができるからこそ、彼は『予言者』と呼ばれるようになったのだ。

だが、すぎる力は不幸の元でもある。

絵里の時と同じように『くれぐれも……』という神からの神託はあったにもかかわら

ず、予言者があまりにも特異すぎる存在だったため、彼を預けられた者たちは悪心を抑えることができなかったそうだ。

「まぁ、実のところホントに大変だったよー。ここの神様が争いを嫌ってるのは昔からなんだけど、人間たちにしてみたら、僕が来たおかげで、枯渇《こかつ》寸前から一転、世界中がマナで溢《あふ》れかえっちゃった。その上、こんな人の形をした兵器みたいなものが目の前に現れる。そりゃ、ねぇ？　へ理屈こねて、無茶な言いがかりつけて、争いに次ぐ争いで――さすがに途中で逃げ出したけど、一旦始まっちゃった争いは、どんどんあっちこっちに飛び火してってね。どこもかしこも殺気立って、いっそ自殺でもしたほうがましじゃないかってくらいの目にもあったかな」

自分以外のものが死に絶えた世界から、今度は自分以外が殺し合う世界へ――フォーセラの全ての人間がそうだったわけではあるまいが、予言者の絶望は想像して余りある。

だが、そんな時代が長く続いた後で、彼は一人の女性に出会ったのだ。

「彼女の名前はシルヴィアっていったんだけど、ライムート君はその名前に心当たりはないかな？」

「……伝説では、シルヴァージュの建国王の妻の名だとされている。だが彼女の名は伝わっているのに、なぜか王本人の名は明かされていない……しかし、千年近く昔のことのはずだぞ」

「僕にしてみたらまだ千年？　な感じなんだけどね――まぁだから、君の国はシルヴァージュっていうんだ。ちなみに、その建国王って僕のことだよ」

話の流れでそんな気はしていたのだが、実際にはっきりと言い切られ、ライムートばかりではなく絵里やジークリンドも息を吞んだ。

「彼女は、今のシルヴァージュになってる辺りに沢山いた豪族の娘でね。当時、僕が世話になって――というか、半分監禁されたみたいになってたのは、その彼女の一族と対立してるところでさ。最初の頃は我慢してたんだけど、やっぱり利用されるのに嫌気がさしちゃって、館をぶっ壊して逃げ出してたとこで出会ったんだ。一目惚《ひとめぼ》れだった――生憎《あいにく》と、彼女のほうはそうじゃなかったみたいだけどね。だから、彼女にも僕を好きになってもらうために、そりゃあ涙ぐましい努力をしたんだ。おかげで、結婚までこぎつけられたんだけど、そのおまけでその辺り一帯を平定してた。気がつくと、国の基礎みたいなのができちゃってたんだよねぇ」

望んだわけではない異能に加えて、大量のマナを操ることができる予言者だからこそ、可能だったのだろう。その予言者が最初の『王』となったのは、当然の成り行きだった。

「……でもね。それで幸せってことにはならなかったんだよね。ほら、僕、なかなか死なないじゃない？　年を取るのもすごーくゆっくりになっちゃってて、時間の経過ってやつにも無頓着《むとんちゃく》になってたんだ。気づいたら奥さんはお婆さんになってるし、子どもたちもなんだかえらく年を取っててさ。だけど、やっぱり僕はほとんど変わらないままで……だから、姿を消すことにしたんだ。奥さんの最期《さいご》を看取ってから、僕に関する記録を全部消して、王座を譲った息子にも固く口止めした。誰にも知られないように城も国も抜け出して――そのままこの世からも消えちゃってもよかったんだ。でもやっぱり自分の子孫の行く末は気になるし、自分をこんなにしてくれちゃった神様にもなんか一言、言ってやりたいじゃない？　だから、またしばらくあっちこっちをうろうろしてたんだ。そしたら、そのうちにやっと神様ったら、なんか変だって気がついたみたい。でも、今更、出てきてくれても、遅いってんだよねー」

しかも、『今更、出てきた』神は、予言者をどうすることもできなかった。

すでに変化してしまった体を元に戻すことは不可能で、同じく異能も取り消すことはできない。体に宿るマナごと存在を消滅させるのは可能だったようだが、さすがにそれは予言者にとって承服しかねる話だった。

そして神と予言者との交渉がもたれ――その結果、予言者は、人を代表とするこの世界に生きるものと神との調停者のような役割を担《にな》う者になったのだ。

膨大なマナの保持者で、完全なる不死ではないとはいえ伝説の二頭の竜に次ぐ寿命を持ち、その気になれば時を超えて世界を見通せる予言者にとって、それはうってつけの役割だと言えるだろう。

……どうもこの世界の神は、いろいろと抜けているところがあるらしく、おかげで予言者の出番もそれなりにあった。

異能を働かせて事前に阻止すればいいことなのだが、時を超えて先を見通すのは、彼にとっても大変で、そう頻繁にはできない。未来というものは、ほんの小さな出来事がきっかけで大きく変動するからだ。どうしても後手に回ることが多くなる。直近では、せっかく異世界からマナを運んできてくれた人間を、海のど真ん中に落っことしてしまった。

「マナが減ってきたのがわかったんで、気をつけてはいたんだよ。今回も、どっかの世界からそれをもらえるのは見えたんだけど、そこからがね……神様ったら、またへまをしでかす気配があったんだ。だから、くれぐれも気をつけるようには言っておいたんだけど、それでもまだ『やらかす』未来しか見えなかった。だから、こっちでも受け皿作っとかないとって、考えてね」

「え……も、もしかして、それって……」

「おい……」

「ライムート君には気の毒ではあったけど、あのまま王城にいても肉食系の貴族子女に集《たか》られまくった挙句に変な具合に歪んじゃう可能性があったんで、回避のためもあって旅に出てもらったんだよ。オジサンにしたのはライムート君の身に降りかかる危険を減らすのと、絵里ちゃんへのウケを狙ったから――ってことで、理解してもらえると嬉しいな」

絵里だけではなく、ライムートもジークリンドも無言である。

ライムートにかかっていた呪《まじな》いについては、それなりの事情と秘密があるだろうと思っていたが、まさかこれほど壮大な話だったとは絵里は想像もしていなかった。

「――まぁ、前にも言ったと思うけど、僕の話を全部信じる必要はないよ。聞いた後は、好きに解釈すればいい」

目の前にいる存在は、神に近い力を持っている。そう聞かされていきなりそれを信じるのは無理があった。

老成した見た目はともかく、軽すぎる口調が彼の話を信用することを邪魔している。

だが、それについて絵里にはふと気づいたことがあった。

――もしかすると、それをわかっていてこの口調なんじゃないのかな？

ただ、そう尋ねても、きっと予言者は素直に答えてはくれないだろう。

絵里は代わりに、もう一つの疑問をぶつけてみる。

「なんで、カインさんは今、そのことを私たちに教えてくれたんですか？」

「え？　それはさっき言ったでしょ？」

「ええ。ですけど、その前に言ってたじゃないですか。『困ったなー』って……話すと困ることなら黙ったままか、もっと当たり障《さわ》りのないことだけ教えてくれるのでも、よかったじゃないですか？」

「ああ、成程。絵里ちゃんは、そう解釈したのかー」

衝撃的な告白話を聞いたばかりだというのに、その前と変わらない言葉遣いで尋ねる絵里に驚いたのか、予言者は柔らかく微笑《ほほえ》んだ。

「僕が困ってるのは、今の話の中身には関係ないよ。絵里ちゃんは――ライムート君もだけど、こっちの都合にいろいろ巻き込んじゃったからね。その埋め合わせにはならないだろうけど、ちゃんと説明をするつもりだったんだ。困ってるのは……こんなふうに他の人間と長いこと一緒に過ごしたのは、ほんとに久しぶりなんだよ。その上、ジークリンド君も含め、君たちっていい子ばっかりで、それでちょっとね、情が移りまくっちゃったみたいでさー。もうすぐ終わっちゃうのにね」

終わる、というのは、近々、炎竜や春歌と対決することで、この旅の目的が果たせる――そんな意味ではないだろう。

人としての、否、普通の生き物としての寿命をはるかに超えて、生き続けてきた予言者だ。

たった二十年やそこらしか生きていない絵里はもちろん、ライムートとジークリンドも、予言者にかける言葉を持ってはいなかった。

「ま、僕のことはあまり気にしなくていいよ。それよりも、この先のこと考えなきゃ。僕の見立てはともかく、どうしても未来は変わりやすいものだから、絵里ちゃんはもちろん、ライムート君やジークリンド君にも頑張ってもらわないといけなくなるかもしれないし。話はこれでおしまいにして、今夜は寝ちゃおうね」

「……無茶言わないでくださいよ」

こんな話を聞かされて、すぐに寝つける者がいるのなら顔が見てみたい。そう思った絵里だったが、意外にもライムートが予言者の言葉に同意する。

「そうだな……悩むのは後でいい。今は明日のことだけを考えるべきだろう」

「いいね、ライムート君。そのとおりだよ――でも、絵里ちゃんがどうしても眠れないっていうのなら、僕がちょっとだけお手伝いしてあげるよ」

「いらん、リィのことは俺が全て請け負う」

目の前の人物が、自分の遠い遠い先祖だと聞かされてはいても、そこだけはぶれないライムートだ。それがまた、予言者をひそかに喜ばせもしたのだが、それはともかく――

「じゃ、さっさと寝るよー。明日はちょっと早くに出るからね。寝過ごしたら置いてくよ？」

泣こうがわめこうが、あるいは、悩んでいようが。

正念場は迫っていた。

インターミッション

フォーセラに二頭のみ存在する、大いなる存在――海竜と炎竜。

その寿命はこの世界と同じで、何千年生きてきたのか、自身もすでに忘れてしまったほどだ。

陸と海の双方の頂点に君臨し、滅多なことでは他者と交わることもない。ただ、そこに存在して、世界の成り行きを見守る創造神《フォス》の代理のような立場である彼ら――その片割れである炎竜は、現在、非常にいらだっていた。

事《こと》の発端は、これまでにも何度かあったフォーセラ全体のマナの減少だ。

本来、生み出されるマナと消費されるマナは、その世界の内部で均衡《きんこう》を保つべきなのだが、この世界では消費のほうが勝る状況が頻繁に起きた。

炎竜と片割れのもう一頭は、基本的に大気等に含まれるマナを体内に取り込むことで生きている。ゆえに、それが減少すればその行動に障害をきたし、体を動かすこともろくにできなくなった。

あまりにひどくなると、体の機能を低下させ冬眠に似た状態で時を過ごすしかなくなる――そう、今回のように。

しばらく耐えていた炎竜は、ついに限界を超え深い眠りにつかざるを得なくなった。

そうしてどのくらい時間が過ぎただろうか。突然、爆発的な勢いで世界のマナが増加したのを感じて、炎竜は目を覚ます。

寝《ね》ぼけ眼《まなこ》で周囲の様子を探る。眠りにつく前とは段違いなほど、世界にはマナが溢《あふ》れていた。飢え切った体が、それをどん欲に吸収しているのが感じられる。

これまでも何度かあったことではあるものの、それでも安堵《あんど》の吐息が洩《も》れた。

よかった。今回も世界の危機は去ったのだ。

久しぶりの食事（？）にありつけて、炎竜は幸福な気分でそう思った。

そこまではよい。

ただ、そうなってくると気になるのは、自身の片割れである。

滅多なことでは顔を合わさない彼らがこの前出会ったのは二千、いや三千年は昔のことだ。あちらはどうしているかと、久しぶりに様子をうかがい、妙なことに気がつく。

あまりにも長い間、断食状態だったために、炎竜の体はそれほど長く動ける状態ではない。なのに、妙に元気に泳ぎ回っている片割れの気配が感じられる。

不思議に思い、更に深く探りを入れてみると、この短時間ではありえないほど、その体に宿るマナを回復させているではないか。

陸と海に分かれてはいるものの、二頭は対等の存在だ。なのに、どうして片割れだけが。

炎竜はいても立っても居られない気持ちになる。

だが、すぐ飛び立てる状態ではない。

じりじりと力の回復を待ち、ようやく住処《すみか》にしていた高い山から飛び立てたのは、目覚めてかなり経ってからのことだった。

向かったのはもちろん、片割れがよく泳ぎ回っていた、三日月型の大地に抱え込まれる形で存在する内海だ。

これまでの経験から、自分の姿を見られると大騒ぎになるのはわかっていたので、夜陰に紛《まぎ》れて進む。小さな弱い生き物たちをむやみに驚かせるのは望むところではない。

そうして片割れを捜し回っていたところ、不思議なものに出会ったのだ。

それはこの世界、フォーセラでも最も多いと思われる小さな生き物――自分たちを『人間』と称しているものだった。

小さい生き物――人間は、大勢で群れることを好み、また夜の闇を恐れて日が落ちてからは滅多に住処《すみか》を出ない。

なのに、夜の海岸近くを飛んでいた時に見つけたそれは、たった一人でいた。不審に思って近づいてみると、まだ若い雌のようだ。

更に不思議なことに、その雌は、姿かたちはよくいる人間に似てはいるが、その体に含まれているマナが少々おかしかった。明らかに他の者より多い。しかも、ごくごく薄いものではあるが神の移り香みたいな気も感じられる。

そのことに一層興味をかき立てられて、炎竜はできるだけ驚かせないようにそっとその生き物に近づいてみたのだった。

「きゃぁっ！　な、何、おばけっ、怪獣っ⁉　イヤッ、寄らないで、食べないでぇっ」

いきなり失礼なことを叫ばれ、炎竜はわずかに憤慨《ふんがい》する。

食べようと思えばできないことはないが、こんな小さなものを食しても、ろくな満腹感は得られない。それよりはマナを吸収しているほうがよほど効率がいいのだ。

そのことを伝える。さすがに「言葉」を発することはできないが、意思を通じさせる手段くらいは心得ていた。すると相手は、ようやく落ち着いたようだ。

「ホ、ホントに食べないのね？　絶対よね？」

くどい、と念を押すと、やっと素直に話し始める。

「私の名前は片野春歌よ。ここの神様のせいで、無理やり違う世界から連れてこられちゃったの」

そう告げられた炎竜が思ったのは、『またやらかしたのか』である。

この世界を創造し、自《みずか》らの上司（？）でもある存在だが、客観的に見ると、フォスにはかなり抜けている部分があった。

マナの均衡《きんこう》を保つよう世界を作り上げるべきだったのに、そのバランスが取れにくくなっているのがその最たるものだ。他にも小さな失敗や『やらかした』事案は多い。炎竜と片割れや、その他の特殊な存在で尻ぬぐいをさせられた記憶がよみがえる。

目の前にいるのはそれに巻き込まれた、被害者らしい。

上司の失敗は自分の責任とは限らないが、自分が出会ってしまったということもあり、彼女に関して炎竜は妙な責任感を抱いてしまった。

とりあえず、彼女を落ち着かせるために、自分が何者でなんのためにここにいるのか説明する。

すると、それを聞いた途端に彼女は『ああ、そういえば』とか『海に落ちたって言ってたわよね』とか何やらぶつぶつと呟《つぶや》いた。やがて自分の身に起こったことを話し始める。

その話を聞くうちに、炎竜は段々と腹が立ってきた。

春歌の話によると、片割れのみが元気なのは、彼女のおまけのような形でフォスにより連れてこられた存在がいて、それがえこひいきしたからだ、というのだ。

「私が直接見たわけじゃないけど、その加賀野絵里っていう子が、持ってた荷物を全部海に沈めちゃったからだと思うわ。あの子の持ち物にはいっぱいマナが含まれてるのに、そんなもったいないことするなんて、海の中にいるものに貢《みつ》ぐためとしか考えられないでしょ？」

確かにそうかもしれない、と炎竜は同意する。

「でしょ？　しかも、あの子ってものすごく意地が悪くて……海に落ちたのは神様の失敗なのに、私のせいにして、違う世界で必死になって居場所を作ろうとしていた私を、その場所から追い出したのよ！　おかげで私は窮屈な場所に押し込められて、服や食事も粗末なものしかもらえなくて……あんまりにもつらいから逃げ出してきたところなの」

——それはつらかっただろう。

そう告げると、春歌はいいことを思いついたと言った。

「私、あの子に仕返ししてやりたいの。貴方《あなた》だってそうでしょ？　もう一方にだけに贈り物をして、貴方《あなた》を蔑《ないがし》ろにしたんだから」

その人物がどういうつもりだったかはわからないが、片割れだけがいい目を見るのは、なんとなく面白くない。片割れがそうなるよう仕向けたわけでなく、貢物《みつぎもの》を受け取っただけという事実は、その時の炎竜の頭からは抜け落ちていた。

もっとも、いくら腹をたてていても、片割れと争うのは絶対禁止事項だ。

「だったら、あの子に仕返しするのにその分も乗っければいいじゃない。大体、私だけこんな目にあわせて自分はいい思いをしてるなんて、絶対に許せない！　私自身じゃ何もできないけど、貴方《あなた》がいれば話は違うわ！」

冷静になれば、その話を鵜呑《うの》みにしてはいけないことがわかっただろう。

だが、炎竜も永い眠りから覚めたばかりの上に、まともに動けるようになるまでじりじりと待つしかなかったストレスで、その時は些《いささ》か平常心を欠いていた。

「まずはデモンストレーションよ！　あの子のいる国に行って、貴方《あなた》が怒ってるんだぞって教えてやらなきゃ」

理解不能な単語が混じっているが、意味は伝わったので問題なかった。

久しぶりに炎を吐くのも楽しいかもしれない。

そう思ってしまったのが運の尽きだ。

促《うなが》されるままに、小さな体を背中に乗せると、内陸へ取って返す。小さな者たちの決めた国とかいう分布にはあまり詳しくなかったが、おそらくこの辺りだろうと思《おぼ》しき地点をいくつか訪れ、周囲に向けて炎を吐いた。

この時、生き物に直接炎を向けなかったのは、フォスがこの世界に生きる存在を慈《いつく》しんでいるのを知っていたからだ。殺生はまずいと思う程度には、炎竜の判断力は残っていた。

背中で様子を見ていた春歌は不満げであったが、何やら大声で叫ぶことで気を収めたようだ。

そして、もっと多くのところで同様のことをするようにと言ったのだ。

しかし、あまりにも久しぶりであったために、炎竜が忘れていたことがある。

普通に飛び回るだけならばまだしも、炎まで吐いたことにより、せっかく回復していた体内のマナが、またしても枯渇《こかつ》寸前になってしまったのだ。

「嘘でしょっ？　もうっ、使えないいったらっ」

背中に乗せた春歌にそんな暴言を吐かれる。

これほど小さな相手に本気になるのは大人げないので、炎竜は聞こえなかった体《てい》を装《よそお》い、住み慣れた山に戻ることにした。ただ、さすがに山の上で春歌が生きていくのは無理だろう。

幸いにも山の麓《ふもと》にある小さな集落に、いつの間にか自分を祭るための施設が作られていた。そこに春歌の身を託《たく》し、くれぐれもと頼んだ後、自《みずか》らはいつもの山頂でマナの回復を図る。

近くに他の生き物はいないが、マナは大気や大地に含まれるため吸収の効率がいい。

標高の関係で草一本はえない岩肌むき出しの場所で静かに過ごしながら、炎竜は自由に動けない我が身の歯がゆさを募《つの》らせる。

こうして自分が悶々《もんもん》としている間にも、片割れは自由に楽しく、海の中を泳ぎ回っているのだ。

そう考えれば考えるほど、自分を蔑《ないがし》ろにしたと春歌が教えてくれた相手への怒りが湧いてくる。

時折、麓《ふもと》の神殿から響いてくる春歌の憤懣《ふんまん》やるかたないといった思念も、それに拍車をかけた。

そんなわけで。じりじりとした思いで、また動けるほど体内にマナが溜まるのを炎竜は待っていた。

——そんなある日のこと。

妙に強いマナを宿した存在が、己の住処《すみか》に近づいてきたのを感じた。

そして相変わらずの暴言まみれの春歌の思念が届く。

『――ちょっと、竜っ！　どこにいるのよっ、この役立たず！　さっさと出てきなさいよ！』

ついに、この溜まりまくった怒りをぶつける相手がやってきたのを悟《さと》った炎竜だった。

第六章　元・偽聖女で現・竜の巫女《みこ》（自称）

「ふぁ……おはようございます」

「おはよう――さすがに夕べがあれっぽっちだと腹が減っているな」

「おはようございます。すぐに準備いたしますので、カイン殿と殿下たちは先に顔をお洗いになってください」

　若干の寝不足ではあったものの、一晩、時間を置いたせいか、絵里以下、ライムート、ジークリンドの三名は、ほとんどいつもどおりの態度で予言者と接することができた。

「ほんとにいい子だよねー、三人とも。僕、嬉しくなっちゃうよ」

「……以前から思っていたんだが、リィやジークはともかく、俺の今の見た目で『いい子』扱いは痛すぎないか？」

「気にしちゃダメだよ。っていうか、僕にとってはどんなご老人だろうと、いい子になるんだし？」

　話をしつつ、早朝から出発する。目指す『竜の神殿』とやらはもう目の前だ。

ただ、炎竜が住処《すみか》にしているのは、トラインで最も高いとされているその奥の山だった。遠く離れていたころはよく見えていたそれが、近づくに従《したが》い他の山や生い茂った森に隠れ、目視しにくくなっていく。

最後の峠を越えた絵里たちがいるのは、すでにその麓《ふもと》であるはずなのに、やはりうっそうと生い茂る木々のおかげで神殿が視界に入ってこない。

「――もう少し先に進んだところで森が切れ、開けた土地になっていました。畑地らしきものも見えましたので、おそらくはそこが『神殿』のある集落ではないかと思われます」

一足先に前方の様子を偵察に行っていたジークリンドが、そんな報告を上げてくる。

「いよいよだな」

「う、うん」

当初の予定であった登山の手間は省けそうだが、それを喜んでばかりもいられない。

「命に代えても、お二人――とカイン殿も、私がお守りいたします」

「僕も頑張るよー、だから絵里ちゃんも頑張ってね」

そんな会話を交わし、絵里は緊張の面持《おもも》ちで最後に残った距離を進んでいった。

そして――

野良仕事に使う鍬《くわ》や鋤《すき》、どこからか引っ張り出してきた古びた槍《やり》などを構えた、総勢三十名ほどの男たちに、一行は遠巻きにされていた。

「……こうも予想どおりの展開になると、なんていうか……うん、あんまり嬉しくない状況だねぇ」

「何を呑気な……」

こんな状況になったのは、森を抜けた後、ジークリンドが見たという畑の近くまで進んだ時のことだ。

少し離れた場所で野良仕事をしていた人影を見つけ、声をかけようとしたところ、あちらもこっちに気がついた。

絵里たちはここが目的地である『竜の神殿』がある村なのかを尋ねようとしただけなのだが、そうする前に件《くだん》の村人が一目散に駆け出し、行ってしまう。――当然、一行が来たのとは反対方向にだ。

あまりにも素早いその行動にあっけにとられているうちに、わらわらと人が集まってくる。そしてぐるりと周囲を取り囲まれたというわけだった。

ただし、今のところ、まだ実害は被《こうむ》っていない。

罵声《ばせい》や威嚇《いかく》の声を上げる様子もなく、村人たちはただ遠巻きにしているだけだ。

——なんか、大道芸を見に来た観客みたい。

睨《にら》み合いにはなっているが、ライムートたちは落ち着いているし、あちらも飛び道具を持ち出す気配もない。そのせいで、絵里はそんな呑気なことを考えていた。

「お前たち、この村に何をしに来た⁉」

やがて、周囲を囲んでいた人垣の一部が割れて、一人の男が進み出てくる。

年の頃は、今のライムートと同じくらいだろうか。他の人々に比べてやや立派な服装をしていることで、彼がこの集落の代表者だろうと、絵里は見当をつける。

ちなみに、周りを取り囲んでいる連中の中にも同じくらいの年の者がいるが、絵里は彼らに気を取られるような真似はしなかった。

状況が状況だということもあるし、中年であれば誰でもいいというほど彼女の趣味は悪くない。

「あんたがこの村の長か？」

無言での睨《にら》み合いからの一歩前進に、ライムートが対応する。

「そうだとしたら、なんだというのだ。それよりも、こちらの質問に答えろ！」

「俺たちは、ここに竜の神殿があると聞いてやってきた旅人だ。ところで、ここの村では訪れる者をこんなふうに扱う習慣でもあるのか？」

「旅人だと？　はっ！　そんなことを信じるとでも思ったかっ」

絵里たちは、トラインに入ってからこれまでにもいくつかの集落を通り過ぎてきた。山と谷に囲まれて決して豊かではないだろうに、そのほとんどで温かな歓迎を受けている。あまりにも貧しすぎて物理的に無理なところもあったのだが、そんな場所でも、手持ちの物資を提供したことが功を奏したのか、それなりに丁寧なもてなしをされていた。

この村は今までのところよりも明らかに豊かである。畑地の広さや、周りを取り囲んでいる男たちの血色のよさからそれがうかがえた。にもかかわらず、最初から完全に敵対姿勢である。

豊かだからこそ自衛の必要がある、という可能性も考えられるが、こちらは老人と子どもを含むたったの四人だ。

普通はここまで警戒されない。

「……反対に聞くが、どうして嘘だと判断する？　俺たちはここに着いたばかりで、揉《も》め事《ごと》なども起こしていないはずだが？」

「そのようなたわ言、聞く耳もたんわっ。そこの小僧！　お前、隠しているが、本当は女だろう？　そして、そこの若い男！　お前は、シルヴァージュの王子だろうがっ」

「……は?」

小僧と指さされたのは絵里なので女に間違いないが、王子と言われたのはライムートではなくジークリンドである。

絵里は特に変装していないものの、その体つき――要するに凹凸《おうとつ》が少ないことと、こちらの女性が穿《は》かないズボン姿のために男に見える。そこからもう一段踏み込んで『男装した女』と考えたのだとしたら、察しがよすぎた。

そして、ジークリンドへの言及に至っては、これはもう、どう考えても最初からそういった身分の者がやってくるという情報があっての発言だ。

人間違いをしてはいるものの、一国の王子に向かって『お前』呼ばわりは、通常では考えられない暴挙でもあった。その場で首が飛んでもおかしくない。

ツッコミどころ満載の村長のセリフには、一同そろって、咄嗟《とっさ》の反応ができなかった。

対して、村長本人は、図星だろうとでも言いたげな自信満々の表情だ。

「どうだ、当たっているだろうが――偉大なる神竜の巫女《みこ》様の目をごまかそうとしても、そうはいかんぞ!」

本人としては最高の見せ場のつもりのようだ。

山間の寒村の長で、威厳や貫禄といったものとはほとんど無縁の素朴で善良な人柄だない。


と思われる彼が、こんなに居丈高《いたけだか》な態度をとるには、よほどとんでもないことを吹き込まれているに違いない。少なくとも絵里にはそう感じられた。

そして、彼をそうさせた張本人は、これまでに得られた情報から考えて、一人しかいない。

「……片野さん、一体、何を吹き込んだのよ……」

逆恨みを募《つの》らせているとは予想していたが、他人を巻き込まないでほしい。

村人の様子からして、よほどひどい話を聞かせているのだろう。

ライムートも同感だったようで、心底うんざりとした表情で、絵里の言葉に同意する。

「ディアハラでも思ったが、あのハルカという娘。どこまでも性根がねじ曲がっているようだな」

生憎《あいにく》なことに、その会話は周囲にいた村人にもしっかりと聞こえていたようだ。

「聞いたか？　今、あの娘、巫女《みこ》様のお名前を口にしたぞ！」

動揺があっという間に全員へ波及していく。

「やはり……」

「巫女《みこ》様のおっしゃったとおりだ……」

「こいつらが、あの……」

そんなふうに彼らが口々に話すに従《したが》い、どんどんと周りの雰囲気が険悪なものになっていく。

「……何を聞かされているのかは知らんが、さっきも言ったように、俺たちはお前たちと事《こと》を構えに来たわけでは――」

油断なく周囲の様子をうかがっていたライムートも危機感を抱いたらしく、もう一度声を張り上げた。

だが、それも無駄に終わったようだ。

「騙《だま》されんぞ！　お前たちは神竜様に仇《あだ》なすために来たのだろうっ！」

「巫女《みこ》様がおっしゃられていたとおりだっ。小娘と色男――他におまけもいるかもしれんが、そいつらがきっとここにやってくる、と」

「こいつらを神殿に突き出せ！」

叫び声が上がるにつれて、男たちの興奮の度合いも高まっていく。

単純な群集心理なのだが、村長と同じく、元々は農耕と少しの狩猟をなりわいとする素朴な村人たちだ。彼らは、己の村に『神竜の神殿』があることを純粋に誇りに思っている。目の前に実際、竜とその巫女《みこ》を名乗る者が現れ、何事かを吹き込めば、それを頭から信じ込んでも無理はない。

それでも鋤《すき》や鍬《くわ》ではなく、歴《れっき》とした剣を佩《は》いているジークリンドやライムートがいることで、直接的な攻撃を加えてこないのが救いだった。

「こっちのほうがずっと人数は多いんだ、妙なことは考えるなよ？」

「素直についてくれば、もうしばらくは無事でいさせてやる」

そんなことを言いながら、彼らがじりじりと包囲の範囲を移動させる。どうやら絵里たち一行を誘導するつもりらしい。

「……殿下、どうなさいます？」

先程よりも一段と声を潜《ひそ》めて、ジークリンドがライムートへ問いかけた。

「さすがにこの人数で囲まれると、突破するのは一苦労だろうな」

二名とも、それなりに腕に覚えはある。その気になれば、ろくに訓練もされていない村人がいくらいようと、蹴散らすくらいはできる。

だが、そうなった場合、こちらはともかく相手が無傷のままというわけにはいくまい。

加えて、荒事に慣れていない絵里のことも考えなければならなかった。

それに、相手は他国の、それも単に口車に乗せられておかしな認識を植えつけられただけの村人なのだ。

できれば荒っぽい事態になるのは避けたい、というのが本音である。

「ここは素直についていったほうがよさそうだ」

「僕はそれで構わないよ。こうなるのも予想の範囲内だしねー」

一人だけ平然とした表情の予言者が、口を挟む。

「できれば、もっと早くにそれをおっしゃっていただきたかったですが……」

ジークリンドがそうぼやくが、考えようによっては春歌の居場所を探す手間が省けたともいえる。

可能性として低くとも、件《くだん》の『竜の巫女《みこ》』というのが、春歌ではないという事態も想定していたのだ。

その場合、こちらの騒動を片づけた後、再度、捜索しなければならなかった。

「――わかった、こちらも抵抗はしない。ここは、お前たちに従《したが》おう」

ライムートが声を張り上げると、村人たちの間にわずかに安堵《あんど》の空気が流れた。

やはりあちらは、こういったことに慣れていないらしい。

――片野さんったら、ホントに何やってくれちゃってるのよ。

つい深いため息をついてしまう絵里だった。

神殿は、絵里たちが囲まれた場所から少し行ったところに、山裾を削るようにして建てられていた。

亀の歩みで移動したためにかなりの時間がかかりはしたが、普通に歩けば数分といったところだ。

鄙《ひな》びた寒村には不釣り合いなほどに大きく立派な佇《たたず》まいをしている。

見事な彫刻を施《ほどこ》された大きな扉があり、その前に低い石段がしつらえられていた。更にその前方には、祭りの時などに使うのだろう広場を備《そな》えている。

村人の集団に包囲されたままの絵里たち一行がその広場に到着するのとほぼ同時に、神殿の内部から甲高《かんだか》い女性の声が響いてきた。

「――今度こそ、本物なんでしょうね？　また人違いだったとか……え？　男みたいな貧相な娘と貴族の若い男……って、それ、間違いないのっ？」

間違いないのはこちらのほうだ。

もう二度と耳にすることはないだろうと絵里は思っていたが、それは紛《まぎ》れもなく片野春歌の声だった。

その声がしてすぐに、白い服を着た彼女が神殿内部から姿を現す。それを見て、男たちが歓声を上げた。

「巫女《みこ》様！」

「巫女《みこ》様がお出ましになられたぞっ！」

絵里が久しぶりに見る春歌は、急いで出てきたためか服や髪型が若干乱れてはいたが、それでも相変わらずの美人だった。

さすがにディアハラにいたころのような贅沢《ぜいたく》なドレス姿ではないものの、僻地《へきち》の寒村にいるにしては上質な衣装を身にまとっている。

ここが神殿であることを考えると、神官がまとう衣《ころも》なのかもしれない。

「おお、巫女《みこ》様！　おっしゃるとおり、不埒者《ふらちもの》どもがやってきました！」

「ご安心くださいっ、我らが巫女《みこ》様をお守りいたしますっ」

「こいつらは巫女《みこ》様を狙ってきた連中です！　何卒《なにとぞ》、神罰を与えてやってくださいまし！」

男たちは、春歌を守ると言いながらも、彼女自《みずか》ら罰を下せと願う。矛盾したことを言っているという自覚は、ないらしい。

「み、巫女《みこ》様、そのように前に出られては、お危のうございますぞ」

そんな中、春歌に続いて姿を現したのは、予言者と同じくらいの年に見える、やはり白い衣《ころも》を着た老人だった。

おそらくは、元々この神殿に仕《つか》えていた神官だろう。杖《つえ》にすがって歩くのがやっとの様子だが、それでも果敢《かかん》に春歌の前に立ち、こちらを睨《にら》みつけてくる。

「おお、神官様もお出ましでございますか」

包囲の輪の中から村長が進み出て、老神官に近づいた。

「村長殿、これはいったいどうしたことです？　巫女《みこ》様を付け狙う極悪人が来た、と知らせを受けた時も驚きましたが、なぜ捕縛もせずに、そんな者どもをこの神殿にまで連れてこられたのですかっ⁉」

「いや、それは……巫女《みこ》様が、もしあやしい連中が来たらすぐに神殿に連れてくるようにと――」

「それにしても、縄を打つなどしてからでなければ、危険でございましょうに」

「いやいや、これほどの人数で囲んでおるのです。あやつらには何もできません」

どうやら、神官のほうが状況を理解しているようだ。

春歌に誑《たぶら》かされていなければ、さぞや立派な神官ぶりだったのだろう。

「何もできない、ではなく、していないだけでございましょう。せめて剣だけでも、取り上げようとは考えなかったのですか？」

「……」

神官の剣幕に、村長が黙り込む。

自分たちのほうが圧倒的に人数が多く、絵里たちがまったくの無抵抗だったために、そこまで気が回らなかったのかもしれないが――

「……まぁ、普通はそれくらいはするよな」

「ですね。私も驚きました」

「お、お前たち！　武器をこっちによこせ！」

「そう言われて、素直に渡すと思うか？」

今頃になって村長が武装解除を求めてくるが、この状況で身を守るための武器を手放すはずがない。至極当然の答えをライムートが返したところ、周囲の男たちの間にざわめきが走る。

そして、じりじりとその包囲網が動き始めた。

だが、なぜかその範囲をせばめるのではなく、反対に広げていく。やがて、中の一人が神殿の入り口のほうに駆け出すと、あっという間に残りの者もそれに続いた。

「あっ！　こ、こらっ、お前たちはそこにおらんかっ⁉」

村長の叫びもむなしく、広場には絵里たちだけがぽつんと残されてしまう。

あえて逃げたとは言うまい――移動した村人たちだが、それでもさすがに、春歌の後ろに回り込むことはない。入り口を守るように新たな集団となって、絵里たちに相対している。

村長は慌てているようだが、こうなってはどうしようもない。

またしても睨《にら》み合いが始まりそうな雰囲気になり、思わず絵里は声を上げた。

「あー……と、とりあえず、片野さん。貴女《あなた》、ここで何してるの？」

ライムートに譲るべきかとも考えたが、到着してからは自分の出番だと、ずっと言われていたのだ。何より、出てきたはいいがその後は男たちの後ろで沈黙している春歌の出方が、気になる。

「あの件の後、確かディアハラの神殿にいたはずじゃなかったっけ？」

そう問いかける絵里の周りを、ライムート、ジークリンド、そして予言者が固める。対して春歌の側にいるのは村長と老神官、それに大勢の村人たちだ。

先程から代表して発言していたライムートではなく、絵里が声を張り上げたのに驚いたのか、それとも未だに春歌が沈黙を守っていることに戸惑《とまど》っているのか、村の男たちは互いに顔を見合わせる。やがてその視線が春歌のほうに向いた。

「あ、あの……巫女《みこ》様？」

恐る恐るといったふうに、村長が声をかける。

そこでようやく、憎々しげに絵里を睨《にら》みつけていた春歌が口を開いた。

「……なんでなのよ？」

その言葉の意味をとらえかねたのは、絵里だけではないようだ。その場にいる全員が、春歌の次の発言を待つ。

「なんで……なんで、違うイケメンをつれてんの！　あのキラキラ王子はどうしたのっ⁉」

絵里は、あまりにも予想外な春歌の言葉に目が点になった。

「……え？　違うイケメン？　キラキラ王子って……」

しかし春歌は、そんな絵里の戸惑《とまど》いにはお構いなく、眦《まなじり》を吊り上げて憤怒《ふんぬ》の形相で叫び続ける。

「なんであんたの周りにばっかりイケメンがいるのよっ！　わ、私なんか、爺《じじい》とおっさんばっかりなのに、なんであんただけそんないい目を見てんのっ⁉」

これまでのいきさつを考えれば恨み言の一つや二つ、罵声《ばせい》の三つや四つは浴びせられるだろうとは、絵里も覚悟していた。

絵里たちがディアハラに乗り込むまでの春歌は、それこそ蝶よ花よともてはやされ、聖女様と崇《あが》め奉《たてまつ》られていたのだ。それが、一転して神殿預かりとなってしまった。春歌にしてみれば、幽閉に近い。

身から出た錆《さび》、自業自得ではあるが、文句を言いたくなる気持ちはわからないでもない。

だから、罵《ののし》られるのはそんなことだと想定していたのだ。

まさか、同行していたジークリンドの存在に激怒するなど……斜め上も甚《はなは》だしい。

「とっかえひっかえ違うイケメンつれて……この尻軽女っ、浮気者っ！　ビッチ！　地味女のくせに生意気よ！」

貴女《あなた》にだけは言われたくないと思うような内容の春歌の罵声《ばせい》は、続いている。そして彼女は、絵里とイケメン――つまりはジークリンドを、交互に睨《にら》みつけた。

「……あの女、黙っていれば好き勝手なことを……」

「同感ですが、もしや、その『いけめん』というのは、私のことをさしているのでしょうか？」

「みたいだねぇ。いやぁ、さすがの僕もこの展開には驚くねー」

それなりに緊迫した場面であったはずなのだが、一時的に空気が緩む。

だが、絵里と同じく、あっけにとられて成り行きを見守っていたライムートが、絵里に対する罵詈雑言《ばりぞうごん》に腰に佩《は》いた剣に手を伸ばした。

ジークリンドも自国の王太子妃に対する不敬を見逃す気はないはずだ。けれど、自《みずか》らにかかったいわれのない嫌疑に戸惑《とまど》っているようだ。

予言者については——これはまだいつものペースを崩してはいないが、それでも呆れているのは確かである。

「み、巫女《みこ》様っ、どうかお静まりをっ⁉　お怒りになられるのはわかりますが、ここはどうか落ち着いてくださいませ」

春歌がここでどのような態度で過ごしているのかは、絵里たちにはわからない。それでも今の様子では村人たちは確実に彼女に幻滅しているだろう。

それでも信仰ゆえか、あるいは年長者として窘《たしな》めねばならないと思ったのか、唯一老神官のみが、春歌を宥《なだ》めにかかる。

「っ⁉　そ、そうね……だけど、あの女っ！」

遠慮がちに衣《ころも》の袖を引かれ、春歌もようやく少し落ち着きを取り戻した様子だ。だが、相変わらず絵里たちを睨《にら》みつけたままである。

「よくものこのこと……爺《じい》さんとおっさんだけなら、まだ手加減してやったかもしれないけど、そのイケメンは絶対許さない！　あんたたち！　あいつらぼこぼこにしちゃってよっ」

そのおっさんが、自分の言うイケメン王子だとは思いもしないのだろう。

顔立ちは変わっていないはずなのだが、中年になっていることや、ぼさぼさの蓬髪《ほうはつ》と無精髭《ぶしょうひげ》が、認識をくるわせているらしい。

その状態でも一目惚《ぼ》れした絵里のほうが特殊なのである。

それはさておいて。

ぼこぼこに、と言われてもすでに周りの村人たちは腰が引けまくっている。その上、巫女《みこ》様の意外なお姿を見てしまったことにより、その動揺に拍車がかかっていた。

誰も率先して動こうとはしない。

先程まであれだけ居丈高《いたけだか》にふるまっていた村長も、同じだ。

「ホント使えないわねっ！　だから、こんなど田舎じゃなくて、王様のとこに連れていけって言ったのに——ちょっと、竜っ！　どこにいるのよっ、この役立たず！　さっさと出てきなさいよ！」

「み、巫女《みこ》様っ⁉」

せっかくわずかに冷静さを取り戻していた春歌だったが、またも癇癪《かんしゃく》を破裂させる。

そのついでに、『神竜様』へ不敬な言葉を吐いた。そのことに老神官が目を剝《む》く。

「……あ。来たみたい——みんな、気をつけるんだよ？」

「何っ？」

すっかり春歌の暴言と醜態《しゅうたい》にばかり注意がいっていた一行だったが、ぽつりと予言者が呟《つぶや》いた言葉に、ライムートが即座に反応した。

春歌たちへの警戒は緩めずに、油断なく周囲をうかがう。

ジークリンドがそんな主人《ライムート》を守るように一歩前に出た。

その行動が春歌にしてみれば、彼の横にいた絵里をかばっているのだと見えたのだろう。更に怒りをヒートアップさせる。

しかし、春歌はそちらは放っておくしかない。

「上かっ!?　リィ、逃げろっ」

「え？　は、はいっ」

ライムートに手を引かれ、絵里は全力疾走で広場の隅に向かう。ジークリンドと予言者も同じ行動をとっていた。

村人らは四人の突然の行動についていけず、その場に突っ立ったままだ。結果的にはそれが幸いした。

この日も晴天で、空には雲一つない。

それなのに、広場の中央辺りに黒い影がぽつんと落ちたかと思うと、強い風が吹き荒れる。少しして、ズズンッという重い地響きとともに、広場の中央に巨体が着地した。

「おお……神竜様……」

「竜神様が降臨なさったぞっ！」

『神竜』と『竜神』は異なる存在なのではないかと絵里には思えるのだが、村人たちはそのあたりの線引きをあまりきっちりとしていないようだ。こんなことになる前は、完全に伝説だったので、どうでもいいのかもしれない。

それはともかく――絵里はもちろん、ライムートもジークリンドも、初めて見る炎竜に圧倒されている。

胴体が太く、体長は尾までを含めると三十メートル近くある。背中に一対の被膜をはった翼を持ち、赤味がかった褐色《かっしょく》の鱗《うろこ》に全身を覆《おお》われていた。四肢は太く、その巨体に比べればやや短く思われる。長い首の先についている頭は小さく、角などは生えていないが、その代わりとでもいうように口に大きく鋭い牙が並んでいた。

ぎろり、と辺りを睥睨《へいげい》する瞳は金色で、縦に長い虹彩が確認できた。

「……これが、炎竜？」

絵里の声に脅《おび》えが混じる。

ライムートたちがどう感じているのかはわからないが、彼女にとって炎竜は空想上の『ドラゴン』そのものの姿だ。

映画や物語の中だけの存在だと思っていたものが、実際に目の前――それも至近距離にいる。その迫力は、スクリーン越しの時とは比べ物にならなかった。

「どこで油を売ってたのよ！　あんたがいない間に、あいつらが来ちゃったじゃないっ」

威圧感が満載な炎竜に向かって、春歌は恐れげもなく言いたい放題だ。

「――マナの補給？　まだ足りないの？　……ほんっとに燃費が悪いんだからっ。でも、もう大丈夫、あいつを食べたらすぐに満タンになるはずよっ」

どうやら春歌は炎竜との意思の疎通が可能のようである。

成程、実際に炎竜がこの場に姿を見せ、それと会話できるところを春歌が見せたのならば、巫女《みこ》扱いも納得できるというものだ。

その『巫女《みこ》様』から悪口を吹き込まれたので、絵里たちは敵意むき出しで出迎えられたに違いない。

「……はぁ？　人は食べないって、今更、何言ってんの？　――ああ、もうっ。食べる食べないはいいから、とりあえずあいつらをやっつけて！　あんたを退治しに来たみたいだから」

とんでもない濡《ぬ》れ衣《ぎぬ》だ。

そんなことはライムート以下全員、一言も口にしていない。

だが、こちらが誤解を解こうと話しかけたとして、炎竜がそれを理解できるのだろうか……？


　こんな時こそ予言者の助言が欲しいところだ。けれど、絵里がそちらにちらりと目を遣ると、面白そうに目の前の様子を見ているものの、口を開く様子はなかった。

　そのうち、春歌と炎竜の間では何やら話がついたらしい。

　その巨体にしては驚くほど素早い身のこなしで、炎竜が絵里たちに向き直る。

　正面から見るその顔は、大変凶暴で凶悪に見えた。

　平和的な話し合いでは終わらない覚悟を絵里はしていたが、これほどまでに大きさの違いがあるのに、戦闘など不可能に思える。

「リィ……万が一のことがあれば、カイン殿を頼るんだぞ？」

「ライ……っ」

　ジークリンドと並んで前に立ちながら、ライムートが早口でそれだけを告げる。目は油断なく炎竜に向けられたままだ。

　如何程《いかほど》のことができるのかはわからないが、それでも無抵抗に蹂躙《じゅうりん》される気はない。

　そんな気迫が感じられる後ろ姿に、そんな時ではないとわかってはいても、絵里の胸はときめく。

「こちらから事《こと》を構える気はないと言ったが――そちらがその気なら、相手をするぞ！」

ライムートが自《みずか》らを奮い立たせるように、炎竜に向かい声を張り上げる。

そんな彼の態度が意外だったのかあるいはこちらの言葉を理解しているのか、炎竜はわずかに逡巡《しゅんじゅん》した。

だが、後ろからしきりにけしかけてくる春歌に背中を押されるように、長い首をもたげる。

「……マナが動いてる！　魔法が来るっ⁉」

マナの動きに関しては、ライムートよりも絵里のほうが敏感だ。

巨体から繰り出される物理的な攻撃ではない分マシなのか、伝説の存在が放つ魔法のほうがもっと厄介なのか。どちらとも判じられないが、絵里も身構えながら叫ぶ。

もっとも、身構えたとしても、焚火《たきび》の火付け程度の魔法しか使えない彼女には何もできない。

「ねえ、絵里ちゃん。魔法ってのは、つまりはマナなんだよ」

こんな状況であるのに相変わらず飄々《ひょうひょう》とした表情を崩さない予言者が、いきなりそんなことを言い出した。

「カインさん？」

「マナを変換して魔法にして放出するんだ。だったら、その反対のことだってできそうじゃない？」

「え、それって……？」

「リィ、来るぞ！」

その言葉の意味を考えるよりも早く、ライムートが注意を促《うなが》す。はっとして炎竜に視線を戻すと、大きく口を開け、そこにマナが集約されていた。

報告にあったように炎を吐く気だと悟《さと》るが、絵里にはそれを阻《はば》む手段がない。

「絵里ちゃん、頑張るんだよー」

予言者の気の抜けた応援は耳に入らない。それほど今の彼女は忙しく頭を働かせている。

そして、その直後。ごうっという激しい音とともに、炎竜の口から炎のブレスが吐き出された。

「よけろっ、リィ！」

意外にも炎の範囲は狭く、ピンポイントで絵里を狙ってくる。ライムートが咄嗟《とっさ》に手を伸ばしてくれるが、それよりも早く絵里の体が白い光に包まれた。

「え？　――な、何よ、これっ⁉」

離れたところで春歌が驚愕《きょうがく》の叫びをあげたのが聞こえた気がする。しかし、それに構っていられないほど、その時の絵里は集中していた。

――魔法はマナを変換したもの。だったら、反対にマナに戻して吸収することだって……っ。

カインはそう言ったが、そんな方法は習ったことがない。そもそもできるとは限らない。だが、できるできないではなく、やらなければ死ぬ。

これが前もっていろいろと言われていたのなら、雑念が入ったかもしれなかった。ぎりぎりの土壇場になってヒントをもらったことで、無心になれたのだ。

絵里から発せられた光は、自身だけでなく周囲にいたライムートたちも包み込む。炎竜の吐いた炎のブレスがその光にぶち当たり――わずかの間、拮抗《きっこう》していたが、やがて跡形もなく消滅した。

絵里自身も驚いたし、ライムートとジークリンド、そして春歌たちも同様だ。

「……嘘、でしょ？　まさか……ちょっと、竜！　もう一回よっ」

切羽詰《せっぱつ》まっているせいか、いち早く立ち直った春歌がまたも炎竜に命令する。炎竜も動揺していた様子だが、その声にもう一度、炎を吐こうと身構えた。先程よりはやや勢いを減じているものの、炎の吐息が絵里に向かって飛ぶ。

――そして、先程と同じようにきれいさっぱりかき消えた。

「あ、あんた……何よそれ、ずるいでしょ！」

ヒステリックに叫ぶ姿は、『竜の巫女《みこ》』としての威厳も神秘性もあったものではない。

絵里たちは最初から春歌を神聖だと見ていないが、ころりと騙《だま》されていた村人や神官の心中は平穏とは程遠かろう。

「もう一回よっ……はぁっ、打ち止めっ？　マジ使えない！　もう、だったら爪でもしっぽでも、なんでもいいから使いなさいよ！　あんな連中に舐められて、ばかにされたまま引っ込んでるつもりなの？」

絵里たちは炎竜に対して舐めた態度も、ばかにするような言動も一切取ってはいない。自分たちの身と命を守っただけで、まだ反撃すらしていないのだ。

しかし、春歌にとってみれば、必殺の攻撃を防がれた段階で、面目《めんぼく》丸つぶれといった感じだろう。

躍起になって炎竜をけしかけ、炎竜もそれに応じる姿勢を見せる。

被膜をはった翼を大きく広げ、長いしっぽをぶんぶんと打ち振り、周囲の土と草が宙を舞った。

「――あの尾がぶつかったら、ただではすまんだろうな」

「まぁ、確実に吹き飛んで、全身の骨がバッキバキになるだろうねぇ」

「カインさん、何を呑気に、そんなこと……っ」

　魔法なら、先程のように絵里がなんとかできるだろうが、物理攻撃では無理だ。一難去ってまた一難である。

　それでも予言者は、涼しい顔だ。

「さて、絵里ちゃん、もう一回だね」

「はっ？　いや、今度こそ無理でしょ、ホントに普通に!?」

「どうして？　僕、前に言ったよね。炎竜はマナを取り込んで生きていて、それがなければ動けないって——だったら、この攻撃をやめさせるにはどうすればいいと思う？」

　悲鳴を上げつつも、絵里は、予言者が『防ぐ』のではなく『やめさせる』と言ったことに気がつく。

「前に、マナをぶつけて相手をやっつけたって聞いたよ？　だったら今回はその逆ってことでしょ。やることはさっきと同じだし、ひと手間省けてるんだから、簡単でしょー？」

　確かに炎竜のブレスを無力化することはできた。

　ぶっつけ本番でそんなことができたのは奇跡だが、とにかくできたのだ。

　そして、ディアハラを訪れた折、そこの騎士に絵里の保有するマナをぶつけて昏倒《こんとう》させたことがあるのも、事実だった。

「だからって、無茶ぶりしすぎでしょっ！　そもそもあんな遠くにいるのに、どうやって吸い取れっていうんですかっ⁉」

「あ、距離が問題になるの？　だったら――」

予言者は絵里の抗議を気にも留めず、それどころか後ろからどんっとばかりに背中を押す。

まさかそんなことをされるとは思わず、絵里はたたらを踏む。なんとか転ぶことだけは防いだが、ライムートとジークリンドよりも前に出てしまった。

わずか数歩とはいえ、二人の背中にかばわれているのと自分が最前線に立つのとでは、受ける迫力が違いすぎた。

ぎょっとして絵里は凍りつく。

「リィッ⁉　この、くそ予言者！　おぼえていろっ」

そこでようやくライムートの出番となった。

今までの会話を全て聞いている彼は、予言者が彼女に何をさせようとしているのかおぼろげながらも理解しているようだ。

止める間もなく実力行使に出られ、もうそれに乗るほうが安全だと判断したらしい。

「あいつに触れれば、吸い取れそうか？」

「わかんないけど……やるしかないじゃないっ」

素早く側に寄り添ってくれたライムートに、絵里は半泣きになりながら告げた。

「死ぬ時は一緒だと言ったが、意外と早くなりそうだな」

その言葉に返事をする間もなく、ライムートが彼女の体を抱き上げて、炎竜の巨体へ駆け寄っていく。

炎竜は、ライムートがまさか剣も抜かず、絵里を抱えて突っ込んでくるとは思っていなかったのだろう。あっという間に腹の下にもぐり込まれて、対処に迷う。

その貴重な隙をついて、絵里は鱗《うろこ》に覆《おお》われた体にぴたりと掌《てのひら》を宛てがった。

「できるか？」

「できなきゃ死んじゃうんでしょっ!?」

マナの出し入れだけなら大丈夫。前にそう言ったのは絵里自身だ。

先程はもっと難易度の高い芸当もやってみせた。ここでできなければ全てがおしまいになる。

そんなことがぐるぐると頭の中を駆け巡るものの、芯は冷静さを保っていた。

もう一度、火事場のばか力を発揮する。

もうおなじみの白い光が絵里の体から発せられ、掌《てのひら》から炎竜に伝播していった。

――ぐるぁ……ぐが……？

そこで初めて炎竜が声を上げる。

絵里の手が触れている部分から、自身の体内に保有するマナが吸い取られていくのを感じているようだ。慌てて体を引こうとする動きが、明らかに鈍《にぶ》い。

絵里も必死だ。

先程のブレスから予想していたが、伝説になるような存在は保有しているマナの量も半端なかった。

どれくらい吸い取ればいいのか――どこまで吸い取れるのか？

自分の体には膨大なマナが蓄《たくわ》えられていると言われはしたが、そこに目の前の巨大な竜のそれを吸い取るキャパシティはあるのだろうか？

そんな様々なことを思い悩みつつ、更に強く掌《てのひら》を押し当てると、光がまた強くなる。

さすがに炎竜の体全てを包み込むには至らなかったが、体の下半分ほどが光に覆《おお》われたあたりで、ぐらりとその巨体が揺らいだ。

「殿下！　お逃げくださいっ」

ジークリンドの声で、ライムートが絵里を抱えて走り戻る。

そして、それを待っていたかのように炎竜が力尽きて四肢を折った。巨体が地響きを立てて広場に沈み込む。

「……な、なんで……？　嘘でしょ、こんな……」

その光景を見て、春歌がその場にへたり込む。

その他の者たちは、しばらくあっけにとられた様子でいたのだが、我に返った途端に蜘蛛《くも》の子を散らすようにして何処《どこ》かに逃げ出した。

結果、残ったのは老神官と、もう一人、村長のみとなってしまう。

老神官はさておき、村長は責任感やその他の理由からこの場に残ったのではなく、春歌同様、腰が抜けて逃げ損ねたみたいだ。

村人たちの誰一人として彼を助けなかったあたり、人望があまりなかったと見える。

そんなわけで、神殿前の広場に残ったのは絵里たち四名、そして春歌側の三名のみとなった。

「……俺はなんのために来たんだろうな？」

「私もです……全てを妃殿下にお任せすることになってしまいました」

「今更、何言ってんの？　最初に君らはおまけだって言ったでしょー？」

そんな気の抜けた会話が交わせるほどに、事態は収拾されている。

だがしかし、まだやるべきことが残っていた。

「ちょ、ちょっとっ！　やめてよっ、私を誰だと……っ」

「わ、儂《わし》は何も知らんっ、何もしてはおらん——もがっ、ぐむっ」

まず絵里たちが最初にやったのは、春歌たちの捕縛だった。

持っていた荷物の中から取り出した縄で、ジークリンドが手早く春歌と村長を拘束する。彼らは腰を抜かしていて逃げ出すことができなかったため、非常に簡単に縛り上げられた。途中でわめき始めたため、ありあわせの布で猿轡《さるぐつわ》もはめられている。

残るはこの神殿に仕《つか》えていた神官だが、あまりの老齢にジークリンドは縄を打つのを躊躇《ためら》ったようだ。

幸い、非常に素直にこちらの指示に従《したが》ったので、彼はそのままの状態にする。すると、自発的に春歌と村長の隣に腰を下ろした。そして、深々と頭を下げる。

「このようなことをお願いできる立場ではないことは、重々承知しておりますが、何卒《なにとぞ》、お手柔らかにお願いいたします。村長殿はともかく、巫女《みこ》……いえ、そちらの方は、うら若い女性でいらっしゃるのですから」

こんな状態になってもまだ春歌の身を案じる彼は、慈悲深くいい神官だったのだろうと推察された。

「貴方《あなた》の言われることはもっともですが、彼女がしでかしたことを考えると、そのままにはしておけないのです。どうかご理解いただきたい」

ジークリンドが、丁寧に説明をする。それに憤《いきどお》るでもなく、神官は首肯《しゅこう》した。

そのあまりにも従順な態度には、ジークリンドも戸惑《とまど》いを隠せないようだ。

「……不躾《ぶしつけ》ながら伺《うかが》うが、貴方《あなた》はどうしてこうも我々に素直に従《したが》われるのです？　貴方《あなた》からしてみれば、私たちは明らかに敵になると思うのですが？」

「そのことでございますが、そのお方は、確かに神竜様が御自《おんみずか》らこちらにお連れになられました。ですが、その……」

老神官の話によれば、春歌はそれをいいことに、かなり好き放題やっていたらしい。『神竜の巫女《みこ》』の名乗りも、炎竜がそう告げたわけではなく、いつの間にか自称するようになっていたのだという。

村人たちは素直にそれを信じ込んでいたが、神官である彼は、春歌の人となりや行動を鑑《かんが》みて、疑念を持たずにはいられなかった。

とはいえ、数百年ぶりに現れた神竜から頼まれた相手なので、無下にもできず――

「なるほど、そんな事情があったのですね……」

そんな会話が展開されるそのすぐ傍《かたわ》らで、春歌が二人に恨みがましい視線を向けている。それでも、ジークリンドの視線がちらりと自分に向いた途端、目元に媚《こ》びをにじませ、哀れみを催《もよお》す表情を作った。

天晴《あっぱれ》としか言いようがない。

だが、まったく相手にされないと悟《さと》ると、絵里を憎々しげに睨《にら》みつけた。

それを見ていた予言者とライムートが呆れた声を出す。

「……あれは、反省してないねぇ」

「だろうな。ディアハラでも似たことをしていたが、懲《こ》りるということを知らんようだ。まぁ、期待もしていないが——それより、リィ。大丈夫か？」

「うん。ちょっとは落ち着いたよ」

ジークリンドが春歌らを捕縛、及び監視するために動いたのと同時に、絵里たちも場所を変えていた。

今いるのは、先程まで春歌らが陣取っていた神殿入り口だ。

立て続けに無茶ぶりをされた絵里は疲労困憊《ひろうこんぱい》で、石段に腰を下ろし一息ついていた。

「絵里ちゃん、頑張ったもんねー。いや、ホントにご苦労様でした」

やはり石段に腰を下ろした予言者もそうねぎらってくれる。そんな彼に、絵里はどうしても言っておきたいことがあった。

「……それなんですけどね、カインさん。炎竜は人は襲わないいんじゃなかったんですか？」

その前提があったからこそ、少人数で来たのだ。

あんな凶悪な攻撃があるとわかっていたのなら、もっと陣容を整えて――人海戦術でどうにかできるかは不明でも、せめて念入りに準備をすべきだった。

絵里の働きでなんとか無事に済んだものの、一つ間違えば全滅していたかもしれないのだ。

「あー、そのことね――でも僕、『基本的に』って言ったよね」

しかし、絵里の控えめ（？）な抗議に、予言者はしれっとした答えを返してくる。

「え？　そりゃ、確かにそう言っていましたけど……」

「だよね？　ってことは、事情があればそのかぎりじゃないってことにならない？　例えば、人間と対峙《たいじ》してる時に攻撃されたら、当然、炎竜にだって反撃する権利はあるよね。ものすごく腹を立てている相手が目の前に現れちゃった時とかも、さ？」

「ちょっ!?　それって、私のことでしょ？　なら、攻撃されちゃうのは当たり前じゃないですかっ」

あんまりな内容に、思わず疲れも忘れて絵里は噛みついてしまう。

確かに、きちんと確認しなかった自分も悪いかもしれないが、予言者の話し方からしてそう思い込んでも仕方のないことだ。

「まぁまぁ、いいじゃない。結果的に、あいつの攻撃は全部防げたんだ。僕もいざとなったら矢面にも立つつもりもあったしね。まぁ、結局、ライムート君たちと同じくほとんど、出番がなかったけどね。絵里ちゃん、ホントに頑張ったね、偉い偉い」

「偉いで済ませないでくださいっ！」

「……リィ。まぁ、落ち着け」

「ライまでっ？」

てっきり自分に味方してくれると思ったライムートまでも、予言者の側に回って宥《なだ》めてくる。それが意外で、絵里の勢いが若干そがれた。

「カイン殿のやり方は、俺も納得していないし、褒められたものでもないが、それでも俺たちは無事だった。無論、それで全てが帳消しになるわけもないが——考えてみると、予言者とはそういったものだ」

「おや、ライムート君も随分と物わかりがよくなったね」

「喧《やかま》しい！——いいか、リィ。予言者の話には、必ず何がしかの裏があると考えたほうがいい。どんなに些細《ささい》な発言でも、鵜《う》呑みにするとえらい目にあう——要するに、ここまで根性が曲がっている相手が一筋縄でいくはずがないだろうってことだ」

「……そう言われると、なんかものすごく納得できちゃうかも……」

「いやいや、ちょっと……ライムート君も絵里ちゃんもひどくない？　さすがに全部僕が仕込んだとかはないよ。そんなことしたら、疲れるでしょー？」

「いいからもう、あんたは黙ってろ。リィもまだ言いたいことはあるだろうが、まずはここの後始末が先だ」

そう言われ、不承不承ながら絵里は頷いた。そこに、初めて聞く声が響く。

『……忙《せわ》しないところを済まぬとは思うが、そろそろこちらの相手もしてはもらえぬだろうか？』

深く低く、落ち着いてはいるが控えめな響きを持つ声だ。

老神官と村長も含めて、この場にいる男性陣のものではなかった。

絵里は驚いて辺りを見回すが、村人らが泡を食って逃げ出した後のこの場所に、新たな人影などあろうはずもなかった。

それに、普通の人間は頭の中に直接、自分の声を響かせる真似などできない。

「だ、誰っ⁉」

『こちらだ、我だ――まだ身動きできぬゆえ、尻を向けたままなのは寛恕《かんじょ》願いたい』

「尻……？」

そう言われて、真っ先に目に入るのは、先程彼女が倒した炎竜のそれだ。

「……えっと、おそらくそうとは思うんだけど……ライ？」

巨大すぎるその『尻』をまじまじと見た後、絵里はライムートにすがるような目を向ける。

「ああ、俺にも聞こえた……カイン殿？」

その絵里の視線を受け止めはしたものの、ライムートも自分の手には余ると思ったようで、予言者の名を呼ぶ。

「あー……あはは。うん、君たちが思ったとおりだよ。とりあえず、お尻に向かって話すのもなんだし、ちょっと場所を変えようか」

対応を任された予言者が、珍しく乾いた笑いを浮かべる。

そして、先程までいた位置に——炎竜の頭のある側へ移動した。絵里たちもそれについていき、自然と正面から炎竜と向き合う形になる。

『すまぬな。もう少しすれば、頭を上げる程度はできるようになると思うのだが——』

「そこは気にしないでいいよ、絵里ちゃんが頑張ってマナ吸い取っちゃったからねー」

先程倒れた時とまったく同じ位置と姿勢ではあるが、わずかに炎竜の顔の位置が異なっていることに絵里は気がついた。頭の中に声が響くのと連動するように、金色の瞳が彼らの動きを追っていることも。

　どうやらこの声は、この目の前にいる炎竜のもので間違いない。

「ちょっと動きを止めてくれればいいなー、とは思ってたんだけどね。まさか、まったく身動きできなくするとはねぇ」

「え、えと、あの……すみません？」

『いや、謝罪には及ばぬ。元はといえば、我がしでかしてしまったことだ。詫《わ》びを入れるべきは我のほうであろう』

　その声は落ち着いて深みがあり、目の前の恐ろしげな姿をした竜のものであるといわれても、にわかには信じがたかった。

　声だけ聞けば、絵里の好みのど真ん中の素敵なオジサマとしか思えない。それくらいの美声なのだ。

「……君も、いつもそんなふうにしてればいいのにねぇ。深くものを考えずに行動するから、こういうことになるんだよ。あの子――春歌ちゃんにけしかけられて村を襲ったみたいだけど、普通、いきなり火を吐く？　吠えて脅《おど》かすくらいでもよかったんじゃないの？」

『まったくだ――これではあの「やらかし屋《フォス》」のことをあれやこれやとは言えぬわな』

「君や海竜のことなんか、こっちに転移したばかりの絵里ちゃんが知るはずないってことくらい、ちょっと頭を働かせたらわかるでしょ？」

『お主の言うとおりだ。面目《めんぼく》ない』

予言者と炎竜は親しげに会話している。お互いの認識のすり合わせや、説教じみたことを口にするその様子からも、双方が顔見知りであるのは間違いないようだ。

「……カイン殿。すまんが、そろそろ説明をしてもらえんだろうか？」

一時的に蚊帳《かや》の外に置かれたライムートが、そっと声をかけた。

「さすがに、このまま放っておかれると、こちらは対処に困るのだが……」

「ああ、ごめんねー。つい、話し込んじゃってたよ――えっと、もうわかってるとは思うけど、彼が今回の騒ぎの片棒を担《かつ》いだ炎竜だよ」

『今更ではあるが、名乗らせてもらおう。我は、フォーセラをフォスより預けられてある存在《もの》の片割れ＊＊＊である。よしなに頼む』

「あ、こらこら。君の名前は普通の人には聞き取れないって、前に言ったでしょ――彼のことは炎竜でいいと思うよ」

『うむ、そうであった。これなる予言者《カイン》の申すように、そう呼ばれるに異存はない。そして、改めて先の失態と只今のことも併せて、我の所業を深く詫《わ》びよう。そこなる春歌という娘にそそのかされたとはいえ、不用意に我の力を用いて小さき者たちの住処《すみか》を荒らしてしまった。更には、見当違いの怒りで、其方《そなた》らの体に危害を加えようとしたこと、誠に申し訳なく思う』

真摯《しんし》に謝罪されているのは伝わってくるが、それでも縦長の虹彩を持つ金色の瞳に真正面から見据えられると、その迫力に体が震える。そんな絵里の様子に気がついたのか、ライムートがそっと寄り添い肩に手を回してくれた。

「――丁寧なお言葉、痛み入る。俺はシルヴァージュ王太子ライムート・エ・ラ・シルヴァージュ、隣にいるのは俺の妻だ。炎竜殿の謝罪、確かに承《うけたまわ》った」

一手に炎竜との対話を引き受けたライムートは、さすがに一国の王太子なだけはある。礼を失せず、それでいて堂々と巨大な竜と渡り合っていた。

『王太子殿のその言、ありがたく思う』

「ただ、俺のほうもまだよくわかっていないことが多い。その話次第では、謝罪をいただいただけで済ませられなくなるかもしれんが――まずは、いくつか炎竜殿に伺《うかが》いたいことがある。貴公は、ここにいる予言者殿とは顔見知りなのか？　それと、今回のことについては、あらかじめなんらかの取り決めがあったのだろうか？」

先程の炎竜と予言者の会話を聞いていたことを匂わせつつ、ずばりと核心に切り込むライムートの様子に、絵里は惚《ほ》れ惚《ぼ》れしてしまった。

『うむ。彼とは旧知の仲である。そして此度《こたび》のことについてだが、この地に何やら多くのマナを持つ者が近づきつつあることには気がついておった。だがそれが、そこな予言者と娘御であるとまではわからなんだ。ゆえに、この場で顔を合わせるまでは互いの接触はなかった。ただ、顔を合わせた後は少々、その……けしかけるようなことを予言者に言われたのも確かだ』

「……けしかける？」

重厚な声で語られる内容に耳を傾けていたライムートが、炎竜の話を聞《き》き咎《とが》める。

「あー、それに関しては、僕から説明したほうが……」

「俺としては差《さわ》し障りがなければ、炎竜殿に話を伺《うかが》いたい」

あえてライムートがそう言ったのは、二人――炎竜と予言者の様子に、何やら後ろめたいことがあるのだと察したせいだろう。

「別に僕でもいいじゃない」

「どうしても、というのなら聞くが、その代わり一切の隠し事はなしだぞ。ついでに言えば、ごまかしや妙な言い回しで煙《けむ》に巻くのも、だ」

「……さっきのことといい、今のセリフといい、ライムート君は僕のことをなんだと思ってるのかな？」

そんなふうに愚痴《ぐち》をこぼしつつも、言われるだけのことをしてきた自覚が予言者にはあるに違いない。仕方ないといったふうに肩をすくめ、素直に白状し始めた。

「要するにね、ここまでわざわざ連れてきちゃったんだし、絵里ちゃんの見せ場の一つも必要だって思ったんだよ。だから、ちょっとこっそり炎竜に話しかけて、遠慮しなくていいから炎を吹いてみてって言ったんだ」

「は？　見せ場？　……つまり、そんなことのためにリィの命を危険に曝《さら》した、と？」

「だからそれは、さっきも言ったけど、いざとなったら僕がなんとかするつもりだったんだよ。っていうか、炎竜ったら、今はこんなふうに落ち着いてるけど、ここに着地したばっかの時は妙にいらいらしてる気配があってさー。少しばかり発散させてやらないと、素直にこっちの話を聞かない感じだったんだって」

『……それについては、まったく面目《めんぼく》次第もない』

炎竜の謝罪という名の合いの手も入ったが、それにしてもまたとんでもないことをこの予言者は言ったものである。

「ライムート君も気がついてると思うけど、彼って言葉よりも行動が先に来る質《たち》でね。やっちゃった後で反省するのが標準装備――逆に言えば、やらかした後なら、こっちの言うことも聞いてくれるし、相手にある程度の実力があるってわかれば素直になってくれるんだよ。今みたいに、ね」

今は反省しきりといった態度の炎竜は、どうやらとんだ脳筋のようだ。これでは『俺と話がしたけりゃ、まずは拳《こぶし》でかかってこいや』と粋《いき》がるヤンキーと同レベルである。

こんなものが伝説の存在かと、絵里は頭を抱えたくなった。

「……頭が痛くなってきたかも」

「俺もだな……」

「まぁまぁ、二人とも、そこまで言うと彼もかわいそうだよ」

そういう予言者も『お前が言うな』な存在である。その彼が、不意に真面目な声で続きを語り始めた。

「それに、炎を吐いて踏みつぶそうとまでしたのに、絵里ちゃんが全部防いじゃったって事実は、結構大事だと思うんだよね」

「どういうことですか?」

「炎竜《彼》が前にやらかしたことだよ。シルヴァージュや、他所《よそ》の国もいくつかあったみたいだけど、村に飛んでいって炎を吐き、そのついでにあそこのお嬢さんが絵里ちゃんに覚えてろ的なことを言ったんだったよね。その後すぐに炎竜はマナ不足でここに引《ひ》き籠《こも》ったんで、それ以上の被害はなかったわけだけど、やっちゃったことについては当然、各国に報告が行く。で、その時に上に乗っかってたのがあのお嬢さんだってのは、そのうちわかっちゃうことだと思うんだ。そうなってくると、彼女がしゃべったことで、シルヴァージュにも問い合わせが来たり、その他にもなんやかやと難癖つけられる可能性とか……いろいろあるでしょ？」

つまり、一連の事件がシルヴァージュ——ひいては絵里のせいにされかねない、ということだ。

「この国——トラインだって、自分たちが勝手に崇《あが》めているだけとはいえ、炎竜を守護神みたいに思ってる。それがシルヴァージュを襲ったっていう事実がある以上、斜め上に解釈されて戦争とか起きる可能性も皆無じゃない。そうなった時に、『一連の行動は炎竜の誤解から来たものだった』『怒った炎竜を退《しりぞ》けられるほどの力を持った者がシルヴァージュにいる』ってことを、知ってもらっているのって、大事だと思うんだよね」

この『知ってもらっている相手』というのは、この場にいる老神官や村長、さっさと逃げ出した村の男衆を指している。

トラインの調査団は確実にここを訪れるだろうから、その際に彼らの証言を取るはずだ。国の上層部に直接知らせるのに比べれば迂遠《うえん》な方法だが、きちんとした調査団の報告は、頭ごなしに他国の首脳部から説明されるより信憑性《しんぴょうせい》が増すだろう。

「……意外に、ちゃんと考えてるんですね」

「まぁ、これくらいのことはライムート君だって考えていただろうけどね」

そうなのかと絵里が目で問いかけると、ライムートが渋面を作った。

「確かに、その可能性については否定できない。だが、俺がこちらにいる間に、国元で父上たちが動いてくれているはずだ」

絵里の知らぬ間に、残留組も頑張ってくれているらしい。

「だろうねー。で、そのお手伝いも兼ねての『見せ場』だったわけだよ」

『……我のなしたことの尻ぬぐいをさせることになり、誠に相すまぬ』

「まぁ、君のやらかしはフォスに比べたらまだ回数も少ないけど――ああ、でも、次からは妙なものを拾っても、ほいほいその口車に乗って暴れたりしちゃダメだよ」

『一度、拾ったからには、きちんと面倒を見るべきだと、以前、お主に言われたが……』

「拾うだけならいいけど、その行動はちゃんと管理しなさいってことだよ――と、さて、いい加減、起き上がれる頃じゃない？」

『うむ。なんとか、その程度のマナは溜まってきたようだ』

残念な伝説二人組の話は、そろそろ終盤のようである。

予言者に促《うなが》されて、炎竜が四肢に力をこめた。一瞬、巨体がぐらりと揺らぎはしたが、なんとか無事に立ち上がる。

「いやー、やっぱり大きいね、君は」

『それもいいことばかりではないぞ――今も、立っているのがやっとだ』

先程まではほとんど同じ高さにあった金色の目に、絵里は頭上から見下ろされる。かなりの迫力ではあるが、その中身のまぬけさを知った今となっては、最初に見た時ほど恐ろしくはない。

「だろうねー。まぁ、このままほっといても住処《すみか》に戻れる程度に回復するのはすぐだろうし、もっとすれば飛び回れるようにもなるだろうけど――絵里ちゃん？」

「は、はい！」

予言者に名前を呼ばれた絵里は、ライムートから離れて炎竜へ近づく。

いよいよ、ここに来た目的の最後を果たす番だ。

「僕が渡す？　それとも――」

「私がやります――あ、あの、炎竜さん？」

『うむ。聞こえておるよ、シルヴァージュの王太子妃にして、小さき渡り人《わたりびと》よ』

彼女は予言者からも離れ、一人で炎竜と相対した。

炎竜が横に大きく裂けた口元から鋭い牙をのぞかせる。どうやらそれが彼の笑顔らしい。

愛嬌《あいきょう》を感じるよりも恐怖のほうが先に立つが、絵里は極力、気にしない努力をして先を続ける。

「カインさんから、事情は聞きました。私が海に持ち物を落っことしたのが、今回の事《こと》の発端だって。でも、それって私がこっちの世界に来てすぐ溺れかけていたとかがあったせいで……。だから、事故みたいなもので、貴方《あなた》を蔑《ないがし》ろにしたとか、そういう意図は全然ないいんです。それで、ですね――」

言いながら、上着の内側の隠しに手を入れた。そこから取り出したのは、こちらの世界ではありえない白さを誇る紙の束だ。

この旅が決まった後、シルヴァージュの王都にある神殿から持ち出して、ずっと肌身離さず持っていたそれは、絵里が向こうの世界から持ってきた後期の単位のレポートだ。

これを春歌に奪われそうになって揉《も》み合っている時に転移させられたという曰《いわ》く付きの品であり、今となっては、当時着ていた服以外で、絵里の手元にある唯一のあちらの世界の品でもある。

「海竜は、私が落としたもののマナですごく元気になったって聞いています。それって貴方《あなた》にしてみれば不公平ですよね。よかったらこれを受け取ってください。これを食べれば、貴方《あなた》も元気になりますよね？」

『確かにそうなるだろうが……よいのか？　それは、お主が元の世界を偲《しの》ぶ縁の品ではないのか？』

マナを見る力のあるものならば、そのレポートが大量のマナを宿していることがわかるだろう。無論、炎竜にもそれが見えているはずだ。

炎竜は食い入るようにそのレポートを凝視しつつ、絵里の本意を確かめてくる。

しかし、これは前もって予言者から提案されたことだ。その際ライムートたちにも同じことを、絵里は尋ねられている。

以前、ディアハラに乗り込んだのは、春歌が巻き起こした騒動を収めることが目的だったが、このレポートを取り戻したかったためでもある。

だから絵里は、とっくに心を決めていた。

「確かにそうですけど……別にこれがなければ、あっちのことを思い出せないってわけでもないんです。無理やり持っていかれて変な目的に利用されるのは嫌でも、私がちゃんと納得して渡すのは全然、大丈夫ですから」

本来は単位取得で教授に提出するために作成したものだ。元々は手元に残すつもりがなかった。

『本当に、よい、のだな？』

「はい。だから、景気よくぱくっといっちゃってください」

にっこりと笑いながら絵里がそれを差し出すと、炎竜が遠慮がちに首を近づけてきた。

間近で巨大な口が大きく開くのを見るのは、なかなか心臓に悪かったが、女は度胸とばかりにその中央――赤黒い舌の上に向かって絵里はレポートを放り投げる。

持ち運びに便利なように丸めて紐《ひも》でくくってあったために、紙の束が散らばることはない。

こんなものを食べさせたらお腹を壊さないだろうか、と、少々場違いな不安が頭をよぎった。

『そうか。ではありがたくいただこう――』

炎竜が礼の言葉を述べるのと同時に、舌が動いてその上の白い物体が喉の奥へ運ばれる。そして、ごくりと嚥下《えんげ》する音が響いた。

『……おお、これは……っ』

すぐに現れた変化は、目覚ましいものだった。

炎竜の全身は沈んだ色合いの赤茶の鱗《うろこ》に包まれていたのだが、それが一瞬、輝きを放つ。

そして、その光が消えた後は、色合いこそ元どおりだがその表面になんとも言えない艶《つや》が加わっていた。

ピクリとも動かなかった翼がばさりと風をはらみ、太い四肢の先の鉤《かぎ》づめや、長くしなやかな尾の先まで生気が満ち溢《あふ》れている。

「うわ……」

「これは……すごいな」

「……よっぽどおなかが減ってたんだねぇ……」

絵里たちは、三者三様に驚きの声を上げる。離れたところにいたジークリンドも驚愕《きょうがく》の眼差《まなざ》しでその変化を見つめていた。

『感謝するぞ。この恩は、決して忘れぬ』

「あ、いえ、恩とかそんなのは気にしないでください。それより、元気になったみたいでよかったです。これならもう、どこでも好きなところに飛んでいけますよね」

『ここまではっきりと恩に着る、と告げておるに、気にするなと返し、ただ我を寿《ことほ》ぐか――面白い、そして気に入った。小さき妃よ、これまでの詫《わ》びと感謝、そして我が親愛の情により、これより我は其方《そなた》と其方《そなた》の国の守護となろう』

『今より後、何事かあれば我を呼べ。どれほど離れていようと、其方《そなた》の声は我に届き、我は須臾《しゅゆ》の間にて駆けつけ、その敵を屠《ほふ》るであろう』

「え？　あ、ちょっと待ってください、それって……っ？」

優しい（であろう）眼差《まなざ》しを絵里に向けた後、炎竜はばさりと翼を空に打ち、そのまま飛び立ってしまう。

それはもう素早い行動で、絵里はもちろん、予言者が呼び止める暇すらなかった。

「あいつ……僕に止められるのが嫌で、さっさと言い逃げしたね……」

「俺がこんなことを言うのもなんだが……いいのか、今のは？」

「うーん……いいとも悪いとも言いがたいねぇ。だけど、実際に絵里ちゃんがあいつを呼ぶようなことはおそらく起きないから、ギリギリ許される範囲じゃない？」

「ということは、俺たちはこの後は平和に暮らせるということだな」

「あれ？　そう聞こえた？　……まぁ、その解釈は好きにするといいよ」

あっという間に米粒みたいな大きさになっていく炎竜の姿を見送っている絵里の傍《かたわ》らで、ライムートと予言者がそんな会話を交わしている。

「さて、と。そしたら、今度こそ最後の仕上げだ――」

「……は？　え？」

そして予言者は、相変わらずジークリンドに縛り上げられたまま一連の成り行きを見守るしかなかった春歌たちのところへ、足を運んだ。

「えーと、春歌ちゃんだったかな。いろいろ画策したみたいだけど、結局こうなっちゃったよー。残念だったね」

もがもがと猿轡《さるぐつわ》をはめられたままの春歌が、何事か文句を言ったようだが、当然、言葉にはならない。

見ていた予言者は、最後の情けというわけでもないだろうが、ジークリンドに合図をしてそれを外させた。

「っ……あんたたちっ、どうして私の邪魔をするのよっ！　あいつも……私の味方のはずだったのに、なんで……なんで、加賀野さんばっかりいい目見てるのよ、ずるいじゃないっ！」

途端に春歌は大声でわめき始める。その根性は大したものだといえるかもしれない。

「ずるいって言われてもねー。頑張ってる子は応援したくなるもんだし、我儘《わがまま》ばっかり言ってる子は嫌われる、それって普通でしょ？」

「わ、私だって頑張ってたわよっ！」

「うん、だけど自分のためだけに、だよね。まぁ、それでも、別の方向に向かってであれば——例えば、預けられた神殿で努力して反省してるって示したりしてたら、また違ったことになってたのにね?」

「……どういう意味よ?」

「だからさ。ディアハラの今の王様も、春歌ちゃんの境遇には多少、同情するところがあったってことだよ。君だって突然、界渡《かいわた》りさせられた被害者であることは間違いないからね。しばらく神殿で反省してもらったら——前の王様一族の、まだ若くてやり直しがききそうな息子たちだけでも解放して、春歌ちゃんと一緒に、どこかの小さな領地でも与えて暮らしてもらってもいいかなー、なんて思ってたみたいだよ」

なぜ予言者が他国のそんな内部事情を知っているかについては、もう今更なので、絵里たちは誰も追及しない。春歌も、そこまでは頭が回らない——というよりも、告げられた内容に呆然とするのに忙しい様子だ。

「な、何よ、それ……そんなこと、一言も……」

「そりゃそうでしょ。それを言ったら、ホントに反省してるのかどうかわかんないじゃない——ま、それももう、過ぎたことだよね。こうなっちゃったからには、国同士の話し合いが必要ではあるだろうけど、おそらく、春歌ちゃんはこのままずっと、この神殿で暮らすことになるだろうからね」

「はぁっ⁉」

希望を持たせてから突き落とす——相変わらず性格の悪さがにじみ出ている予言者の言動だが、相手が春歌となればこの場にいる誰も同情しない。

「まぁ、それが妥当なところだろうな——トラインにしても、他国まで噂の流れた『竜の巫女《みこ》』が偽物だったとは言いたくないだろう。となれば……」

「ディアハラの時以上に厳重に監視をつけた状態で、一生、ここに飼い殺しが妥当ってとこだろうねー」

「な、何よそれ……嘘でしょ？　こんな何もないド田舎で、一生……？」

がっくりと肩を落とし、完全に打ちひしがれたその様子に、絵里だけはわずかに哀れみを感じる。それでも、それほど悪い扱いにはならないはずだ。「巫女《みこ》」として暮らせるのだから。

彼女のしでかしたことに比べれば、まだ温情ある措置《そち》であるのは絵里にも理解できていた。

「そこの神官さんには、この先も彼女のことをお願いすることになるだろうけど——」

「……尊い巫女《みこ》様という触れ込みに、その行動をお諫《いさ》めできずにいた私にも責任の一端はございましょう。老い先短い身ではありますが、確《しか》と承《うけたまわ》りました」

「もうしばらくすれば、トラインと――それからシルヴァージュの人がやってくると思うから、説明もよろしくね――ってことで」

　そこまで告げたところで、予言者が改めて絵里とライムートに向き直る。

「絵里ちゃん、それからライムート君、ホントにお疲れさまだったね」

「あ、いえ。カインさんのおかげです。それともちろん、ジークさんも」

「……なんだ今更、改まって。もしかすると、まだ何か企んでいるのか？」

　見事に対応の分かれた夫婦だが、その各々《おのおの》の態度がまた予言者には心地いいらしく、彼は目を細めた。

「ほんとに君たちはいい子だね。だから、これは僕からの最後のご褒美だよ――ジークリンド君はシルヴァージュの飛竜が着いたら、それで戻ってもらうから、君たちだけは一足先に――」

　予言者の言葉と同時に、二人の体が淡い光に包まれる。

　絵里はただ目を丸くし、ライムートは自《みずか》らの体に起きた変化に身構えた。

「今までほんとにお疲れさま。それと、さようなら、だね――もう会うことはないだろうけど、家族みんなでずっと仲よくね」

　予言者がそう言い終えると、光が一層強くなる。

目を焼くほどのその光量に、絵里はたまらず瞼《まぶた》を閉じ——もう一度開いた時には、二人を包む風景は一変してしまっていた。

第七章　今度こそ本当の大団円

品のいい壁紙が張られ、豪華で格調高い家具がそこかしこに置いてあり、扉には精緻《せいち》な彫刻が施《ほどこ》され、窓を覆《おお》うカーテンもどっしりとした上等の品と思《おぼ》しき、部屋。

自分たちを包む光が強く輝いた直後、絵里とライムートは見慣れた、それでいてここしばらくは目にしなかった、そんな類《たぐい》の一室にいた。

「……ライ、ここ、どこ……？」

「わからん。だが、とりあえず危険はなさそうだ」

まったく前触れなしに周囲の風景が変わり、さすがのライムートも状況を把握し損ねているらしい。油断なく辺りを見回している。

「ねえ、今のって……」

「カイン殿の仕業、としか思えんな。おそらくだが、転移魔法というやつだろう。本人も何度か使っていたようだし……」

一瞬にして、異なる場所に移動した。

テレポーテーションとか、瞬間移動とか、そんな名称は絵里も知っていたが、実際にそれが可能だとは驚きである。

だが、絵里の世界では夢物語の中だけのことだとしても、魔法があるこちらでは案外普通のことなのかもしれない。そう考えていると、それはすぐに否定された。

「言っておくが、伝説級の魔法だぞ」

「あ、やっぱり？」

とはいえ、つい先程まで同じような『伝説級』の存在と向き合っていたのだ。

本来ならばもっと驚いたり感動したりするべきなのかもしれないが、絵里もライムートも一般的な感覚が鈍《にぶ》くなっている。驚き騒ぐより先に、ここが何処《どこ》であるかに注意が向かった。

「ライにも心当たりはないの？」

「ああ……だが家具や彫刻を見るかぎり、シルヴァージュではあるようだな。どこぞの屋敷の一室、といったところだが……」

ライムートは、伊達《だて》で王子稼業をやっているわけではない。国ごとにわずかに異なる家具の意匠《いしょう》により、大まかな場所を読み取ることができたようだ。

しかし、それ以上となると、現状では無理があった。

この場合、人気《ひとけ》がないのはいいことなのか、尋ねる相手がいない不都合が勝るのかわからない。――不審な侵入者やコソ泥の類《たぐい》と思われる可能性もある。

動くべきか、動かざるべきか。

迷った挙句に、とりあえず部屋の外に出ようと二人が思ったところで、足音が近づいてくる。

「リィ、俺の後ろに――」

「う、うん」

逃げ出すことも考えたが、あの状況で予言者が二人をまたしても危険が待ち受けるところへ送り込んだとは思えない。

固唾《かたず》を呑んで、足音の主を待ち構えた。

二人が予想したとおり、それはこの部屋の扉の前で立ち止まる。ノックもなしにドアのノブがガチャリと回り、押し開けられた。

「え？　……ディアッ？」

ドアを開けたのは、絵里たちの行動を偽装するために、王家の離宮にいるはずのディリアーナだった。彼女は驚愕《きょうがく》の声を上げる。

「え、絵里様っ!?　どうして――」

「……ここは、もしかしなくとも、うちの離宮か？」

ライムートが安堵《あんど》の声をもらした。

驚かれはしたが、今、自分たちが何処《どこ》にいるのかがわかったのはありがたいことだ。

だが、直後、大変なことを思い出す。

「くせものっ！　絵里様から離れなさいっ」

「え？　ち、違うのよ、ディアッ、この人はライなのよ！」

すっかり見慣れていたために絵里が気がつかずにいたのだが、なぜか『事《こと》が済んだ』後だというのに、ライムートの姿は元に戻っていなかった。

「……畏《おそ》れながら、絵里様。こちらの方は、本当にライムート殿下でいらっしゃるのですか？」

「確かに、国王陛下とよく似てはおいでですけど……絵里様？」

「ホントにホントだから！」

ディリアーナがいるのならば、当然エルムニアもいる。ディリアーナの後ろから、エルムニアも出てきて訝《いぶか》しがった。

「そういえば、旅に出る前、ライとディアたちって、顔を合わせていないんだっけ……」

「こちらの離宮へ急にお出向きになられることになったということで、私たちはそちらの準備にかかりきりでございましたので……」

絵里たちが、ディリアーナとエルムニアを信用していなかったわけではない。

しかし、事情を話せばジークリンドと同じように二人ともついてきたがるに決まっている。あれ以上、一行の人数を増やすのは躊躇《ためら》われ、一連の事情は後になってから知らせることにしたのを、絵里は思い出す。

「ラーレ女官長より、ある程度のご事情は承《うけたまわ》っておりましたが……」

「ホントにホントにっ！　この人はライだからっ！」

エルムニアは比較的素直に事実を受け入れてくれたが、ディリアーナはその慎重な性格もあって本心からの納得を得るまでに、かなりの手間を要した。

「ご無礼の段、平にお許しください——ところで、殿下、絵里様」

それでもなんとか得心してもらえたところで、有能な侍女の本領発揮となる。今までの非礼を詫《わ》びた後、ディリアーナが生真面目《きまじめ》な表情で口を開く。

「すぐに湯殿のご用意をいたします。まずはその汗と埃《ほこり》、それから土まみれのお体を清めていただきたく存じます」

彼女の言うとおり、確かに二人とも入浴が必要だった。

一時間後。

絵里はともかく、ライムートの今の体格にあう着替えを用意するのは些《いささ》か大変だったようだ。それでも湯浴みを済ませてこざっぱりとした格好になったところで、食事が出てきた。

昼には遅く、夕食にしてはかなり早い時間帯ではあったが、それなりのボリュームのある料理を二人ともに旺盛《おうせい》な食欲で平らげる。

何しろ、昨夜から携帯食しか口にしていない。湯気の立つ温かな料理はご馳走だ。

そうして、食事を終えた今、室内には絵里とライムート以外の人影はない。

久しぶりに顔を合わせたディリアーナとエルムニアも、軽い酒肴《しゅこう》を用意してくれた後は、そそくさと下がっていった。

何せこの若い二人は――現時点で片方がむさいおっさんに変じているとはいえ、まだまだ新婚なのである。

「――それにしても、ジークさんを一人でおいてきちゃったけど、大丈夫かな？」

「あの状況で、俺たちにどうしろと？　……実際のところ、最低誰か一人は残って、後始末をする必要があったしな」

酒の瓶《びん》と肴《さかな》が並んだテーブルを前に、並んでソファに腰を下ろしている二人の会話は、新婚夫婦にしてはかなり色気のないものとなっていた。

「カイン殿は、すぐに飛竜が来るような口ぶりだったし――最初にあそこへ着くのが何処《こ》の国のものになるかはわからんが、ジークならなんとかするはずだ」

旅立つ前は頑として飛ぼうとしなかった飛竜だが、予言者がそう言ったのなら飛ぶのだろう。それが使えるようになれば、馬で二十日近くかかる距離も二日あれば到達できる。

シルヴァージュのほうはともかく、トラインへの対応は難しいものがあるかもしれないが、そこはライムートの右腕であるジークリンドだ。能力は折り紙つきだし、彼の持つ旅券は何処《どこ》に出しても立派に通用する正規の品であるので、そういう意味でもうってつけの役割ではあった。

「そこまで考えて、カインさんはジークさんを連れていくのに賛成し――最後は、私たちだけを飛ばした、とか?」

全てを見通した上での選択だったのか、それとも単なる気まぐれがいい方向に働いたのか。

その答えを知るのは本人だけだが、その彼に問いかけることはできない。たとえ尋ねても素直に答えてはくれないはずだ。

「もう、会えないのかな……」

「さて、どうだろうな――もっとも、俺としては是が非でも、もう一度、出てきてほしいところなのだがなぁ……」

「え？　なんで……ああ」

ため息混じりのライムートの言葉に質問しかけた絵里だが、すぐに納得する。

「うっかり元に戻すのを忘れてた、とか？」

絵里にとってはうっとりするほど素敵なライムートの姿なのだが、これは現在の彼のものではない。

おかげで先程も、ディリアーナに不審者扱いされてしまった。

「ないな。リィもわかって言ってるだろう？」

「う、うん……」

あれだけ用意周到さを披露していた予言者が、その中でも大事な案件であるこのことだけを忘れていたとは、絵里も思っていない。

「だったら……時限式で、一定の期間が過ぎれば元に戻るとか？」

「そちらのほうがまだ可能性がある……そうだとしたら問題は、それが『いつ』なのかということだな。当初の予定よりもずっと早くシルヴァージュに戻ってこれたというのに、これではろくに身動きがとれん」

ライムートがそう嘆くのも、王太子という立場を考えれば当然だ。

旅の間はあえて王城との連絡を取らずにいたので、国元がどうなっているか気が気ではないのだろう。

ディリアーナやエルムニアは有能な侍女ではあるが、国政に関することには一切関与していない。彼女たちから情報を得るのは無理だ。

侍女たちよりも確実に多くの情報を得ているはずのラーレ夫人は、生憎《あいにく》と今は不在で、明日戻る予定になっているらしい。

「まぁ、どのみちこの時間からでは動くに動けん。なんにせよ、明日になるのを待つしかないな」

「うん。それにライも疲れてるでしょ。今夜はまずはゆっくり休まないと」

「それはリィも同じだろう。今更だが、よく頑張ってくれたな」

何度も聞いたねぎらいの言葉ではあるが、やはり国に戻ってこられた後というのは大きい。

旅の間も何くれとなく気遣ってもらっていたし、それほど無茶な旅程でもなかった。本人も無理をしていたつもりは毛頭ないが、それでもこうしてライムートからかけられた言葉に、絵里の胸中に熱いものがこみあげた。

「ライ……」

思わず、隣に座る彼にぎゅっと抱き着く。

「……すまんな。せっかく戻ってきたというのに、愚痴《ぐち》ばかり聞かせた」

「ううん、気にしないで」

絵里の髪や背中を、ライムートが大きな手で優しく撫でてくれる。

ゆっくりと二人きりで過ごせるのは、本当に久しぶりだ。

宿でも二人部屋ではあったが、同行者や他の客室の存在が頭の片隅にあり、どうしても王太子宮の自室にいるようにはいかない。常に他人の耳目、気配、足音などを気にしている状態で、完全に寛《くつろ》げていたはずがないのだ。

「ライの手……すごく気持ちいい」

「そうか？　だったら、もう少しこうしていよう。眠ければ寝ていいからな」

まだ宵《よい》の口ではあるが、風呂も食事も済ませている。

絵里も緊張の糸が切れて、長旅の疲れがどっと出ていた。

寝入った彼女の体を寝台に運ぶくらい、ライムートにとっては容易《たやす》いことだ。

そうライムートに告げられ、絵里は言葉を返す。

「だったら……今、運んで？」

「……リィ？」

「だって……この間は、その……」

抱き着かれたままなのでその顔を見ることはできないだろうが、絵里の耳は赤くなっている。この状態で『この前』と言われて彼が思い当たるのは、一つしかなかった。

＊　＊　＊

「――リィも随分、大胆になってきたな」

ライムートは甘えるような絵里の仕草に口角を上げた。

一度だけ、旅の間に可愛がってはいたが、たとえ高級な宿の上質な客室でのことだったとしても、他人の気配は気になる。思う存分とはいかなかった。

「……大胆すぎちゃダメ？　そういうのって、ライは嫌い？」

「いや。大歓迎だ」

国の状態は気になるし、絵里の体調や自分のこの体のことも、もちろん気がかりではある。

だが、それはそれ、これはこれ、だ。

どれ一つとして、可愛らしい妻のおねだりを断る理由に、断じてなりはしない。

「リィ……」

まずは手始めに、自分に抱き着いて伏せたままの絵里の顔を上げさせ、その額《ひたい》にそっと口づけた。そこから目じり、瞼《まぶた》の上、頬へ唇を移動させると、絵里が小さな笑い声を上げる。

「ライの、髭《ひげ》、くすぐったい……」

「……そういえば、剃《そ》るのを忘れていたな」

浴室には鏡も剃刀《かみそり》もあったはずだが、ライムートは手に取ろうとは思わなかった。無意識ながらも、これが自分の顔だと思っていたのかもしれない。

「そのままで――ううん、そのままがいい」

「ああ、あの頃も……こう、だったからな」

わざと髭《ひげ》を擦《こす》りつけるようにしながら口づけつつ、華奢《きゃしゃ》な体を両腕で抱き上げる。

少々反動をつけながらではあったが、絵里を抱いたままソファから立ち上がった。

肉体年齢が四十路《よそじ》を過ぎている今なら上出来の部類だ。

数歩の距離を移動し、寝台に絵里の体を寝かせると、上から覆《おお》いかぶさる。この前と同じだが、あの時よりも二人の周りの空気は明らかに甘い。

「ん……ラ、イッ」

チュチュッと、音を立てながら何度も唇を合わせる間に、絵里がライムートの名を呼んだ。

「好き……いっぱい、好き、よ?」

「ああ。俺も、だ——リィ」

思いの丈を込めて口づけ、優しくその体を覆《おお》う布を排除していく。

一枚、また一枚とはぎ取るごとに、恥ずかしそうに身をよじる絵里の様子が、たまらなくライムートの熱を煽《あお》った。

「あ、ライ……んっ!」

小ぶりな、と言うと絵里は怒るが——その胸のふくらみをそっと掌《てのひら》で包み込む。すると、口づけをかわしていた時以上に甘い喘《あえ》ぎが絵里の口から洩《も》れた。

軽く触れただけなのに、敏感な反応を返すそこは、ライムートにとって、これ見よがしに大きすぎる胸よりもよほど魅力的だ。何よりも、その手触りが素晴らしい。

「ああっ……あんっ」

ピンと張りつめた頂《いただき》の小さな果実に口づけを落とすと、更にその声が甘く高くなった。

「今からその様子だと……最後までもたんぞ?」

「っ……いい、からっ！　んっ……も、もっと、ぉっ」

何がいいのか、そして何がもっと、なのか。

先に誘ってきたことといい、いつもは喘《あえ》ぎ声すら恥ずかしがる絵里が、今夜にかぎり妙に饒舌《じょうぜつ》なのは、飢えているからのようだ。

何に？　決まっている、ライムートに、だ。

「もっと――あ、あんっ、いっぱい、触っ……んんっ！」

触れられるだけでは満足できなかったのか、彼女が覆《おお》いかぶさっているライムートの首に手を回し、自分から胸の頂《いただき》を硬い胸板に擦《こす》りつけるようにする。

しがみつかれる形になり、腕を動かしにくいが、ここまで積極的になられては、ライムートとしても張り切るほかない。

華奢《きゃしゃ》な背中に片腕を回し、胸を反らすような姿勢を取らせ、硬く色づいた先端をきつく吸い上げた。

もう片手は、下から掬《すく》い上げる形で胸のふくらみを包み込む。細心の注意を払いつつ全体を捏《こ》ねるようにして揉《も》みしだいた。

先端を指の間に挟み込み、摘まみ上げては、刺激する。

「あ、んっ！　あっ……きも、ち……いっ」

大きさを気にする絵里は、実は胸を弄《いじ》られるのに非常に弱い。弱いからこそ気にするのかもしれないが、こうされるのが好きなこともまた事実。

ライムートはそれを十二分に承知していた。

左右交互に唇と手で愛撫を繰り返してやるうちに、次第に彼女の喘《あえ》ぎ声が切羽詰《せっぱつ》まったものになっていった。

このまま胸だけでイかせてもいいのだが――背中に回していた手を引き抜き、それを下へ移動させる。

細くくびれた部分を通り過ぎ、女性らしい曲線を描く腰から更にその下へ――

「あっ……や、んっ！」

脚の付け根にあるその場所は、すでに蜜を滴《したた》らせていて、指先で触れただけで湿った音を立てた。同時に絵里が甘く啼《な》く。

更に花弁に触れるか触れないかの、ぎりぎりの距離で何度かそこをなぞってやると、熱い液体が奥から新たに溢《あふ》れてきた。

「リィ……」

ライムートの唇は、まだ絵里の胸の先端を含んだままだ。その状態で名を呼んだので、舌と歯が不規則な刺激を与え、絵里の体にさざ波のような震えが走った。

「あ……あ、やっ……あ、い、いいっ」

とはいえ、ライムートの左右の手、そして唇も、まだそれほど強い快感は与えていない。

それなのに、絵里の全身はほの赤く上気し、滑《なめ》らかな肌はしっとりと汗ばんできていた。

「ああ、ライ……気持ち、いい。すご、く――気持ち、い――っ」

「……まったく。困った奴だ……」

そんな様子を見せつけられるライムートは、苦笑するしかない。

彼の下半身もそろそろ準備万端整いつつあるのだが、あまりにも絵里が気持ちよさげなために、この先に進むのを躊躇《ちゅうちょ》した。

だが、いつまでもそのままではいられない。

絵里には悪いが、ほんの少しだけ、指による下肢の間への刺激を強め、同時に軽く胸の頂《いただき》へ歯を立てる。

「ひ、ぁ!? ――ん、んーっ！」

案の定、絵里はそれだけでイってしまったようだ。

とぷりと花芯から溢《あふ》れた蜜が手指を濡らす。

胸の頂《いただき》――というよりも、全身を細かく震わせながら、絵里が更にぎゅっとしがみついてきた。

「は、ぁ……ラ、ライ……っ」

元々敏感な彼女でも、これほど激しい反応を示すのは珍しい。

そのことを喜ぶ余裕もなく、今は一刻も早く彼女のナカに入りたかった――そうでなければ、いつ暴発してしまうか知れたものではない。

今夜の絵里は、ライムートをそこまで追い込むほど魅惑的なのだ。

しかし、さすがになんの準備も施《ほどこ》さずに、絵里の内部に入れるわけにはいかない。

いつもなら、それも楽しい作業ではあるのだが、今日ばかりはもどかしかった。

そそくさと体の位置を変え、絵里の下肢の間に陣取ると、膝《ひざ》の裏に手を差し入れて持ち上げる。

恥ずかしいところが丸見えになる姿勢だが、今の彼女にそれを気にする余裕はない。

イったばかりで敏感になっている花弁をねっとりと舐め上げてやると、またも甘い声を上げた。

「あ、ん、んっ……っ」

ライムートは、ひきつるように震える体を引き寄せ、ソコに顔をうずめるようにしながら濃厚な愛撫を施《ほどこ》していった。

尖らせた舌先で花芯を抉《えぐ》り、少し上にある小さな突起にも舌を這わせて、強くすすり上げる。

そして、熱く狭い中心へ指を埋め込み、ぐちゅぐちゅと淫猥《いんわい》な水音を響かせて、出入りさせた。

「は、あっ……ああっ、ひ、あんっ！」

親指の腹でふくらんだ突起をくりくりと円を描くように刺激してやる。すると絵里が、ひときわ高く啼《な》いた。

その甘い声を心地よく聞きながら、更に指先に熱を込めていく。

もどかしいだのなんだのと思った割には、それらの行為を楽しく感じている自分に、内心苦笑しながらも、埋め込んだ指の数を増やし、激しく出入りさせた。

合間に、ナカでバラバラに動かしてやると、その刺激で絵里が追い詰められる。

「ああっ、やっ、も……っ！」

敏感な部分ばかりを弄《いじ》られた彼女は、甘く啼《な》きつつ身をよじり、必死の様子で手を伸ばす。自分のソコからライムートの頭を引きはがそうとした。

「もう……なんだ、リィ？」

素直にその要求に応《こた》えてライムートは顔を上げる。手指の動きもいったん止め、次の言葉を待った。無論、彼女が言いたいことなど百も承知だ。それでもここは、直接その口から聞きたい。

「もっ……それはいい、からっ！　早く、きて――っ！」

その一言を待っていた。

まだ一度しかイかせてやってはいないが、それでももう我慢の限界に近い。

鼻先や顎《あご》を濡らしていた蜜を手の甲でグイと拭《ぬぐ》った後、手早く着衣を脱ぎ捨てる。そうして、体を起こしてライムートは、硬く立ち上がっている己の分身を絵里の中心へ擦《こす》りつけた。

ふくらんだ笠の部分や、太い幹にもたっぷりと蜜をまとわせ、狭い入り口へぴたりと先端を宛てがう。そしてゆっくりと腰を進めていった。

「ん、ぅ……っ」

何度受け入れても、この瞬間――張り出した先端が入り口を押し広げる一瞬、絵里は必ず苦しげに息を止める。

彼女のソコに比べてライムートのモノが大きすぎるからだ。

けれどそれは、その一瞬のみで、緩やかな前後運動を繰り返しながら奥へ進み、ライムートが根元近くまでを収めきる頃には、絵里は甘い喘《あえ》ぎを洩《も》らし始める。

「ああ……リィ……」

先端をきつく締めつけられ、絵里のナカにほぼ全てを収めきったライムートは、安堵《あんど》と快楽のため息を洩《も》らす。

熱く柔らかな内壁がやわやわと搾り上げにかかってくる感覚は、これまでに彼が抱いたどんな女からも得られたことのない快感をもたらしてくれた。

「くっ……動く、ぞっ」

「う、ん……きてっ。いっぱい――ライを、ちょうだ……い?」

切れ切れに彼を請《こ》う絵里は、やはりいつもより口数が多い。

喘《あえ》ぎ声や、快感で涙のにじんだ眼差《まなざ》し、誘うようになまめかしくくねる腰の動き――それだけでも十分、ライムートを求める気持ちが伝わるのに、乱れた呼吸の合間に言葉も紡《つむ》いでくれる。

最初はゆっくりと、根元までを呑み込ませたモノの先端で、奥の壁をコツコツとノックすると、薄い腹にさざ波に似た震えが走った。

この世界の基準からいえば、絵里の体はどこもかしこも小さい。下手をすれば年端もいかぬ少女に間違われるほどだ。けれどこうしてライムートの下で喘《あえ》いでいる様子を見れば、それが間違いなのがわかる。

彼女はその魅力でライムートを誘えるほどに、きちんと花開いた大人の女性なのだ、と。

「っ、は……ぁんっ」

甘い声を上げる絵里をもっと乱れさせたくなるのはいつものことだが、先程から煽《あお》られまくっている今夜は少々ライムートの勝手がくるってきている。

自制心を総動員しなければ、華奢《きゃしゃ》な体を抱き壊してしまいそうだ。

今すぐにでも激しく腰を打ちつけたくなる衝動をなんとかこらえつつ、ライムートは緩やかな動作で腰を引いた。

抜け落ちるぎりぎりまで戻したところで、先程より少し強めに突き入れ、また抜き去る動作を幾度か繰り返す。

その度に絵里が切なげに啼《な》いた。

「あっ、ラ……イ、ぃ……っ」

彼にしてみれば、じれったいにもほどがある動きだが、絵里はこんな穏やかな行為も好きらしい。

うっとりと瞼《まぶた》を閉じ、ライムートが与えた感覚に酔いしれている。

小さな蜜口からはとめどなく熱い蜜が零れ落ち、繋がり合った部分から肌を伝って、シーツに染み込んでいく。

彼を呑み込んでいる部分も、蜜のぬめりを借りて柔らかくなり、従順に彼の動きを助けてくれた。

奥歯を食いしばりながらしばらくそれを続けていたライムートだったが、十二分に絵里のソコが蕩《とろ》けてきたのを感じとり、いよいよ本気を出す。

繋がり合ったまま、わずかに体勢を変え、ほとんど真上から絵里の中心に向けて腰を打ちつけた。

いつもならこの体勢になるのはもっと後なのだが、いきなり激しい行為になったのは、それだけライムートに余裕がなかったからだ。

「ひっ……やっ、はげ……しっっ」

奥までいっぱいにし、すぐにまた引き抜く。

先程までの穏やかなものとは打って変わった激しすぎるその動きに、絵里の腰が無意識に逃げを打つ。

ずり上がろうとするその体を、ライムートは手で引き戻した。

「んんっ！　あ、やっ……ま、ってっ、も……ゆっく、り……ぃっ！」

絵里の懇願《こんがん》する声を、口づけで封じる。

大きく体を傾け、口づける姿勢は彼にとっても苦しいのだが、それに構わず激しい抽挿を続けていく。

ライムートだけが知る、彼女の悦《よ》い場所を狙い、何度も突き入れた。そして、あっという間に絵里を追い詰めていく。

「あ、つぃいっ……やっ！　ナカっ、擦《こす》れ、て……っっ」

噛みつくような口づけはすぐに終えたが、自由に動けるようになったその分、ライムートの動きに拍車がかかる。

細い両脚を脇に抱え込み、全身を引きつけるようにして何度も深く、激しく穿《うが》った。敏感すぎる内部の粘膜を擦《こす》り、かき回し、ぐちゅぐちゅと泡立った蜜が繋がりあっている部分から溢《あふ》れ出ても、まだ止めない。

まるで何かに急《せ》き立てられるような、こんな激しい欲を、ライムートは今まで感じたことがなかった。

実のところ、年齢を加算されている腰に鈍《にぶ》い痛みが走っているのだが、その痛みを凌駕《りょうが》する快感に、止めようにも止まらない。

絵里がいつもの絵里ではないように、ライムートもいつもの彼ではなかった。

ただひたすら、熱く狭い蜜洞を蹂躙《じゅうりん》していく。

体位を変えることすら思いつかず、絡みつく粘膜の圧力に耐えて激しい抽挿を繰り返し、自分と絵里の快感を最高潮まで高めていった。

「っ、っ！　……っ、ラ――っ、っ」

もう、絵里は声も出せない様子だ。ただ、それでも、乱れた荒い吐息のその中で、かすかにライムートの名を呼ぶのが聞こえる。

「リ、ィ……くっ、っっ」

ひたすらに自分を求める愛しい妻に応《こた》えずして、どうして夫を名乗れよう。

限界ぎりぎりではあったが、それでもライムートは自身の自制心と忍耐力の全てを動員し、絵里を『その先』へと連れていった。

快感を十二分に引き出すため、激しい動きはそのままに、わずかに突き入れる角度を変え、知りうるかぎりの彼女が顕著な反応を示す部分に狙いを定める。

「っ！　ひ……つっっ」

ひくりと、薄い腹がひきつるような動きを見せた。声にならない快感が絵里の口から零れ落ちる。

まだ、この先があるのか探るような感情が、絵里の涙に潤《うる》んだ瞳にちらついた。そんなことを考える余裕がまだ彼女に残っているのが妙に腹立たしい。

――全てを忘れるほどに乱れさせてやりたい。

ここまで自分を煽《あお》ってくれたのだ。

ならば、それ相応のご褒美を与えてやるべきである。

不自由な体勢ながらも手を伸ばし、ナカを穿《うが》つ動きに合わせて、小さな宝珠を刺激してやった。敏感になり切ったソコを弄《いじ》られた絵里は、呼吸を乱し、更に切迫の度合いが増したのがわかった。

ハクハクと、ただ吐息のみを繰り返す彼女の唇の端からは、呑み込みきれなかった唾液が零れ落ちる。

切羽詰《せっぱつ》まった光を宿した瞳が、『もう許してほしい』とでも言いたげにライムートを見つめてきた。それに構わず、ライムートが愛撫を続けると、すぎる快感に絵里の瞳の焦点が合わなくなってくる。

見開いた瞳は、彼を映してはいるものの、意識に残っているのかどうか、定かではない。

そんな激しい行為にもかかわらず、絵里の表情に苦痛の影はなかった。全てを受けとめて快感に変換しているようだ。

すがるものを求めてシーツの上を彷徨《さまよ》っていた腕も、先程から力なく投げ出されたきりだ。

そして彼を受け入れている部分は、もっと、とでもいうように、微妙に蠕動《ぜんどう》しながら絡みつき、彼のモノを絞り上げた。

「くっ……こ、の……っ」

ほんの一瞬でも気を抜けば、その瞬間にライムートも暴発してしまうだろう。

背中といわず、腕といわず、全身から汗が噴き出す。

奥歯を食いしばりつつ、尚も絵里を高みへと押し上げるライムートの表情には、鬼気《きき》迫《せま》るものがあった。

「っ……っ、イっ……っっ！」

そんな苦行じみた努力のおかげか、しばらくして、彼の目の前で絵里の体がきつく強張る。

内部の圧力が増す中、ライムートは秘められた最奥の壁を、ぎりぎりまで収めた自身の先端で、グリグリと更に強く圧迫した。奥にある子を宿すための器官が物欲しげに蠢《うごめ》くのを感じる。

その瞬間を狙い定め、ライムートは抱え上げていた絵里の両脚を放り出し、互いが隙間なく重なり合うよう華奢《きゃしゃ》な体を抱きしめた。

待ちかねていたかのように、絵里の手もライムートの背中に回され、細い脚が逞《たくま》しい腰に巻きつく。

「っ、っ！」

最奥の壁——子宮の入り口に己の先端をねじ込むようにライムートが腰を使うと、隙間なく包み込んでいた熱い粘膜がうねり、彼を搾り取りにかかった。

今度こそ、その動きに自身をゆだねた彼の閉じた瞼《まぶた》の裏に、白い閃光《せんこう》が走る。

下腹で快感が爆発し、自分のソレが容積を増したのを感じた直後、先端からたたきつけるような勢いで欲望がほとばしる。

その放出は、ライムート自身も驚くほど長く続き——それと同時に、絵里もまた絶頂を極めたらしかった。

抱きしめた腕の中で、彼女の体が白魚が飛び跳ねるのに似た動きを見せる。

その内部は彼の欲望の全てを受け止め、貪欲《どんよく》に最後の一滴までも搾り取った。

同時に頂点に至った二人の体が、互いをきつく抱きしめる。先に自分が、それから少し遅れて絵里の体が弛緩するのを、ライムートは意識の片隅で感じていた。


——そうしてしばらくの間、二種類の荒い息遣いが、静かな室内に響いていた。


「……リィ、大丈夫、か？」

体力を根こそぎ持っていかれたような、特有の倦怠感《けんたいかん》に眉を顰《ひそ》めつつ、ライムートは絵里に声をかける。

同時に、自分の体の重みで彼女を押しつぶしていたことに気がつき、慌てて身を引いた。

「リィ？」

「ん……大丈、夫」

重ねて呼ぶと、まだまだ呼吸は荒いながらも、小さく返事が戻ってくる。どうやら、意識はあるようだ。

だが、その声がかなりかすれてしまっているのは、隠しようがなかった。

「すまん、重たかっただろう？　それと、喉は大丈夫か？」

大の男の自分がこれほどに疲労しているのだ。体力的に劣る彼女にどれだけ無理をさせたのか。

いつものことではあるといえ、己の所業を省《かえり》みて、ライムートは慌てた。

「水を飲むか？　それとも他のもののほうがよければ……」

汗をかなりかいたはずだということに思い至り、そう尋ねてみる。

「ううん、いい――それより、もうちょっと、だけ……」

すると絵里は、そんなことを言いながら、甘えるようにそっとしがみついてきた。

珍しいこともあるものだと、彼は穏やかな気持ちでそれを受け入れる。

普段であれば、第二ラウンドになだれ込むのだが、今日に限ってはその気になれそうもない。

やはりこれは、この肉体のせいだろうか――そう彼が思うのとほぼ同時に、隣で絵里がささやかなお願いを口にした。

「ね、ライ？　もうちょっと、こうやって、お話してて、いい？」

自分の胸に顔をうずめるようにしながら、恥ずかしそうにねだってくる姿は、まるで頑是《がんぜ》ない子どものようだ。先程、あの痴態《ちたい》を披露していたのと同じ人間とは到底思えない。

そんな妻の様子に愛おしさが募《つの》る。

「ああ、構わんが……どうした。今夜はえらく甘えん坊だな？」

からかうような口調になるが、勿論、その願いは叶えた。このくらいでいいのなら、いくらでも与えてやりたい。

「そう、かな？　なんか今夜は、このまま眠るのが、もったいない感じがしちゃって……」

「確かに、こんなふうにリィと話をするのは珍しいな」

そこまで口にしたところで、ライムートにはふと気づいたことがあった。

珍しいどころか、夜にゆっくりと会話を交わすのは初めてのことかもしれない、と。

何しろ、いつもならもう一度――二度か三度の時も多かったかもしれないが――頑張っている最中のはずなのだ。

そう考えると、何やら自分がひどくがっついていた気がする。

「どうしたの？」

思わず苦笑が洩《も》れ——その気配に絵里も気がついたのだろう。不思議そうに尋ねてくるのに、一瞬、どう返そうかと悩んだ。

けれど、結局、素直にそのことを告げる。

「いや、確かに珍しい、と思っただけだ。大体は、リィが先に寝てしまうからな」

寝てしまうというよりも、濃厚な行為の果てに彼女は意識を失うことが多く、多少体力が残っていたとしても、こんなふうにゆっくりと会話をする余裕などない、といったほうが正しい。

現に、今も絵里は眠たげな目をして、口調も舌足らずだ。

「それはライのせい、だと思うよ……でも、こんなふうなのって、なんか、いいよね」

「ああ、それは同意する」

「同意？　それって、どっちに？」

「さて、な」

そんな会話を交わす間にも、今にも瞼《まぶた》が落ちて眠りこみそうな絵里の様子にいたずら心を刺激されたライムートは、軽く頬をつついてみる。すると、絵里が軽く顔を動かしたかと思うと、その指先をパクリと咥《くわ》えた。

更に驚くことに、軽く歯を立てられてしまう。

「こ、こら、リィッ？」

無論、痛みを覚えるほど強く噛まれたわけではない。

それでも小さく抗議すると、すぐに指先は解放され、その後で小さな子どもがするみたいなしかめっ面が返ってきた。

「ちゃんと答えないから、でしょ」

「だからといって噛みつくか？　……まぁ、答えはどちらとも、といったところだな」

これ以上、致さないのならば、さっさと寝て、明日のための英気を養うほうが有意義だろう。二人とも長旅から戻ってきたばかりなのだ。

だが、そうわかってはいても、今夜ばかりは絵里を無理に寝かしつける気にはなれない。

こうして、あえてだらだらと、特に緊急性のない会話を交わしじゃれ合いじみた軽い触れ合いをする。それがこれほど心を満たしてくれるものだと、ライムートは初めて知った。

「……それって、ホントにそう思う？　こんなふうに、ってほうだけど」

「ああ、もちろんだ」

重ねて問いかけられた絵里の質問にも、素直に答える。

するとそれが絵里にも伝わったのだろうか、安心したように彼女も小さく微笑《ほほえ》み――しばらくして、ぽつりと彼の名を呼んだ。

「ねぇ、ライ？」

「ん？」

「大好き、だよ」

「ああ、知っている。俺も、リィを愛してる」

「うん、それ、私も知ってる」

短く交わされるのは、他愛ない言葉ばかりだ。

だが、だからこそ――

「俺たち――いや、俺は、かなりもったいないことをしていたようだ」

「……ライ？」

「俺は今まで、少しでも早く、少しでも短い時間で何かをなすことが最重要だと信じていた。明日で間に合うことをあえて今日に詰め込んで、わざわざ余裕をなくすことがいいことだと……いや、違うな。そうやって、なんとかして失った時間を取り戻そうと焦っていた……？」

それはまるで天啓のように、ライムートに降りてきた思いだ。

「およそ十年、俺は世界を彷徨《さまよ》っていた。そのせいで本来なら国で過ごしていただろう時間を、浪費したんだと思っていたんだな。だから国に戻れた後は、がむしゃらに頑張ってきた。無論、そうせざるを得ない状況もあったが、それでも、もう少し余裕をもって過ごすこともできたはずだ」

絵里の体を腕の中に抱き込んだまま、彼は薄暗い天井を見つめる。

その言葉は、自分自身に言い聞かせるためのものなのかもしれなかった。

「その浪費したと感じていた十年があったからこそ、俺はリィと出会えたし、国——王城の中にいただけでは得られない経験を積むことができたのに。さすがにそのことに感謝する、とまでは悟《さと》れないがそれでも……」

「……それでも？」

「決して無駄ではなかった、と思う——まったく、今更それかって話だ。だが、この状態でまた旅に出た後で、こうやってリィと話をしていなかったら、まだまだそんなふうには考えられなかったかもしれん。それに気がつけた俺は、幸運なんだろうな」

それもこれも、リィのおかげだ——そんな彼の独白じみた言葉が、絵里にどれほどの驚きと、そして喜びを与えたか、ライムートはこの先も気がつかないだろう。

十年を浪費したと彼が感じていたとしても、絵里にとってはその十年の放浪は、それがあったからこそ彼と出会えたのだと捉えていた。

実際にその期間を過ごしたライムートと、話に聞くだけの絵里の間に認識の差があるのは当然だが、その小さな齟齬《そご》は、放置していた場合、取り返しのつかない亀裂にまで育つ可能性があった。

そんな未来を回避できたのは、確かに幸運以外の何物でもない。

「……もしかして、これが『ご褒美』？」

「リィ？　何か言ったか？」

「あ、ううん、なんでもない」

「リィ？」

ぽつりと絵里が呟《つぶや》いた言葉をライムートが聞《き》き咎《とが》めると、彼女は慌てて打ち消す。

その様子を不審に思わないでもなかったが、無理に追及することで、この穏やかな空気が変わるのが彼には妙に惜しく思われた。別に今でなくてもいい話だ。

尋ねるため、聞き出すための時間は、これからいくらでもあるのだから。

「それより……私、そろそろ眠くなっちゃったかも」

今にも上下の瞼《まぶた》がくっつきそうな様子で、絵里が言う。

「そうだな、さすがに寝ておくか……」

「うん。ライの姿も……明日には戻ってるといいね」

「まぁ、そうなってくれるとありがたい――」

一刻も早く元の姿になって王宮に戻らねばと、焦っていたのが嘘のような、妙に達観した気持ちになっている。そんな自分を少しばかりおかしく思いながら、ライムートは傍《かたわ》らの絵里の体を改めて懐《ふところ》に抱き込む。

「――放っていてもそのうち戻るだろう、焦っても仕方がない」

そう締めくくり、あっという間に睡魔に屈した絵里に続き、彼も目を閉じたのだった。

＊　＊　＊

そして、その翌日――

「殿下っ！　絵里様っ――お二方とも、よくぞご無事でっ」

午後を少し過ぎたあたりに王城から戻ったばかりのラーレ夫人が、のんびりとお茶を飲む絵里と、その隣に座って茶菓子を摘まむ若々しいライムートの姿を見て、涙にむせんだ。

「ラーレ夫人、心配させてすみませんでした。このとおり、無事に戻ってきました。ライも無事に元に戻ってます」

ライムートの変化に絵里たちが気がついたのは、気を利かせた侍女たちが少々遅めの時間に、二人に起床を促《うなが》しにきた時だった。

遠慮がちなノックの音で先に目が覚めたのは絵里だ。

その時、若いライムートの姿に驚愕《きょうがく》の叫び声を上げたため、慌てた二人が室内に飛び込んでくるというハプニングが起こった。

それを除けば、無事に元の姿に戻れたことは喜ばしいかぎりだ。

「絵里様っ、それに殿下も……本当によくぞ無事でお帰りくださいました。ろくにお守りする者もお連れにならず、私どもがどれほど気を揉《も》んでいたことか……ただ、お二方さえ何事もなく戻ってくだされればと、そればかりを祈っておりました」

「いや、さすがにそれは困る。きちんと事態を収束させてきたつもりだ――とはいえ、まだ王城に報告は届いていないだろうな」

普段は沈着冷静なこの夫人が、ここまで取り乱すのは珍しい。

うっかり本音を吐露《とろ》してしまったところを見ると、彼女は二人の突然の帰国にいい意味でよほど衝撃を受けたようだ。

「殿下が元のお姿になってお戻りになられたのです。不首尾などあり得るはずがございません」

それでも、ラーレ夫人はすぐに気を取り直し、いつもどおりピンと背筋を伸ばして貴婦人の鑑《かがみ》ともいうべき姿になった。

ただ、いつもはぴたりと絵里とライムートに据《す》えられている視線が、控えめに室内を彷徨《さまよ》っているのに絵里は気がつく。

「ジークさんでしたら、すみません、まだトラインなんです……」

絵里とライムートが戻ってきているのに、ジークリンドの姿がないのを、母親である彼女が心配しないはずがない。

真っ先にそのことを言うべきだったと反省しつつ、絵里は説明する。

「お二人のお側を離れて、ですか？　もしや、あの愚息が何かお気に触るようなまねをいたしましたでしょうか？」

「いえ、とんでもない！　ものすごく頑張ってくれました。ただ、私たちだけが急にこっちに戻されちゃって、そのせいでジークさんは現地に残って後始末を引き受けてくれてるんです」

正確には引き受けざるを得ない状況にされたのであるが、今ここでそれを言っても混乱するだけだ。

「自分の望みを無理に通してお連れいただいたのです。その程度のことでしたら、当然でございましょう」

「相変わらず厳しいな、夫人」

安心したそぶりはおくびにも出さず、あくまでも公人としての態度を崩さないラーレ夫人の様子に、ライムートが苦笑する。

「……それで、殿下。まだ王城に、お帰りになられたことをご連絡なさっていないのですか？」

「ああ、生憎《あいにく》とまだだ。夫人が戻るのを待っていた。どうせ報告をまとめるなら、国の様子を把握してからにしたいからな。夫人ならば、ある程度のことまでは知らされているだろう？」

落ち着いてそう告げるライムートの態度に、ラーレ夫人の顔つきがわずかに変わる。

「……殿下。少し、お変わりになられましたか？」

その勘のよさは、さすがは元乳母《うば》である。

これまでのライムートならば、こういった場合、何を差し置いても王城に使いを走らせていただろう。だが、それをラーレ夫人が戻るまで待った。

その内面の変化に気がついたらしい。

「そうか？　別段、中身が入れ替わった覚えはないが……」

「いえ、申し訳ありませんが、わたくしの見当違いだったようです。いつもどおりの殿下でいらっしゃいます」

そして、仮にも王太子であるライムートの軽口にぴしゃりと言い返せるのは、この夫人くらいなものだ。

「私の知るかぎりのことは、全てご報告いたします。それと使いでございますが、私があちらを出ます前に、重鎮のお一人がこちらにおいでになる手はずが決まったところでございましたので、よろしければ、そちらをお待ちになられるほうが手間が省けましょう」

絵里たちは、ラーレ夫人の話を聞いて、きちんと準備をした上で、大臣を待つことにした。


「――殿下っ、よくぞご無事でっ！」

「ああ、その挨拶はもうラーレ夫人がやった後だ。それよりも、夫人からも聞きはしたが、詳しい状況を教えてくれ」

そんなふうにおっとり刀で駆けつけた大臣とライムートが、打ち合わせた結果。

なぜか、単なる偽装工作であったはずの『子作り休暇』が本物になってしまった。

ライムートと絵里は少しばかりぼやく。

「……結局、俺たちの出番はあれだけってことか？」

一応、王城ともやり取りはしたが、ライムートたちが出発したあたりから、ぴたりと炎竜の被害が止んだのが大きかったようだ。

隣国にもわずかに被害が出ていたようだが、それについての質問、または詰問はシルヴァージュに来ることはなかった。すでに被害を被《こうむ》った村には王国から援助の手が差し伸べられ、元兵士が聞いたという『謎の言葉』は謎のままで終われそうだという。

「今からのこのこ説明に出ていっても、ぼろが出ちゃうものね……」

「まぁ、リィともうしばらく、ここでのんびりできるのはありがたいが……」

この離宮は病身の王族の療養地として選ばれるだけあり、自然が豊かで美しい場所に建っている。

季節はそろそろ春から夏へ変わり始め、木々の緑も今が一番美しい。

その様子をゆったりと離宮の窓から、二人は並んで見つめた。

「そういえば、こんなにゆっくりと二人きりでいられたことってないものね」

「とりあえず、昼間はゆっくりしていてくれ。夜になれば、また忙しくなるだろうしな」

「ちょ、ライッ!?」

むつまじい様子の王太子夫婦を、侍女や側近たちが見守る。

木漏《こも》れ日がキラキラと輝き、二人の行く末を祝福しているようだった。

エピローグ

シルヴァージュの王太子の乳兄弟《ちきょうだい》であり、今やその側近中の側近であるジークリンド・フォウ・イエンシュといえば、堅物で有名だ。

十年にもわたる主《あるじ》の療養中にも、一かけらの動揺も見せることなく、その忠誠を貫《つらぬ》いたことからも、人となりがわかるというものだろう。

もちろん、次期国王の側近が無能でよいはずもなく、文武両道に優れ、更には王太子であるライムートに並ぶ顔立ちの秀麗さは王城の内外を問わず、若い娘の心を騒がせて止まない。なんとも小憎らしいまでに完璧な男だ。

そんなジークリンドは、無論、非番の日も自己を高めるのに忙しい。

ある時は近衛師団の訓練に参加したかと思うと、またある時は王家が招いた高名な学者のもとで己の見識を高める、といった具合だ。

花街を訪れることはおろか、同僚と酒場に行くこともない、堅物中の堅物として認識されていた。

ところが、である。

そんなジークリンドが、ある時期を境に、頻繁でないとはいえ、とある酒場に通うようになった。

普通ならば、そんなことをする理由といえば、そこの女給が目当てか、悪い遊びを覚えたか、はたまた人には言えない素性の相手との秘密取引か、と思われる。

もちろん、ジークリンドの場合も、そんな噂があっという間に広がり――そして、あっという間に静まった。

その理由は、実に簡単なことだ。

物見高い同僚の一人が、こっそりと彼の後をつけたのである。

ジークリンドほどの身分――父は伯爵位を持つ王国宰相補佐であり、母は王太子妃の筆頭女官、彼自身も子爵である人物が、酒場に通うというと、そこそこ格式のある店を想像するだろう。

だが、その野次馬根性の持ち主が彼の後をつけてたどり着いたのは、場末も場末。最低よりも幾分マシという、そこそこ裕福な平民なら足を踏み入れるどころか、通りを横切るのさえ躊躇《ちゅうちょ》するような場所にある店だった。

そんなところに好き好んでいく貴族はいない。

だが、間違いなくジークリンドはそこへと入っていく――ならばその理由は？

こんな時、普通は後ろ暗い相手との悪事にでも使っているのだろうと、更に悪い噂が流れるものなのだが、そこは彼の堅物認定がものをいった。

あんなところに、あのジークリンドが好んで行くはずがない。それはつまり、自《みずか》ら望んでではなく、誰かに命じられて通っているに違いない。そして、ジークリンドに命令を出せるのは、国王を除けば王太子ただ一人だ。

ゆえに、アレは、なんらかの重要な任務のための偽装、つまりは公務の一環である。

それを妙な噂で邪魔をすれば、たちどころに自分の出世に差し障《さわ》る。いや、最悪、王城を追われることになりかねない。

ならば、噂を広げるのではなく、火消しに回るのが王家に忠誠を誓う者としての責務だ――となった。

「――えー？　真面目にそんなこと言ってるの、君の同僚って？」

「本人たちとしては大真面目なのでしょう。たまに、こっそりと『お役目ごくろう』などと言われたりもします」

さて、件《くだん》のジークリンドは、あの旅から八か月が経とうというこの時、まさにその酒場で酒を飲んでいた。

そしてその向かいの席に腰を下ろしているのは、灰色のローブを着てフードを目深《まぶか》にかぶった正体不明の老人だ。

その老人は、若いジークリンドに負けない勢いで酒と肴《さかな》を腹に収めている。

「確かにここの店って、主人の顔は怖いし、客も荒っぽいのが多いけど、酒も食事もおいしいのにねー」

「まったく同感です――すまんが、この椀をもう一杯くれ」

明日もジークリンドは出仕しなければならないので深酒はできない。それでもボトルで頼んだここのおすすめの酒と、臓物と豆を濃い味で煮込んだ椀は、なかなかの取り合わせだ。

ジークリンドが頼むと、荒くれ者も泣いて逃げ出すご面相だが腕は確かな主人が、すぐにお代わりを持ってくる。

代金と一緒にいくばくかの心づけを渡すと、その凶悪な顔が更に凶悪になったので、おそらくは愛想笑いでもしてくれたのだろう。

「……それにしても、ジーク君もすっかりここになじんだもんだねぇ」

「貴方《あなた》が毎回、ここに呼び出すからでしょう」

「いいじゃない。ここほど、きちんとうまくて安い店ってなかなかないんだよ」

望めば王宮の最高の貴賓室《きひんしつ》でのフルコースですら食すことができるだろうに――とはジークリンドは口にしない。

代わりにその口から出たのは、彼が仕《つか》える王太子夫妻の様子についてだ。

「妃殿下は、そろそろ産み月がお近くなっておられますが、相変わらずお元気なご様子ですよ」

「えー、もうそんなになる？　予定っていつだっけ？」

「春節祭が終わってしばらくしたあたり、と聞いています……母に言わせれば初産は遅れることが多いとのことでしたね」

「どっちにしてもまだ少し寒い時期かー。赤ちゃんが風邪をひかないようにしないとね――そう言えば、生後二十日目あたりに、ものすごーく寒の強い日があるようなないような、そんな気がするかもー」

幾分、酒は入っていたが、その言葉を聞き逃すようなジークリンドではない。

だが、黙って相手の空になった杯にボトルから酒を注ぐ。

「殿下も妃殿下も、御子《みこ》がお生まれになるのを、心待ちにしていらっしゃいます。もちろん国王陛下ご夫妻や、王子王女様方もですが」

「うんうん、何しろ最初の子どもだもんね。男の子でも女の子でも、そりゃもう嬉しいよ、きっと」

「そうですね。王子殿下であられれば、お世継ぎのご誕生ということになりますが、祝賀の席に来られる予定は？」

「あー、ダメダメ。それについて僕は何も言わないよ。生まれた時の楽しみがなくなるじゃん」

満たされた杯を取り上げ、フードの下に隠された目がウィンクをする。

「……引っかかってはくれませんか……」

「いやいや、そんなあからさまなのに引っかかるのは、昔の君くらいじゃない？」

「それほどひどかった……ですか？」

少し落ち込んでのその質問に、しかし相手は柔らかな笑みを浮かべる。

「ホント、人ってほんのちょっと見ない間に、どんどん変わるよね。それが嬉しいし、ちょっと寂しいかな……でも、ジークリンド君は成長著《いちじる》しいけど、たまに前みたいなおまぬけなところを見せてくれるから、大好きだよ」

「……褒められたようには聞こえませんね」

「だって、褒めてないし？」

持っていた酒瓶で相手を殴りつけなかったことについて、ジークリンドは己の自制心を誇った。

「まったく……前にも伺《うかが》いましたけど、なぜ私なんです？　殿下はともかく妃殿下は貴方《あなた》に会いたがっているのに」

「だって、あの二人はいつか国の頂点に立つじゃない。そんな人に、僕がホイホイ会いに行くってあり得ないでしょ」

「公式の場でなければ問題ないのでは？」

「そうかもしれないけどね。でも、僕がそうやって顔を出すのは、長い目で見たらやっぱりいいことじゃないんだよ――って、ホントはジークリンド君もわかってるんでしょ？　なのにそうやってそのかすなんて、君もイケズが言えるようになったんだねー、僕すごく嬉しいよー」

　本気で殴ってやりたい。

　一瞬、心からそう思ったジークリンドだったが、それでも彼の優秀な自制心はここでも八面六臂《はちめんろっぴ》の活躍を見せた。

「……酔いつぶれたくなってきましたよ」

「いいんじゃない、たまには？　ほんとにつぶれたら、僕が責任もって――」

「身ぐるみはいで、外に放り出してくださいますよね、きっと？」

「あれ？　なんでバレてるの？　実は最近、ちょっと手元不如意《ふにょい》でさー」

今度の返事には、あらかじめ心の準備ができていた。

「それだけ胡散臭《うさんくさ》い外見をしていれば、その辺の街角に立っているだけで、心に迷いと悩みのあるものが寄ってくるでしょう。そういう手合いから相談料をむしり取ってはいかがです？　儲かると思いますよ」

「それは前にやったことがあるけど、いろいろめんどくさいんだよねー、楽して稼げるのが一番だよ」

もうため息しか出ない、とはこのことだ。

だが、それでも。

「私は明日があるのでそろそろ失礼しますが――まだ飲むつもりですか？」

「あー、もうちょっと……かな？」

「だったら、これまでの分は私が持ちますが、これから先はご自分で出してくださいね」

「ええー、全部出してくれないの？」

「なんで私が、呼びつけられた上に、自分で飲み食いしていない分まで払う必要があるんです？」

「その君の顔、あの二人にも見せてやりたい……別に今じゃなくてもいいし、ずっと先になってもいいから、絶対――」

「残念ですが、あの方々の前での私は品行方正、非の打ちどころのない家臣でいますよ」

そんなふうに、そっけない対応をするジークリンドであったが、実は老人との会話をいつも楽しんでいるのである。

自分を喜ばせてくれた礼というわけでもなかったが、こっそりと店主に支払った金額は、この後看板までの間にあの老人がどれほど飲み食いしたとしても釣りの来る金額だ。

「それでは、また……」

「うん、またねー」

そして店の外に出ると、年が明けてしばらく経つというのに、珍しく空からはちらほらと白いものが落ちてきていた。おそらくはこれが今年の名残《なごり》の雪だ。

もうしばらくすれば春節祭、その後は――次代のシルヴァージュを担《にな》う新しい命が生まれてくる。

その赤ん坊と母親は、出産という大事業を無事に終えることができるだろう。ただ、生まれて少し後の寒の戻りには要注意――それをどうやって、諸々の責任者である己の母親に知らせるか。

非常に難易度が高く、また心躍るその難問に、忙しく頭を働かせるジークリンドの頭や肩にも雪が舞い降りては解けていく。

春は、もうそこまで来ていた。

書き下ろし番外編

髭《ひげ》騒動、再び……

大いなるフォスのみそなわすフォーセラの（以下略）、シルヴァージュ王国で国王の代替わりが行われて数年が経つ。

先王はまだ十分に執務をとれる年齢ではあったが、早めに王座を譲り渡し次代に経験を積ませるというシルヴァージュの伝統だ。更には、万が一のことがあった場合、再び政務を取り仕切る必要が出てくる可能性もあるので、代替わりは早いほうがいいという一面もある。

「――というのは表向きで実のところ、さっさと面倒ごとは息子に押しつけて、自分は妻とノンビリいちゃつきたいってのが本音なんだろう」

「シルヴァージュの王様って、愛妻家が多いって聞いてはいたけど……」

一人や二人ならまだしも、それが『伝統』といわれるほどに続いていることに驚きを隠せないでいるのは、現国王の妻。つまりはこの国の王妃である。リィ・クアーノ・エ・

ル・シルヴァージュという名だが、国民には『奇跡の乙女』改め『奇跡の王妃』として慕われている。

大層な二つ名を持つ彼女は、元はこの国――いや、この世界の人間ではない。本名を加賀野絵里といい、とある事情によりフォーセラとは異なる世界から呼ばれた存在だ。その折にトラブルに巻き込まれ死にそうになっていたところを、これまたとある事情により諸国を巡る旅をしていた当時の王太子――今の国王であり、彼女の夫であるライムート・エ・ラ・シルヴァージュに拾われ、紆余曲折を経て彼と結ばれたという数奇な運命をたどった存在だった。

「まぁ、それでも一応の基準みたいなものはあるんだ。次の次の世代――つまりは、王太子にきちんと息子ができて、その子がある程度しっかり育ってからじゃないとダメなんだけどな」

「その辺、私たちはしっかりクリアーしちゃってたものね」

結婚した翌々年に妊娠がわかり、次の年に長女が生まれた。その二年後には男女の双子。更に三年後にもう一人の男子が生まれ、一年置いて女児という今や五人の子持ちとなった二人である。

子どもたちは全員健康に生まれ、経験豊富な乳母たちもついてはいたが、王太子夫妻としての仕事をしつつの子育ては、なかなかに大変だった。しかし、それを後悔したことは一度たりともない。

「二十年なんて、結婚した時はものすごーく遠いことみたいに思ってたけど、あっという間よね」

「そうか？　俺はかなり待ち遠しかったが――やっとリィから髭《ひげ》を伸ばす許可が下りたときはほっとしたぞ」

そう言ってライムート新王――いや、そろそろ『新』はとってもいいだろう――は、きれいに整えられてはいるが、もみあげから顔の下半分を覆《おお》いつくす髭《ひげ》を満足そうに撫でる。

年は取っても陰りを見せない――それどころか際立つ美貌に円熟味が加わった。しかし、それを隠すような風体なのには、もちろん理由がある。

「これでやっと、リィの理想になれたんだからな」

「ライはいつだって私の大好きで理想の旦那様よ。ただ、見た目がちょっと追いついてなかったってだけよ」

ライムートが髭《ひげ》を蓄《たくわ》えているのは、偏《ひとえ》に絵里の好みがこれだからだ。実は彼女は、筋金入りのファザコンでおじ専という些《いささ》か変わった嗜好の持ち主だった。そのおかげで出会った頃の訳アリだったライムートに惚《ほ》れるという離れ業をやってのけたのだが、その後にいろいろとあり……それからかれこれ二十年。見た目、中味ともに絵里の理想となったライムートとの夫婦関係は、歴代の国王夫妻たちに勝るとも劣らないほどに良好だった。

が——

「それにしても、どうしてサナは、こんな素敵なお父様のことが苦手なのかしらね……？」

「……それを言ってくれるな」

絵里とライムートとの間に生まれた子は、上から順にアイナ（愛奈）、ウルリッヒ、カンナ（神奈）、クルゼイロ、サナ（咲奈）と名づけられていた。男児はシルヴァージュ王家の代々の名がつけられているが、女児の名にひそかに漢字が当てられているのは絵里のたっての希望である。

長女のアイナはもうすぐ十八で、来年の婚儀が決まっていた。ウルリッヒとカンナは双子で十五歳。今年、成人を迎える。その下のクルゼイロもすくすくと育っているのだが、末っ子のサナについてが夫婦の悩みの種となっていた。

「小さい頃は、お父様お父様とそれはそれはなついてくれていたのに……」

「そういえばそうよねぇ。ウチの娘は全員、お父様大好きっ子なのに、なんで途中からサナだけああなっちゃったのかしら?」

サナは今年で十歳になる。幼い頃から王族としての教育はしっかりとしているので、公式の場での立ち居振る舞いに問題はない。だが、それが内宮――つまり国王一家の私的空間になった途端、あからさまに父親を避けるようになってしまっていた。

子煩悩で、特に末っ子のサナは、目の中に入れても痛くないほどの溺愛ぶりだったライムートにとって、これは青天の霹靂《へきれき》と言っていい。

「一度、しっかりと話をしたほうがいいわね」

政務にまで響きそうなライムートの落ち込みを解決するための聞き役は、母親である絵里が最適だろう。

「頼めるか、リィ?」

「ええ、任せておいて」


シルヴァージュの王城は、公の機関が集中している外宮と、私的な空間である内宮に分かれている。絵里がこの国にやってきた当初はそこに先代国王夫妻と、ライムートの弟妹たちが住まっていたのだが、今、先代は少し離れた場所にある離宮に移り、弟たちは一家を構え、妹も全て嫁いでいる。

そこの奥まった一室——末っ子姫であるサナの部屋は、十歳の子どもにふさわしく明るく華やいだ内装がしつらえられている。

「サナ？　ちょっといいかしら？」

王族教育の合間の休憩時間。絵里は娘の部屋を訪れた。

「お母様？」

突然の母親の訪問に、サナが目を丸くする。

子どもたちの中でも、彼女が絵里の特徴を一番受け継いでいた。まっすぐな黒髪に、明るい茶色の瞳と、象牙のような色合いの肌の持ち主だ。無論、ライムートの子でもあるのだから、美貌は絵里の五割増し——ライムートはもっと絵里に似た顔立ちを望んでいたらしいが、絵里本人としてはそこはライムートの遺伝子が頑張ってくれたことに感謝していた。

「ちょっと貴女《あなた》とお話がしたかったの」

「お話？」

「ええ。貴女《あなた》、最近、お父様を避けてるでしょう？　どうしてなのかと思ってね」

末っ子ということで、父親はもちろん、兄や姉からも猫可愛がりされ、多少我儘《わがまま》なところもあるサナだが、理由もなく父親を忌避《きひ》するとは思えない。

「何か理由があるのでしょう？　お母様に話してみない？」

優しく問いかければ、案の定。何か言いたげな表情になる。

「ねぇ、サナ？」

「……言っても、お母様は怒らない？」

「貴女《あなた》の言うことが単なる我儘《わがまま》なら叱るかもしれないわね。だけど、そうじゃないのでしょう？　だったら怒ったりしないわ」

母の慈愛と王妃としての貫禄を見せつつ――実年齢よりもはるかに若く見える（らしい）が絵里もすでに四十を超えている。しかも王太子妃、王妃とかなりの時間を過ごしていた。このくらいは朝飯前だ。

再度促《うなが》せば、やっと末姫が口を開いた――のだが。

「だって……お父様、お髭《ひげ》を生やしてらっしゃるのだもの」

「は？　……髭《ひげ》？」

その答えというのは――絵里からすれば、まったく信じられないものだった。

そんな母親の驚愕《きょうがく》にも気づかず、娘は堰《せき》を切ったように『お父様の髭《ひげ》』についての不満をぶちまける。

「頬ずりしてくださるときにチクチクするし、笑ってくださっても、お顔がよく見えないし、それにお髭《ひげ》があると、お父様というよりもお祖父様みたいに見えるし……」

「ちょっと待って、サナ……もしかすると、貴女《あなた》。お父様の素敵なお髭《ひげ》が嫌なの？」

「素敵？　ちっとも素敵じゃないわ。他の子のお髭《ひげ》のないお父様はもっとお若く見えるのに、なんで私のお父様だけお年寄りみたいなの？　そんなのひどいわっ」

ライムートの顔立ちは、父親である先王によく似ている。白髪となった先王とでは髪と髭《ひげ》の色合いは違うが、そこを除けば瓜二つといっていいだろう。

「私が小さい頃は、お父様はお髭《ひげ》なんか生やしてなかったのに……」

「お父様のお髭《ひげ》……が、嫌だからお父様を避けていたの？」

念のためにもう一度尋ねるが、サナはこっくりと首を縦に振る。

「……そう、だったのね……」

よくよく思い出せば、サナがライムートを避け始めたのは、絵里が彼に『髭《ひげ》解禁』を言い渡してからだった気がする。

「ねぇ、お母様。お母様からお父様にお願いしてくださらない？　あのお髭《ひげ》を剃《そ》ってくださるようにって」

更にはそんなおねだりまでされてしまう。

「それは……そうね、サナ。ちょっとお母様とお父様でお話し合いをしてみるから」

あの素敵な髭《ひげ》を、まさか娘が嫌がっていたとは……

あまりの予想外の展開に、絵里はそう告げるしかなかった。


「……サナがそんなことを……」

娘との対話の後、何やら呆然とした様子で戻ってきた絵里から聞かされた話に、ライムートも言葉を失う。

「ええ、まさかそんなことが原因だったとは、私も思わなかったわ……」

他の子どもたちが、ライムートの髭《ひげ》にまったく抵抗感を見せなかったことも大きい。

だが、思い返せばライムートが髭《ひげ》を蓄《たくわ》え始めた頃のサナは、絵里が元いた世界で言えば小学校に上がるかどうかの年齢で、同じくらいの貴族の子女たちと交流を始めたばかりだった。当然、親もついてくる。

王族であるサナの友人（あるいは婚約者）候補となる彼らは高位貴族で、親子ともども、顔立ちの整った者ばかりである。顔立ちだけで能力が決まるわけでもないのだが、貴族といえば政略結婚が当たり前。身分に加えて容貌も選びに選びまくった結果だ。

ライムートも決して負けてはいないが――というか、頭一つ以上抜きん出ているが、髭《ひげ》のおかげで実年齢よりも老けて見えるというのは否めない。

「……剃《そ》っちゃう？」

「嫌だ」

髭《ひげ》を蓄《たくわ》えたライムートは、それはそれは素敵で、気を抜くとうっかり見惚れてしまう。でも、可愛い娘がそれほど嫌がっているのなら話は別だ。そう思い、涙を呑んで提案した絵里だが、即座にライムートから却下される。

「嫌って……サナが落ち着いた頃にまた伸ばせばいいじゃない？　そこまで今、こだわることでもないでしょう？」

「こだわる。リィが好きな髭《ひげ》は、俺にとっても大切なものだ」

末っ子は可愛いが、それでもライムートにとっては絵里のほうに軍配が上がるらしい。

「でも、それじゃライはずっとサナから避けられっぱなしってことになるわよ？」

「それは困る。困る——が、髭《ひげ》は譲れん」

諸々の業績により『英雄王』と称えられているにしては大人げないが、愛する妻が十数年も我慢して（というか、似合う年齢になるまで待って）くれた髭《ひげ》なのだ。元がよいせいか、あまり自分の身なりには興味のないライムートだが、鏡を見るたびにかつてこの姿で大陸中を旅していた頃を思い出す。同時にその頃の苦労も思い起こされ、王座についで、ともすれば傲慢になりそうな自分自身を律することができていた。更には、この髭《ひげ》（だけではないが）のおかげで、絵里という得がたい伴侶を得ることもできたのである。

「髭《ひげ》は剃《そ》らん。絶対に、だ」

「……頑固なんだから。でも、そういうライのこと、大好きよ」

「髭《ひげ》と皺込みで、だろう？」

「ええ。でも、なかった頃も好きだったたし、今はもっと好きになったたってことね」

結婚してかれこれ二十年になるが、相も変わらず相思相愛の熱愛夫婦だった。

「でも、そうなると、サナはどうしたらいいのかしらねぇ……？」

「そこだな……」

とりあえず二人の間では現状維持ということになったが、本来の問題はまだ丸ごと残っている。

「サナが、ライの髭《ひげ》の魅力をわかってくれたら一番いいんだけど……」

絵里の『おじ専』『老け専』は、末娘には遺伝しなかったらしい（ちなみに長女にはばっちり伝わっていた）。

「確か、頬ずりするとチクチクするから嫌だ、と言っていたんだよな？　だったら、非常に残念だが頬ずりは封印するとしよう」